그린비,
향촌을 거닐다

㉾ 每日新聞社

책머리에

'전일제와 반일제를 어떻게 보낼 것인가?'

동아리를 맡은 나로서는 그 시간이 닥칠 때마다 늘 고민이었다. 적당한 시간에 아이들을 모아서 적당히 시간을 때우고 아이들을 돌려보내며 마음 속에서 이건 아니라는 생각이 들곤 했다. '그린비'라는 동아리를 처음으로 만들고 그야말로 글을 좋아하는 선비 닮은 아이들을 모아 글쓰기를 벌써 5년째, 그동안 내 인생에도 변화가 많아 늦은 나이에 누군가의 아내가 되고, 엄마가 되어 삶에 부대끼며 살아왔다.

우리들이 일정한 생각과 계획이 있다면 우리 일상 속의 교육활동에서도 형식적인 것이 아닌 살뜰한 의미를 거두어낼 수 있다는 평범한 진리를 문득 깨달았다. 그 깨달음은 대구에서 태어나 대구에서 17년 넘게 자라난 우리 그린비 학생들이 문학을 사랑하고 그 문학이 무엇인가를 탐색하는 과정에서 대구의 예인들의 자취를 돌아보는 일은 참으로 중요하다는 생각으로까지 확대되었다.

수 많은 동아리 아이들이 대구 향촌동에 있는 대구문학관과 향촌문화관을 다녀가고 잠시 관람을 하고 일회성으로 끝나는 것이 대부분이지만 우리 그린비 아이들은 올해 대구 문학과 관련된 장소들을 찾아가기 전에 많은 공부를 하고 자신이 좀더 깊이 알고 싶은 작가들을 물색하고 조사하여 그 장소에 가서 확인을 하고 자신의 작품으로까지 연결시키는 작업을 하였다. 처음에는 대구에 예인이 어떤 분들이 있을까 갸우뚱하던 친구들도 스스로 조사하고 정리하는 과정에서 그 분들의 깊은 발자취를 발견하고 경탄을 금치 못하는 경우도 있었고, 그와는 달리 작가가 왜 더 좋은 길을 선택하지 못했을까 안타까워하는 경우도 있었다. 향촌동에 있는 대구문학관과 향촌문화관을 시작으로 대구영상박물관, 녹향 등을 두루 다니고, 이상화 고택을 비롯한 대구 근대화 골목 투어, 김광석 거리 탐방 등을 통해 대구의 예인들의 자취를 자신의 뚜렷한 목표를 가지고 살펴보면서 그것을 자신의 문학과 연결시키는 작업을 시도하였다.

대구라는 지역에서 향촌동이라는 공간이 차지하는 의미는 크다. 향촌동은 일제 강점기에 형성되어 광복과 6·25를 거치며 대구의 문화 중심가로서의 역할을 다하여 우리나라 근대사에 영향을 끼친 의미 있는 곳이다. 대구를 대표하는 예인들이 만나 차를 마시고 문학을 논하고, 시대의 아픔을 나누며 그들의 길을 모색했던 공간이다. 우리 그린비는 이 공간에서 활동을 했던 대구 예인들의 발자취를 더듬으며 작품들을 읽고 소화하여 그것을 다시 자신의 작품으로 내어놓았다.

대구 예인들을 선택해 그 분의 일생과 작품을 조사하고 그 일생이나 작품에서 모티프를 얻어 소설을 쓰는 작업을 하였다. 그 활동을 통해 우리 대구 예술이 나아갈 길을 청소년의 입장에서 조심스럽게 선배 예인들에게 묻고자 한다.

이 작업은 대구에 살면서도 대구 문학과 예술에 관심이 없었던 대구 사람들에게도 새로운 관심을 환기시킬 것이고, 대구 예인들이 우리나라 문학과 예술에서 차지하고 있는 위상을 확인할 수 있으며, 더 나아가 대구에서 태어나 문학청년으로서 살아가는 열일곱 · 열여덟 살의 우리 그린비 학생들이 앞으로 나아갈 방향을 모색해 볼 수 있다는 점에서 의의가 있다하겠다.

해마다 문과를 선택하는 학생들의 수가 점점 줄어들고, 그 중에서도 글을 사랑하고 글을 쓰고 싶어하는 우리 소중한 그리운 선비, 즉 그린비를 만나는 일은 쉽지 않다. 급변하는 사회 속에서 우리 시대에 소중한 인문학의 토대가 약해지고 있음을 현장에서 느끼고 있다. 이럴 때일수록 학생들의 자질과 가능성을 잘 파악해 그들의 길을 찾도록 도와주는 일이 필요하며 인문학적 인재들을 발굴하는 일이 정말 중요하다는 생각을 한다.

수업만 해도 하루일과가 바쁘게 돌아가는 인문계고등학교 생활에서 아이들에게 또 다른 과제를 주며 실행하도록 하는 일은 쉽지 않다. 스스로 글쓰는 일을 즐기는 이에게만 의미 있고 행복한 시간이 될 수 있다. 그 바쁜 일정 가운데에서도 자기 몫의 글을 감당해낸 한 그루의 청단풍 같은 그 아이들이 사랑스럽다.

무엇보다도 부족한 지도였음에도 불구하고, 잘 듣고 그것을 소화하여 글을 조금스럽게나마 내놓은 아이들에게 고맙고, 책쓰기를 하는 일에 격려와 지원을 아끼지 않으며 출판을 하는 일에도 일일이 신경을 쓰며 도와주신 우리 국어과 부장 조남선 선생님께도 감사를 드린다. 건강으로 힘들어 하시면서도 전국 교육부 주관 인문학 책쓰기에 지원하여 함께 책을 내며 고락을 같이 한 성진희 선생님의 열정을 통해 많은 것을 배우기도 했다. 그 외에도 물심양면으로 도움을 주신 국어과 선생님들께도 감사의 마음을 전하고 싶다.

지도교사 **오희정**

차례

제2부 __
그린비, 향촌에서 길을 묻다

그린비,
향촌을 거닐다

이상화

빼앗긴 들에서 봄을 갈망하다

【 이상화 】 李相和, 1901년 4월 5일~1943년 4월 25일

1901년(광무 4년) 4월 5일 경상북도 대구부 서문로 12번지에서 태어났다. 일제 강점기의 시인, 작가, 독립
운동가, 문학평론가, 번역문학가이며, 교육자, 권투 선수이기도 하다. 본관은 경주(慶州)이고, 호는 상화(
尙火, 想華), 무량(無量), 백아(白啞)이다.
1919년 대구에서 3·1 운동 거사를 모의하다가 모의가 발각되어 피신하였으며, 1921년 잡지 백조의 동인
이 되어 문단에 등단하였다. 이후 1922년 일본으로 건너가 미국 유학을 준비하다가 관동 대지진으로 귀국
하였다. 귀국 이후 시와 소설 등 작품 활동과 평론 활동, 《개벽》, 《문예운동》, 《여명》, 《신여성》, 《삼천리》,
《별건곤》, 《조선문단》, 《조선지광》 등에 동인 활동을 하였다. 아마추어 권투 선수로서 교남학교 교사로 재
직 중 1938년에는 교남학교 권투부를 창설, 지도하였다.
1940년 대구부 계산 2동에 집을 마련하였다. 그가 새로 마련한 집 바로 앞에는 국채보상운동에 앞장섰던
독립운동가 서상돈 고택이 있다. 1940년 말 교남학교 교사직을 그만두고 대구부 계산2동 84번지의 집에
서 주로 생활하며 독서와 연구에 몰두하였으며, 그해부터 춘향전을 영어로 번역하고, 이어 한국 국문학사
와 불란서시정석 등을 한글로 번역을 시도하였으나 완성을 보지 못하고 만다.
1943년 초 갑자기 쓰러졌다가 그해 3월에 병원에서 위암 진단을 받고 투병하다가 4월 25일 오전 8시 45
분 경상북도 대구 자택에서 위암과 폐결핵과 장결핵의 합병증으로 숨졌는데 이상화의 오랜 친구인 소설가
현진건도 같은 날 경성부에서 폐결핵과 장결핵의 합병증으로 숨을 거두었다.
작품으로 〈빼앗긴 들에도 봄은 오는가〉, 〈말세의 희탄〉, 〈단조〉, 〈가을의 풍경〉, 〈가상〉, 〈나의 침실로〉,
〈몽환병〉, 〈구루마꾼〉 등이 있다.

** 출처 : 한국민족문화대백과사전

빼앗긴 들의 봄

곽만철

1

"조심히 다녀오게. 요새 분위기가 흉흉하지 않던가."

짐을 챙기고 이제 마지막 정리를 하던 무렵 종화가 찾아왔다.

"걱정 말라구. 내가 뭐 죽으러 가는 것도 아니지 않나? 그냥 잠시 유학차 다녀오는 것뿐인데 뭘 그러나."

나는 털털한 웃음을 지으며 심각하게 말하는 질문에 맞받아 쳤다.

"그래도 2년 전 일이 있지 않은가."

"이번에는 순수하게 배우러 가는 것이니 걱정 말게."

사실 그의 걱정이 지나치지 않은 것은 사실이다. 나는 파리 유학차 일본 동경에 있는 '아테네 프랑세 어학원'에 가기 위해 짐을 싸고 있는 것이기 때문이다. 그렇게 큰 걱정은 해본 적이 없지만 새삼 마음 한 편에 찝찝함이 남아 있었다.

"하하 그렇다면야 걱정하지 않겠네. 얼마 정도 있다 오는가?"

"한 3년 정도로 생각하고 있네. 그 정도면 언어와 문학 정도는 얼핏 알지 않겠는가?"

"그래, 그래. 기다리고 있겠네."

종화는 호탕한 웃음을 치며 돌아갔다.

종화를 알게 된 건 일 년 전 1922년이었다. 그는 나에게 찾아와 글을 함께 쓸 것을 권유해 왔고 딱히 거절할 이유가 없었던 나는 흔쾌히 허락했다. 그렇게 해서 창간된 것이 바로 '백조'이다. 나는 '말세의 희탄'으로 등단을 하였고 그는 '밀실로 돌아가다'라는 시로 '백조'의 동인이 되었다. 극심한 낭만주의라는 비판도 들었지만 크게 신경 쓰지 않았다.

나는 무거워진 가방을 들고 일본으로 가는 배를 타기위해 항구로 향했다. 별로 멀지 않은 항구를 향하면서 괜스레 착잡한 마음이 들었다. 이런저런 생각을 하면서 드디어 일본으로 가는 배에 무거운 한발을 내딛었다.

2

일본항에서 내려서 바로 보이는 풍경은 그리 낯설지만은 않았다. 사람들이 즐비해 있고 분주하게 움직였다. 나는 동경으로 가는 열차를 타기위해 다시 발을 떼었다. 열차에는 일본인이 북적였는데 나를 향한 시선들이 모두 따갑게 느껴졌다. 간혹 나의 어깨를 일부러 밀치고 가는 일본인도 있었다. 누군가는 나에게 욕을 하기도 했다. 일본어를 할 줄 알았던 나는 모든 말을 알아들었지만 대꾸하지 않았다. 대꾸하면 손해 보는 것은 나뿐이라는 사실이 너무나도 명확했기 때문이었다.

우여곡절 끝에 겨우 동경에 내려 '아테네 프랑세 어학원'을 찾아갔다. 우리나라에는 없는 크고 웅장한 양식의 건물이었다. 이곳이 바로 내가 3년 동안 프랑스어와 프랑스 문학을 배울 곳이라는 생각에 가슴 한구석이 벅차올랐다. 일본 땅을 밟고 있자니 다시 한번 2년 전의 일이 생각났

다. 1919년 우리 민족은 일제의 폭압적인 식민지 지배에 대해 분노하여
민족의 저항을 일으키고자 준비를 하기에 이르렀다. 그리하여 나와 백
기만 등 나의 친구들은 3·1운동 거사를 모의하였다. 그러나 밀정의 추
적으로 주요 인물들이 하나둘씩 잡혀가기 시작했다. 그래서 나는 대구
에서부터 경성부로 피신하였다. 다행히 후에 붙잡히지는 않았다. 그 뒤
남녀노소를 불문한 대민족적 운동이 벌어졌으나 수많은 희생이 따랐다.
나는 그걸 보고 함께 아파 할 수밖에 없었다. 나는 이제 이곳에서 배움
을 얻고 파리 유학을 갈 것이다. 그곳에서 다시 배움을 얻어 우리의 민
족을 위해 사용할 것이다.

3

이곳의 생활은 그리 순탄치만은 않았다. 대부분의 일과는 어학원에서
프랑스어를 배우는 것이었지만 그 외의 시간에는 일본인들의 눈치를 보
며 살아야 했다. 내가 하는 거의 대부분의 일에 일본인의 간섭을 받아야
했고 저항하기라도 하면 내가 불리해지기 마련이었다. 흡사 야만인을 상
대하는 것 같이 굴기도 하였다. 그래도 나는 파리유학을 목표로 하였기
때문에 어학공부를 포기할 수는 없는 노릇이었다. 그 와중에 나는 틈틈
이 작품을 써내려 갔다. 그것이 지금 내가 빼앗긴 조국을 위해 할 수 있
는 독립운동이었다. 일본인 중에서도 사람으로서 나를 대해주는 사람들
도 있었기에 현재의 생활을 포기하지 않게 해주는 원동력이 되었다. 그
렇게 어렵사리 버텨내는 생활도 얼마 있지 않아 하나의 사건에 의해 무
너지고 말았다.

4

"불령선인들을 잡아서 죽이자!"

일본인들의 고함소리가 내가 사는 곳까지 들려왔다. 1923년 현재 관동대지진이 있은 직후에 일본인들은 엄청난 타격을 입자 조선인에 대한 유언비어가 퍼져나가기 시작하였다. 그로 인해 억울한 조선인들은 불령선인으로 몰려 비참한 학살을 당하였다. 나의 처지도 다르지 않았다. 더 이상 이곳에 살 수 없다고 판단한 나는 결국 귀국을 결정하였다. 아주 간단한 채비만을 끝내고 집을 나왔다.

"조선인이다! 잡아라!"

나는 집에서 나오자마자 일본인 자경단의 눈에 띄었고 전속력으로 도망치기에 이르렀다.

"이리 오시오. 빨리!"

어디선가 일본어로 부르는 소리가 들렸다. 도망치기에 급급했던 나는 나를 부른 것이 일본인이라는 사실도 잊은 채 그 집으로 들어가 숨었다.

"다행히 더 이상의 추적은 없는 듯하군요" 일본인 남자가 말했다.

나는 너무 갑작스러운 상황에 어안이 벙벙하였으나 일단 감사인사를 하였다.

"구해주셔서 정말 고맙습니다."

"감사하실 필요 없습니다. 아무리 같은 일본인이라고 할지라도 이런 야만적인 학살에 동참할 생각은 없습니다."

그가 비장한 목소리로 말했다.

나는 일본인들이 다 똑같지 않다는 사실을 다시 깨달았다. 어떤 민족이든 같은 사람으로서 대해주는 것은 쉽지 않지만 그의 눈동자에서는 진정성이 보였다.

"앞으로 어쩌실 계획입니까?"

그가 물었다.

"귀국을 하려고 합니다. 그러나 급하게 나오느라 돈을 가져오지 못했습니다."

"그러면 제가 도와드리지요. 그 정도는 드릴 수 있습니다. 일단은 잠잠해질 때까지 저희 집에서 몇 일간 묵으시지요."

"알겠습니다. 다시 한 번 감사드립니다."

나는 그의 덕에 목숨을 부지할 수 있었다. 그리고 그를 통해 비록 서로 다른 민족일지라도 사람으로서의 뜻이 통한다면 하나가 될 수 있다는 사실을 배울 수가 있었다.

5

일이 지난 후 나는 마지막으로 그에게 인사한 후 분장을 하고 집을 빠져 나왔다. 그날에 비해 일본자경단이 많이 잠잠해졌으나 아직까지 참상은 끝나지 않은 듯하였다. 지진자체의 피해도 아직 복구되지 않은 것처럼 보였다. 나는 그 혼란을 피해 귀국을 하기 위해 다시 한 번 항구로 향했다. 그리고 무사히 귀국에 성공하였다. 그 길다면 긴 시간이 지나고 찾아온 우리나라는 보통 때와는 다르게 느껴졌다. 나는 집으로 돌아가는 길에 추수가 끝난 들판을 발견했다. 더 이상 사람의 손길이 느껴질 것 같지 않은 그 곳은 겉보기에도 그 들판은 너무나도 황량하고 초라해 보였다. 마치 우리의 지금 상황처럼. 그렇지만 저 들판도 내년에는 다시금 밝은 빛을 되찾고 우리에게 웃음을 되찾아 줄 것임이 틀림 없었다. 그것이 바로 우리의 봄, 독립이었다. 그리고 최종적으로 일본 유학을 통해서 얻은 것은 다름 아닌 저항이었다. 나는 이때까지의 퇴폐적인 낭만주의를 버리고 우리 민족을 위해 저항하기로 마음먹었다. 비록 우리의 조국은 빼앗겼으나 우리 민족의 혼만은 그들이 빼앗지 못하였다. 힘든 사회이지만 우리들은 광복을 얻어낼 것이고 또 얻어질 것이다. 지금은 빼앗긴 조국. 하지만 언젠가는 우리의 땅에 봄이 오리라는 생각에 나는 하나의 작품을 '개벽'에 발표하였다. 그 작품의 이름을 '빼앗긴 들에도 봄은 오는가'로 정하였다. 나의 저항이 우리 민족에 우리 조국에 영원히 남기를 기원하며….

지금은 남의 땅
빼앗긴 들에도 봄은 오는가
나는 온 몸에 햇살을 받고
푸른 하늘 푸른 들이 맞붙은 곳으로
가르마 같은 논길을 따라
꿈 속을 가듯 걸어만 간다.
입술을 다문 하늘아 들아
내 맘에는 나 혼자 온 것 같지를 않구나
네가 끌었느냐 누가 부르더냐
답답워라 말을 해다오
바람은 내 귀에 속삭이며
한 자국도 섰지마라 옷자락을 흔들고
종다리는 울타리 너머
아가씨 같이 구름 뒤에서 반갑다 웃네

고맙게 잘 자란 보리밭아
간밤 자정이 넘어 내리던 고운 비로

너는 삼단 같은 머리를 감았구나.
내 머리조차 가뿐하다.

혼자라도 기쁘게 나가자
마른 논을 안고 도는 착한 도랑이
젖먹이 달래는 노래를 하고 제 혼자 어깨춤만 추고 가네

나비 제비야 깝치지 마라
맨드라미 들마꽃에도 인사를 해야지
아주까리 기름을 바른 이가 매던 그 들이라 다 보고 싶다

내 손에 호미를 쥐어다오
살찐 젖가슴 같은 부드러운 이 흙을
팔목이 시도록 매고, 좋은 땀조차 흘리고 싶다
강가에 나온 아이와 같이

짬도 모르고 끝도 없이 닫는 내 혼아
무엇을 찾느냐 어디로 가느냐, 우스웁다 답을 하려무나

나는 온 몸에 풋내를 띠고
푸른 웃음 푸른 설움이 어우러진 사이로,
다리를 절며 하루를 걷는다.
아마도 봄 신령이 잡혔나 보다.

그러나 지금은- 들을 빼앗겨 봄조차 빼앗기겠네

〈이상화, 빼앗긴 들에도 봄은 오는가〉

한민족의 희탄

곽만철

1

"요즘 같은 시대에 학교 그만 두면 나중에 뭐해 먹고 살아. 임마"

희철이 비아냥거리며 말했다.

"몰라 어떻게든 되겠지."

나는 누군가에게나 수도 없이 받은 그 질문에 같이 불만스럽게 대답했다. 미래에 대한 아무 대책이 없기는 했지만 왠지 모르게 잘 이겨낼 수 있을 것 같다는 생각이 들었기 때문이다.

"그래도 그렇지, 하고 싶은 건 있을 거 아니야?"

"사실 딱히 정해진 건 없어."

나는 의미심장한 어투로 질문에 대답했다.

"글이나 좀… 써볼까?"

나는 다시 한 번 소심하게 말했다.

"글? 갑자기 네가 무슨 글? 평소에 쓰던 거라도 있어?"

희철은 신기하다는 듯이 질문을 남발하기 시작하였다.

"그것도 아니야. 그렇지만 나는 글을 쓰고 싶어."

나는 단호하게 말했다.

"너무 위험한 거 아니야? 요즘 같은 시대에 글 써서 잡혀가는 사람이 얼마나 많은데."

"에이 됐다 됐어. 그만 좀 물어라."

희철의 질문공세에 못 이겨 어영부영 대화를 마무리 하였다.

"위험하긴 하지."

나는 혼자서 중얼거렸다. 지금 우리는 일본에게 나라를 빼앗겨 모든 방면에서 억압을 당하고 있는 상황이었다. 그런 시기에 작가는 단지 일본 언론탄압의 먹이가 될 뿐이었다. 그럼에도 나는 글을 써야 한다는 사명감 같은 것이 몸속 깊은 곳에서부터 끓어 올랐다. 그것이 내가 글을 쓰려는 이유이다.

"마지막으로 묻자 무슨 글을 쓸 건데?"

희철이 내 눈을 똑바로 쳐다보며 물었다.

"아무래도 소설보다는 시가 좋지 않겠어? 그 짧은 마디에 의미를 담는다는 게 보통 일은 아니잖아."

내가 조심스럽게 대답했다.

"시라… 그래 시인 이상화씨 어디 한번 잘해봐라 응원은 해줄게."

"아이구! 고맙습니다. 그려 하하하."

나는 결국 웃음이 터지고 말았다. 그 웃음은 기쁨이나 환희의 웃음이 아닌 내 불확실한 미래에 보내는 웃음이었다. 시인 이상화라니 그 거창한 말 한 마디에 가슴이 북받쳐오르기도 하고 한편으로는 두려워지기도 하였다.

"그럼 결국 학교는 그만 두겠네."

"뭐 당연한 거지. 지금까지 고마웠다."

"그래 이젠 작별이구나. 열심히 살아라."

그 말을 하고 나는 학교를 나왔다. 학교를 뒤돌아보니 그 넓은 학교가 한눈에 들어왔다. 이제 이 학교를 그만두면 어디로 가야 하는 걸까. 나는 후회와 걱정을 발걸음에 놓은 채 학교를 등지고 앞으로 걸어나갔다.

2

학교를 그만 둔 지 벌써 일주일이 지났다. 처음에는 적응도 안 되고 불편하기도 하였으나 지금은 곧잘 다니고 있다. 부모님의 반대도 있었으나 결국에는 부모님들도 나를 이해해주어서 걱정할 필요가 없게 되었다. 나는 지금 금강산 일대를 떠돌고 있다. 막연하게 당장 할 것을 찾지 못하였던 내가 할 수 있는 최선의 방법이었다. 다행히 친구가 없었던 것은 아니다. 백기만, 현진건 등 문인의 꿈을 두고 있는 사람끼리 만나 동질감을 느껴 친구가 되었다. 모두가 이 혼란의 시기에도 굴하지 않고 멋진 글을 써낼 친구들이었다. 나는 앞으로의 일을 친구들과 계획하기로 마음먹었다. 그래서 친구들을 한자리에 모았다.

"그래서 우릴 부른 이유가 뭐라고?"

진건이 먼저 입을 열었다.

"다름이 아니라 나뿐만 아니라 우리 모두의 앞으로의 계획을 의논해보려고."

내가 대답했다.

"그래 좋은 생각이다. 상화 너는 어떻게 할 생각이야? 언제까지고 금강산 일대를 돌아다닐 수는 없는 노릇이잖아."

기만이 내 말에 맞장구를 치며 말했다.

"음… 내가 생각해봤는데 우리가 3 · 1 운동을 모의에 참석하는 건 어떨까."

"3·1 운동을? 그러다가 잘못 되면 진짜 죽는 거 아니야?"

기만이 놀라며 말했다.

"우리가 언제부터 죽는 게 두려웠다고 그러냐."

진건이 대꾸했다.

"그건 그렇지만 이번 건 진짜야. 우리가 거사 모임에 참석하다가 들키기라도 하면 빼도 박도 못하고 죽음을 당할 거야."

내가 둘을 진정시키며 말하였다.

"뭐, 그래도 진건이 말도 틀린 건 아니야. 우리 같은 사람들이 조금이라도 노력해야 이 혼란의 시기를 벗어날 수 있지 않겠어? 숨어만 있는 건 너무 비겁해."

"역시 그런가. 그렇다면 나는 찬성이야."

기만이 내 말에 동조하기 시작하였다.

"나도 당연히 찬성이야. 이럴 때 가만히 앉아 있을 수만은 없지."

진건도 맞다는 듯 고개를 끄덕이며 대답했다.

"그래, 그러면 이렇게 하는 거다."

하지만 우리의 계획은 얼마가지 못해 무너지고 말았다. 누군가의 밀고로 인해 사전에 발각되어 버리고 만 것이다. 한순간에 우려하던 일이 벌어지고 말았다. 나와 친구들은 도망자 신세가 되었고 당장에는 피신할 수밖에 없는 상황이 되었다. 나는 태원의 집으로 가서 숨어 있기로 결정하였다. 그리하여 곧장 경성부로 향하였다.

"피신한다는 얘기는 들었습니다."

역까지 나와있던 태원이 나를 발견하였다.

"그래, 고맙다. 당분간 신세 좀 지마."

내가 미안하다는 듯이 말하였다.

"괜찮습니다. 시기가 시기인 걸요."

그렇게 박태원의 하숙에서의 짧지만 긴 피신세월이 지나가고 있었다.

3

끝나지 않을 것만 같았던 피난생활이 끝나고 평소와 같은 삶을 살고 있
던 도중 진건이 나를 찾아 왔다.

"안에 상화 있냐?"

진건이 집 앞에서 큰소리로 나를 불렀다.

"어, 진건이냐? 지금 나갈게."

"오랜만이다 상화야."

"어, 그래 오랜만이야 일단 들어와."

나는 웃으며 들어오는 진건을 맞이해 주었다.

"그래서 무슨 일로 찾아 온 거야?"

"음… 다른 것이 아니라 너 글 한번 제대로 써볼 생각 없어?"

"글을 제대로? 그게 무슨 말이야?"

내가 의아해 하며 물었다.

"내가 아는 사람 중에 박종화란 사람이 있거든? 그 사람이 이번에 〈백
조〉 동인지를 낸다고 해. 너도 한 번 시를 써보는 게 어떨까 해서."

나는 뜻밖의 기쁜 소식에 머리가 혼란스러워졌다. 갑자기 시 투고라니
이건 어디로 보나 희소식이었다.

"당연히 써야지! 내가 박종화라는 사람을 만나보면 되는거지?"

나는 기쁜 나머지 소리치며 말하였다.

"그래, 그래 한번 만나봐라."

"정말 고마워."

나는 고맙다는 말을 계속해서 말하였다.

"그럼 난 가볼게. 몸조심 하고."

"그래 너도. 그리고 다시 한 번 고마워."

"알았다니깐."

막상 기회가 생기니 기쁘기도 하였지만 머릿속이 복잡해지기도 하였다. 무슨 시를 써야 하는 걸까 평소에는 아무렇게나 종이에 끄적이는 식으로 시를 썼는데 지금은 어떤 주제를 사용해서 어떻게 써내려 가야할지 막막해지기 시작했다. 그래도 또 한번 예전과 같이 어떻게든 되겠지라는 심정으로 넘어갔다. 그리고는 박종화를 찾아가 보기로 결심했다.

얼마 후 진건이 알려준 장소로 가보았는데 거기에는 진건이 말한 인물이 있었다. 키는 보통사람들 정도의 키고 나이는 나랑 동갑이라고 하였다. 그럼에도 중후한 느낌이 드는 묘한 인물이었다.

"저기 실례지만 박종화씨 되십니까?"

"네, 그렇습니다만 누구신지?"

"저는 진건의 소개로 온 이상화라고 합니다."

"아, 그러시군요. 저는 박종화라고 합니다."

"저기 〈백조〉동인을 기획하신다고 들었습니다. 저도 시로 참여하고 싶습니다."

나는 이 말을 하면서도 행여나 참여하지 못할까봐 긴장하였다.

"물론 가능합니다. 흔쾌히 허락하지요."

그는 웃으면서 나에게 대답해주었다.

의외로 흔쾌한 대답에 놀라기도 하였지만 기쁜 마음이 먼저 들었다. 내가 이 사람들과 문학으로써 함께 할 수 있다니 이보다 기쁜 일이 어디 있겠는가.

"그러면 몇 분을 소개해 드려야겠군요. 언제 한번 다시 모입시다."

그가 먼저 모임을 제안했다.

"알겠습니다. 그러면 그때 뵙겠습니다."

나는 기대의 마음이 부풀어 오르고 있었다. 다른 문인들을 만나고 그들과 대화하는 것이 쉬운 일 만은 아니었기 때문이다. 나는 그들과 만나 친해져 서로 문학에 관해 토론할 것이다. 그리고는 이 혼란한 시기를 나아가기 위해서 글을, 시를 만들어야겠지.

4

어느덧 모임의 날이 찾아왔다.

"홍사용이라고 합니다. 반갑습니다."

"저는 나도향이라고 합니다. 반갑습니다."

그 사람들이 하나 둘씩 나에게 인사를 건네 왔다. 박종화가 말한 모임에 참여하니 홍사용, 나도향, 이광수 등 여러 문인들이 함께 모여 있었다.

"자자 가만히 있지들 말고 한잔 합시다."

"좋죠. 하하하."

사람들의 목소리가 한데 뒤엉켜 왁자지껄한 풍경을 자아냈다.

"여기 이번에 새로운 사람도 왔으니 말입니다 소개 좀 부탁해도 될까요?"

광수가 호쾌하게 말을 건네 왔다.

"네, 제 이름은 이상화이고 호는 상화(尙火)입니다. 반갑습니다."

나는 웃음을 지으며 대답했다.

"그러시군요. 저희도 반갑습니다."

그 곳의 분위기는 그리 딱딱하지 않고 자연스럽게 녹아들 수 있는 분위기였다. 한명 한명의 사람들도 그리 나빠 보이는 사람은 보이지 않앉고 화목하게 웃으며 나를 맞이해 주었다. 이 사람들과는 그리 마찰 없이 친해질 수 있겠다는 생각이 먼저 들었다. 그들 중 대부분은 나와 뜻이 같아 문학을 하는 사람들이어서 내 생각대로 쉽게 친해질 수 있었다. 그 모임 후로도 상호작용을 하면서 우애를 길러갔다. 이렇게 나만의 평화로운 시대가 계속 이어가고 있는 것만 같은 느낌을 받았다. 하지만 그러다 문득 생각했다. 우리의 조국은 어디로 가고 있으며 어디로 가야 하는 걸까? 이건 나만의 고민이 아닌 전 민족적 고민이라 할 수 있었기에 이것을 시로 쓰기로 하였다. 다른 친구들도 동의하였다. 박종화도 나의 시를 '백조' 창간호에 올리는 것을 꺼려하지 않았다.

5

세상을 살아가는 사람들은 여러 가지 부류가 존재한다. 자신의 지금 생활에 만족하며 적응해가서 결국 그 사회에 물들어 버리는 사람들. 또 나머지 부류는 자신이 살고 있는 사회를 부정하며 이겨내고자 하는 사람들. 아이러니하게도 이 둘은 같은 민족임에도 서로 대립관계를 유지하고 있다. 이것이 사람들이 흔히 말하는 말세가 아닐까? 더 이상의 이 말세를 지켜볼 수 없었던 나는 시 한편으로 이 시대를 표현해보겠다. 아, '말세의 희탄'이여!

나는 어찌할 수 없는 이 사회에서 이쪽 부류도 아니고 저 쪽 부류도 아닌 이도 저도 아닌 존재가 되어버렸다. 그래서 보고만 있을 수밖에 없는 것이다. 그래도 보고 있을 수 있기에 나는 나의 시를 이어갈 수가 있다. 비록 그것이 직접적인 것이 아님에도 불구하고.

'말세의 희탄'을 통해 나는 더욱더 깊은 곳으로 가기를 빌고 빌 뿐이다.

저녁의 피묻은 동굴 속으로
아, 밑 없는 그 동굴 속으로
끝도 모르고
끝도 모르고
나는 거꾸러지련다.
나는 파묻히련다.

〈이상화, 말세의 희탄〉

현진건

민족의 아픔을 사실적으로 구현하다

【 현진건 】 玄鎭健, 1900년 ~ 1943년

본관은 연주(延州). 호는 빙허(憑虛). 대구 출생. 가계는 한말에 득세한 개화파 집안으로서, 대구 우체국장
이었던 경운(炅運)의 4남이다. 1915년 이순득(李順得)과 혼인한 뒤 일본으로 건너가 동경 세이조중학(成城
中學) 4학년을 중퇴하고 상해로 건너가 후장대학(滬江大學)에서 수학하였다. 1919년 귀국하여 한말 주일
공사관 참서관(參書官)을 지낸 당숙 보운(普運)에게 입양되었다.
1920년《개벽 開闢》에 <희생화 犧牲花>를 발표함으로써 문필 활동을 시작하여 <빈처 貧妻>(1921)로
문명을 얻었다. 1921년 조선일보사에 입사함으로써 언론계에 첫발을 내디뎠다.
홍사용(洪思容)·이상화(李相和)·나도향(羅稻香)·박종화(朴鍾和) 등과 함께 《백조(白潮》 창간동인으
로 참여하여 1920년대 신문학운동에 본격적으로 가담하였다.
1922년에는 동명사(東明社)에 입사, 1925년 그 후신인 《시대일보》가 폐간되자 동아일보사로 옮겼다.
1932년 상해에서 활약하던 공산주의자인 셋째 형 정건(鼎健)의 체포와 죽음으로 깊은 충격을 받았는데, 그
자신도 1936년 동아일보사 사회부장 당시 일장기말살사건으로 인하여 구속되었다.
1937년 동아일보사를 사직하고 소설 창작에 전념하였으며, 빈궁 속에서도 친일문학에 가담하지 않은 채
지내다가 1943년 장결핵으로 사망하였다.

** 출처 : 한국민족문화대백과사전

선화공주에게

곽만철

1

"진건아, 거 닭 새끼 몇 마리 키운다고 입에 풀칠은 하고 다니겠냐? 그러지 말고 이제….

"아이고, 이 인간이 또 시작이네 글쎄 나는 관심이 조금도 없다니깐? 일하느라 바쁘니까 더 할 말 없으면 가봐라."

나는 영식의 얼굴을 쳐다보지도 않은 채 말했다.

"그럼 잘 생각해 봐라, 평생 닭똥이나 치우고 살 건지 아니면 좋은 사업하나 물어서 떼돈 벌지를 말이다."

영식이 비아냥거리며 말했다. 그리고 투박한 외제 구두를 끌며 양계장을 나갔다. 영식이 나를 처음 찾아온 것은 이번으로 세 번째였다.

평소에 가벼운 연락조차 하지 않았던 상황에서 그가 먼저 소식을 전해왔다. 연락이 오랫동안 없던 대부분의 친구가 그렇듯 가벼운 인사치레정도로 이야기가 오가다가 영식이 본색을 드러냈다.

자기가 좋은 사업 하나를 알았는데 같이 시작하고 주식회사에 재산을 투자하자는 제안이었다. 평소 원고료와 양계사업만으로는 생계를 이어

나가기 힘들다는 나의 사정마저 알고 있던 그의 말에 구미가 당기기는 하였지만 그런 위험한 도박을 할 수는 없는 터였다. 그래서 하지 않겠다고 거절하였으나 그는 아직까지도 포기를 하지 않고 매주 한 번씩은 찾아오는 상황이었다.

그가 가고 난후 잠시 후에 누군가가 양계장 밖에서 내 이름을 부르기 시작했다. 밖으로 나가보니 낡고 색이 빠져 후줄근해 보이는 옷을 입은 사내가 있었다.

그는 나를 아는 듯 했으나 나는 그 걸인의 행색을 한 사내의 얼굴을 도무지 기억해내지 못하였다.

"이야, 이게 얼마만이야. 돈이 궁해서 양계사업 한다고 하던데 진짜로 너일 줄이야."

그가 말했다.

"실례지만 그쪽 분은 누구십니까? 제 지인 중에는 당신 같은 분이 없습니다만…."

나는 조심스러운 말투로 물어보았다.

"정말 나를 못 알아본다고? 아무리 바쁘게 살아도 그렇지 서로 글을 나누었던 친구를 기억하지 못한다니 섭섭한 걸."

그가 말했다. 그 순간 내 머릿속에 조그마한 기억이 스쳐지나 갔다. 나는 과거부터 문우가 많았으나 그들은 대부분 불의의 사고로 죽거나 나를 떠나갔다.

그 중 단 한명이 미래를 기약하며 나와 다시 만나자는 다짐을 했었다.

그의 이름은 김명철이었다. 그러나 그의 행색은 기억하기로는 항상 깔끔한 서양식 의상을 입고 다니고 더러운 것을 싫어하는 결벽증세가 있던 친구였는데 지금 나의 앞에는 조촐한 걸인이 한 명 서 있을 뿐이었다.

"너 김명철 맞지? 이때까지 뭐하면서 살았길래 소식 한번 안 들렸어?"

나는 잔뜩 흥분된 목소리로 질문들을 연거푸 토해냈다.

"자, 자, 여기서 이러지 말고 같이 술이나 한잔 하면서 얘기 하자고. 술 아직 좋아하지?"

명철은 아이같이 천연덕스러운 미소를 지으며 말했다.

도색이 벗겨진 파란 양계장 철문을 닫고 나와 명철과 술집으로 향했다. 나는 그에게 하고 싶은 말이 입안에서 금방이라도 홍수처럼 터져 나오려고 했지만 그럴 때마다 명철은 그의 자랑거리인 실없는 웃음으로 대답해 줄 뿐이었다.

두 명이 남짓 걸을 수 있을 정도의 좁은 길을 우리는 오직 요란스럽지 않은 풀벌레들의 연주를 들으며 지나갔다.

실낱같은 달빛 한 줄기가 절뚝거리는 그의 오른쪽다리를 비추었다.

여러 가지 생각이 겹쳐 머릿속이 복잡해지기 시작했다.

내가 그를 마지막으로 본 3년 전만 해도 그의 다리는 너무나도 멀쩡했다. 그 당시 성황리에 연재를 끝내고 공백기였던 나와는 달리 명철은 제대로 된 연재 한번 해보지 못하고 방황하고 있었다. 그런 그에게 나는 직접적인 도움을 주지는 못하고 술이나 한잔 건네주며 힘내라고 말하는 게 전부였다. 그러던 중 그 일이 일어났다.

베를린 마라톤에서 일본의 거짓된 승리를 차마 지켜볼 수 없었던 우리(이 당시에 현진건은 동아일보 사회부부장이었다.)는 수치스러운 일장기를 지워버리고 한민족의 승리를 조선중앙일보와 함께 보도했다.

예상했듯이 일본은 우리들의 눈과 귀를 막아버리기 위해 발버둥 쳤다. 나를 비롯한 많은 관계자들이 구속되어 옥살이를 피할 수 없었다. 그 중에는 명철도 있었다.

영겁 같았던 1년의 시간이 흘러 옥살이에서 벗어나게 되었지만 명철은 다시 만날 수 없었다.

풍문으로 그가 풀려났다는 이야기를 간혹 들을 뿐이었다. 그런데 그는 오늘 뜬금없이 내 앞에 나타나 말을 아낀 채 함께 술을 마시러 가고 있다. 나의 오른쪽 다리에도 묵직함이 느껴졌다.

한쪽 모퉁이가 쥐가 파먹은 듯 닳아있는 나무 간판이 보였다. 거기에는 식당이라고 쓰여 있었다.

내가 먼저 앞장서 드르럭거리는 미닫이문을 열고 들어갔다.

시간이 시간인지라 사람들이 바글바글했고 앉아 있을 자리가 있을 성싶었지만 마침 구석에 두 자리가 남아 있길래 먼저 가서 명철을 불렀다. 이내 식당주인으로 보이는 여자가 다가와서 물었다.

"에구, 오늘따라 바빠 가지고 정신이 없네. 뭘로 드릴까?"

"일단 그냥 술이나 두 병 주시오."

아직 나와 그는 식욕이 별로 없어서 다른 음식은 별로 당기지 않았다. 소주 두 병이 나오자 그가 먼저 병을 까서 나의 잔에 술을 따라 주었다.

"할 얘기가 많을 텐데 차근차근 해보지."

내가 먼저 말문을 텄다.

"너한테만은 얘기가 술술 나올 줄 알았는데 막상 면전에 두고 보니 부담스럽구만."

"그러면 내 쪽에서 물어볼까? 이때까지 얼굴 한번 안 비추다가 오늘에서야 나를 찾아온 이유가 뭐야?"

그럴 의도는 아니었지만 비꼬는 듯한 말투로 그에게 물었다.

"너는 옛날부터 의심이 많아서 문제야. 친구가 친구 만나러 오는데 이유가 있어야 하니? 아직까지 여전하네."

이 말을 듣고 어안이 벙벙해졌다.

사실 그의 말이 맞았지만 내 속으로는 새삼 거창한 이유라도 기대하고 있었던 터이기 때문이다. 그가 계속 말을 이어갔다.

"그 일이 있은 후로 너도 많이 힘들었겠지만 나도 죽을 고비를 몇 번이나 넘겼지. 그래도 다행히 다리 한쪽 고장 난 것 말고는 별 탈이 없었지만 먹고 살기가 힘드네."

"요즘 먹고 살기 안 힘든 사람이 있겠어? 다 그런 거지 뭐… 그래도 글은 계속 쓰고 있지?"

"쓰고야 있지. 근데 너랑 같이 쓸 때만큼 수월하게 써내려가지는 못해. 나이가 들어서 그런 가 머리회전이 빠르지를 못하다고 해야 하나."

명철은 석연치 않게 실소를 터뜨렸다.

"글이야 뭐 옛날부터 몇 푼 벌이가 됐나. 그게 잘 되었으면 내가 닭 울음소리 들으며 살지는 않았을 거야. 아마…."

그의 말에 나도 입가에 미소를 번져냈다.

"맞다. 내가 가기 전에 사람 한 명 나오던데 누구야? 표정이 상당히 안 좋아 보이던데."

"아, 그 인간 별 거 아니야. 내가 요즘 밥벌이 힘든 건 또 어떻게 알고 매일같이 찾아 와서는 그냥 사업하자, 사업하자 아주 노래를 부르고 간다니깐?"

"그래서 넌 할 생각 있어?"

"내가 언제 한방 역전 노리는 거 본적 있니? 그걸 하긴 왜 해."

"그래, 잘 생각한 거야. 나 아는 사람도 투자한답시고 집까지 날려먹고 결국에는 병나서 죽었잖아. 그런 건 하지 않는 게 상책이야."

그가 사뭇 진지한 표정이 되어 나에게 충고해주었다.

이후로도 여러 이야기를 했다. 그 이야기의 대부분이 결국에는 먹고 사는 이야기로 넘어가서 서로에게 위로를 해주는 식으로 끝났다. 아마이 가게에 있는 거의 모든 사람들이 우리와 비슷한 사정일 것이다. 고통의 시기, 우리는 모두 같았다.

이야기가 오가면서 술도 다 떨어졌다. 그리고는 곧 취기가 서서히 올라오는 것이 느껴졌다.

나는 옛날부터 주변에서 애주가라는 말을 들을 정도로 술을 잘 마시고 또 좋아했지만 그는 술에 그다지 강한 사람이 아니었다. 무리를 한다는 생각이 들었다.

"야, 진건아! 근데 넌 왜 내 다리 한 쪽이 병신이 된 이유를 한 번도 안 물어보냐? 응?"

이미 상당히 취한 상태인 그가 울분을 토해내듯 말했다.

그 질문의 대답은 너무나도 간단했다. 내가 너무 나약해 보였기 때문이다. 나는 이렇게 두 다리로 두 팔로 온전히 살고 있는데 당장 나중의 일을 두고 투정이나 하고 있었다. 하지만 그는 아니었다.

밝고 긍정적인. 나는 도무지 이해 할 수 없는 행동만을 하고 있을 뿐이었다.

"…"

"너도 뭐 잘 알고 있겠지. 그래… 잘 알거야… 진건아, 그래도 나는 니가 원망스럽거나 밉지가 않다. 사실 처음에는 너를 찾아가서 시원스레 욕을 해주려고 했지. 왜 나를 찾지 않았냐고."

그가 말을 하다가 균형을 잃고 앉은 채로 비틀거렸다.

"야, 괜찮아?"

"그래, 괜찮고말고."

그가 나의 손을 뿌리치고 곧장 앉았다.

"하던 얘기마저 해야지. 그런데 네 얼굴을 딱 보니까 누가 내 머리를 퍽 치는 것 같더라. 그때 딱 알았지. 아, 나쁜 새끼는 나구나. 그래서 실실 웃었어. 너 보기 좋으라고."

"너무 많이 취한 것 같다. 이제 그만 들어가자. 집이라도 데려다 줘?"

"됐어. 임마, 난 항상 혼자서도 잘 해왔잖아? 지금도 마찬가지야."

그는 그 말을 남기고 절뚝거리며 부리나케 뛰쳐나갔다.

그를 좇는 것은 쉬운 일이었지만 나는 그를 그냥 보내주었다. 한동안 나는 자리에서 움직이지 않고 그의 넘어진 의자만을 바라보았다. 갑자기 닥친 이 상황이 쉽사리 이해가 되지 않았다. 나도 자리에서 일어나 집으로 향했다. 일자로 뻗어있는 길에는 사람 한 명 없이 아른한 빛만 일렁일 뿐이었다. 아까는 몰랐지만 이 길은 굉장히 길었다.

가도 가도 끝이 보이지 않는 듯 했다. 풀벌레소리도 들리지 않았다. 그곳에는 내가 홀로 서 있기만 했다.

2

나름 깊은 잠을 잤다고 생각했지만 숙취 때문인지 몸이 쉽사리 움직여지지 않았다. 겨우내 상체만을 들어 내 몸을 찬찬히 훑어 보았다.

어제 밤에 입은 옷을 갈아입지도 않은 채 자고 있었고 신발마저 흙탕물에 젖은 채로 발에 신겨 있었다.

방은 입구를 중심으로 진흙탕이 되어있었다. 그 모습에서 조금이나마 어제의 일에 대한 안도감을 찾을 수 있었다. 한편으로는 막막함이 밀려왔다.

이제 나는 그를 위해서 무엇을 해 줄 수 있는가… 사실상 답이 놓이지 않는 이 질문에 대고 나는 아침 반나절을 계속 허비했다. 정리가 대충 다 되고 11시 즈음이 넘자 누군가가 집에 찾아왔다. 설마 하는 생각에 가슴을 졸이며 보았는데 전혀 뜻밖의 인물이었다. 양재하였다.

"무슨 일 이시오?"

"다 알고 찾아 왔네만…."

"무슨 소리인지 모르겠습니다만."

"자네 그러지 말고 평소같이 소설이나 한편 써보지 그러나. 내 사례는 두둑히 하지."

"갑자기 찾아 와서 무슨 소설입니까?"

"뭐, 천천히 생각해 보게나."

그 말만 남기고 양재하는 사라졌다.

몇 마디 아닌 담소였음에도 불구하고 그 비아냥거리는 식의 말투는 두드러지게 나타났다. 그와 좋은 인연은 아니다마는 지금 나에게 사실상 선택권이라고는 거의 없었다.

당장에 한 끼를 찾아 헤매야 했고 또 일해야 했다. 최근 들어서는 문예쪽 일이 잘 잡히지 않는 것이 현실이기도 하였다.

따로 어디론가 찾아오란 말이 없어도 나는 그를 쉽게 찾아낼 수 있었다. 그는 항상 그 곳에 있기 때문이었다. 멀리서도 그의 갈색 정장이 보였다.

"아이구, 벌써 오시나 좀 시간을 더 드릴 수도 있었는데…."

"지체할 시간이 어디 있겠소. 당장 시작합시다."

"성질도 급하시네. 뭐 나야 상관없으니 내 잡지인 '춘추'에 좋은 글이나 한편 써 내 보시오."

"알겠소. 내 실력은 잘 알 터이니…."

"그러면 말이 끝났으면 나는 슬슬 가겠네. 워낙 바쁜 몸이라서 말이지 끌끌…."

그렇게 말하고는 그 키 작고 오만한 땅딸보는 사라졌다.

나라를 팔아먹은 그 녀석은 유유히 웃으며 내 시야에서 멀어져가고만 있었다. 저런 녀석이 활개치는 이 나라에서 나는 눈 뜨고 보고 그 녀석 밑에서 일하는 수밖에는 없었다.

분노에 치밀려 다시 집으로 돌아가던 중 다시 한 번 내 눈앞에 뜻밖의 친구가 나타났다. 김명철이었다.

"이런 곳에서 다시 만나고 어디 다녀오는 길이야?"

"어, 조금 여기 앞에….."

"말을 숨기는 것 같네… 어째 술이라도 필요하신가? 하하."

"아니 별 큰일은 아니야 그냥 양재하가 소설 한 편 쓰라고 해서….."

"뭐? 야, 너 그거 쓰지 마라."

"갑자기 왜 그래?"

"쓸 거 안 쓸 거 따로 있지."

"별 일 없을 거야. 그냥 글 하나 짓는 건데 뭐….."

"안 쓰는 게 좋을 거야. 친구로서 해주는 말이야."

"알았어."

말은 석연치 않게 알았다고 하였지만 나는 돈이 궁했기에 도무지 구미가 당기는 그 일을 거절할 수는 없는 노릇이었다. 하지만 그 글을 연재한다고 해도 돈이 부족한 것은 마찬가지였다.

세상은 돈이 없으면 살 수 없다. 그것이 친구일지라도….

"워후, 그래서 투자하기로 한 거네? 잘 생각 했어 진건아."

"조용히 이 돈만 받고 더 버는 거다. 알겠지? 이게 내 전부야."

"당연하지. 내가 네 돈은 책임지고 벌어다준다."

이때까지만 해도 새삼 돈을 얻지는 못하되 잃지는 않을 것이라는 근거 없는 자신감이 도출되고 있었다. 하지만 달콤함의 끝은 항상 떫음이라고 했던가.

결국 나의 재산은 닭 모이처럼 부스러져 사라져 버리고 말았다. 모두가 나의 잘못이겠지. 앞이 점점 어지러워짐을 느꼈다.

요즘 조금 무리를 한 성 싶어서 집에 가려고 발을 옮기자 그대로 균형을 잃고 쓰러져 버렸다."

3

몸의 뜨거워짐에 놀라 정신을 차렸다. 명철 그리고 처음 보는 사람들 대충 복장을 보니 의사와 간호사들인 것 같았다.

"야, 괜찮냐? 갑자기 쓰러졌어."

"뭐?"

나는 의아한 표정으로 명철에게 다시 물어보았다.

"그러니까 네가 멀쩡히 있다가 갑자기 쓰러졌다고."

사실 무슨 의미인지 몰라서 다시 물어 본 것은 아니다. 그저 나에게 벌어진 이 현상을 재확인하고 싶었을 뿐이다. 어려서부터 몸이 딱히 아픈 곳은 없었던 나였기에 갑자기 벌어진 이 사태에 잘 대처하지 못하였다.

"환자분만 따로 뵙시다."

"아… 네."

의사가 사뭇 진지한 목소리로 나에게 말했다.

"단도직입적으로 말하자면 혈압이 상승하여 고질병이던 폐결핵이 악화되셨습니다. 경과를 지켜본다고 해도 얼마 못 가실 겁니다."

"…."

나는 말을 이어가지 못했다.

자신의 죽음예고를 듣고 말을 바로바로 이어갈 수 있는 사람이 세상에 몇 사람이나 된단 말인가. 수만 가지 생각이 교차한다는 것의 의미를 제대로 깨달았다.

나의 재산, 가족, 글, 그리고 친구…. 이 모든 것을 정리해야한다는 말인가.

나는 떠나야만 했다. 저 모든 것을 두고 재기동에 있는 새로운 나의 보금자리로 갈 것이다.

그 곳에서 나의 소설 '선화공주'를 마무리해야만 한다. 어찌 보면 나의 유작 그 비운의 작품을 말이다.

4

몸 상태는 하루가 멀다 하고 좋지 않아지고 있다. 아마 이 속도로 몸이 안 좋아진다면 나는 결국 글을 끝내지 못한 채 명을 다할 것이다. 도움이 필요하다. 명철을 찾아서 나의 마지막 유작을 마무리해 달라고 부탁할 심정이다. 나는 그를 나의 집으로 불렀다.

그는 나의 낡은 초가집에 한마디 불평도 하지 않고 온전히 나의 이야기만을 들어주려 이곳에 온 것이다.

"사실은 말이야 내가 지금 쓰고 있는 선화공주의 마무리를 네가 해주지 않겠어?"

"선화공주를?"

"그래… 나는 더 이상 힘들지도 몰라."

"그런 소리 하지 마라."

"어쩔 수 없어. 믿을 수 있는 문우는 너뿐이야 부탁해."

"…"

"그래 알았어. 만약 그럴 일이 찾아온다면 모든 걸 미루고 먼저 마무리 해줄게."

"고마워, 명철아!"

5

명철은 그의 작품 '홀로'가 이렇게까지 성황을 누릴 줄 상상하지 못하였다. 이때까지 무명작가의 길만을 걸어오던 그가 갑자기 성화를 누리게 되니 복에 겨워 어찌 할 줄을 몰랐다.

당장 먹을 음식 걱정을 하지 않아도 되었고 집 걱정도 하지 않아도 되었고 가족 걱정도 하지 않아도 되었다. 단 한 가지 죽은 그의 친구 진건의 걱정만을 잊은 채로.

"어? 이게 뭐지?"

명철은 서랍을 뒤지던 중 종이더미를 발견하였다.

'아니 이건 선화공주잖아?'

명철은 뒤통수를 얻어맞은 듯하였다.

죽은 친구 진건이 생각났기 때문이다. 그리고 그 친구는 그에게 부탁을 했었다. 작품을 완성해 달라는 약속을 말이다.

'이러고 있을 때가 아니지. 내가 이때까지 누리던 성화는 다 무엇이란 말인가.'

명철은 크게 후회하며 선화공주를 작업하기에 이르렀다. 그리고 며칠 후 마침내 선화공주를 마무리 짓게 되었다.

그리고는 작품 마지막에 이렇게 적었다.

'현진건이 선화공주에게 보냄.'

보여주지 못한 크리스마스

현진건의 '운수 좋은 날'

박재혁

"아빠, 크리스마스까지 며칠 남았어?"

나는 매일 듣는 그 말을 못 들은 체 하려고 했지만 차마 딸의 초롱초롱한 눈망울을 피할 수 없었다.

"저번에 말해준 지 몇 밤 지났다고 또 크리스마스 찾고 있어?"

딸은 시무룩한 표정을 지으며 속삭이듯 말했다.

"아빠는 크리스마스가 싫어?"

나는 크리스마스 날 아픈 추억이 있었지만 꾹 눌려 담고 아이에게 말했다.

"아니, 아빠도 산타할아버지가 너무 보고 싶은데 계속 물어보니깐 괴로워서 그랬어."

아이의 표정은 금세 환해졌고 루돌프 노래를 부르자며 자기가 먼저 한 소절을 불렀다.

"루돌프 사슴 코는….'

"거참… 매우 반짝이는 코.'

그렇게 나는 딸과 서로를 마주보며 루돌프 노래를 끝까지 불렀다.

이 때문일까 아이는 고운 미소를 지으며 고이 잠에 들었다. 나는 아이가 자는 사이 차가운 냉장고 속에서 소주 한 병을 꺼내 술잔에 따랐다.

"역시, 그녀와 많이 닮았어…."

언제 적 일이었을까? 아이엄마는 병원에 입원해 하루 종일 창밖만 보고 있었다.

"어딜 그렇게 보고 있는 거야?"

"저기 봐봐요. 아름답지 않아요?"

아내가 가리킨 곳은 시내 한복판의 거대한 크리스마스 트리였다. 나는 장난삼아 말했다.

"그거 알아? 이번에 화이트 크리스마스라고 하던데?"

"정말요? 꼭 보고 싶네요."

하지만 그녀는 딸을 낳으며 이 세상과 이별했고 더욱 아름다운 곳으로 떠났다.

그 날은 내가 장난삼아 말했던 화이트 크리스마스 날이었다. 나는 장례를 치르고 아내의 병실을 정리하다 한 장의 종이를 발견했다. 종이에는 자신이 시간이 없다는 듯 짧고 굵직한 세 마디가 적혀있었다.

'여보…미안해요. 저도 화이트 크리스마스 당신과 보고 싶었는데… 우리 아기라도 꼭 보게 해주세요….'

나는 그 종이를 읽는 순간 눈물이 왈칵 쏟아졌다.

정신을 차리고 보니 저 밖에서는 딸아이의 칭얼거리는 소리가 들려왔고 나는 귀신에 지핀 듯 딸이 자고 있는 방으로 향했다.

"왜 악몽이라도 꿨어?"

아이는 잠에서 덜 깬 듯 중얼중얼 거렸다.

"아빠가 없으니깐 혼자 자기 무서워…."

나는 피식 웃으며 말했다.

"그래, 우리 딸 아빠랑 마저 코~하자."

"응."

그렇게 차가운 냉장고 밖으로 나온 소주병은 점점 따뜻해져 갔다.

일주일이 흘렀을까. 딸의 유치원가방에는 공개수업이 있다는 작은 쪽지가 끼워져 있었다. 아이는 혹시나 혼자 있을까봐 두려웠는지,

"아빠, 꼭 올 거지?"

작은 목소리로 말했다.

나는 단호하게 말했다.

"아빠가 몸이 불편해서 그런데 할머니가 갈 거야?"

"다른 아이들은 모두 엄마 온다고 서로 자랑도 하던데 나는 왜 할머니만 와?"

나는 그 소리를 듣자 가슴이 철렁 내려앉았다.

그리고 나는 아무것도 모르는 딸에게 버럭 화를 냈다.

아이는 갑자기 화를 내는 내가 무서웠는지 닭똥 같은 눈물을 뚝뚝 흘렸다.

"뭐 잘했다고 울어?"

말은 험하게 했지만 울고 있는 딸을 보고 있으니 내 마음은 사르르 녹고 도로 미안해지기 시작했다.

"아빠가 화내서 미안해… 이제 뚝 하자 우리 공주님."

아이는 아무런 말도 하지 않고 더 크게 울기 시작했다. 나는 딸에게 한 가지 이야기를 해주겠다고 결심했다. 바로 엄마에 대한 이야기였다. 아이도 이제 알아야 한다고 생각했고 아이의 눈물을 멈출 수 있는 나만의 이야기 꾸러미였기 때문이다.

나는 딸에게 내 앞에 앉아 보라고 말했다. 딸은 자기가 잘못했다고 생각했는지 무릎을 꿇으며 내 앞에 앉았다.

나는 그런 딸을 번쩍 들어 나의 허벅지에 앉히고 하나하나 이야기 꾸러미를 풀어나갔다.

딸의 눈물은 어느 순간 말라 있었고 내 말에 귀를 쫑긋 세워 듣고 있었다.

아이의 표정에는 엄마가 죽었다는 실망과 좌절 대신 담담한 표정이 가득했다.

'역시 나이가 어려서 그런지 죽음을 모르는 것 같네….'

나의 이야기 꾸러미 소재가 끝나자 딸은 스스로 자러 간다고 말했다.

'많이 지루했나?'

그리고 나는 창밖을 바라보며 30분간 아내를 생각했다.

다음 날 아침 딸은 내가 깨워주기 전에 먼저 일어나 유치원에 갈 준비를 하고 있었다.

나는 어리둥절해 하며 멀뚱멀뚱 딸만 쳐다보고 있었다.

"아빠, 나 배고파."

"어?…어…어… 빨리 해줄게 잠시만 기다려."

나는 서둘러 부엌으로 갔다.

내가 계란후라이를 하는 사이 딸은 내 옆에 찰싹 붙어,

"아빠 내가 도와줄까?"라고 말했다.

"우리 공주, 괜찮으니깐 잠시 앉아 있어줘."

"응!"

딸은 내가 해준 계란후라이와 한동안 우려먹은 미역국을 오늘은 불평 없이 허겁지겁 먹었다.

그리고 딸은 자기가 도와준다며 설거지 하려는 나를 밀치고 고사리 같은 손으로 수세미를 쥐었다. 그리고 자기 나름대로 열심히 접시를 문질렀다.

나는 그런 딸을 보고 '아… 이런 게 다 키운 느낌이구나…'라는 것을 처음으로 느꼈다.

딸이 설거지를 다하자 나는 냉장고 속에서 초콜릿을 하나 꺼내 딸에게 건넸다. 딸의 입은 귀까지 걸려있었고 혼자 방실방실 웃으며 초콜릿을 깠다.

초콜릿을 반쯤 먹고는 나머지를 나에게 주었다.

"이거 아빠 먹어."

'….'

나는 딸이 한말에 감동의 파도가 차올랐다.

딸이 가장 좋아하는 초콜릿까지 주다니….

나는 요즘 따라 딸에 대해 새롭게 생각한다.

옛날처럼 어리광은 많이 부리진 않지만 나는 여전히 딸이 좋다. 하지만 옛날과 달라지지 않은 것이 하나 있었다.

바로 크리스마스 날이었다. 나는 요즘 따라 잘 행동하는 딸에게 특별한 선물을 주기로 결심했다. 내가 선물하려고 한 것은 우리 가족과 꼭 닮은 가족 인형이었다. 물론 없어서는 안 되는 아내도 포함했다.

나는 딸이 그 선물을 받았을 때 기뻐하는 표정을 상상했다. 딸도 즐겁고 나도 즐거운 크리스마스… 정말 행복했다. 하지만 공장 기계가 똑같은 인형을 만드는 시대에 누가 핸드메이드 인형을 만드는지 얼마나 하는지 나는 아무런 정보도 없었다.

나는 여러 사람들에게 물어보며 정보를 모으기 시작했다.

"야야, 요즘 사람이 직접 만드는 인형 얼마 정도 하나?"

"요즘이 어떤 시댄데 직접 만들어. 그냥 콩순이 인형 하나 사주면 좋아 할거야."

"안돼. 임마, 꼭 우리 가족이랑 똑 닮아야해."

"하이고, 고집은 나도 알아보고 다시 전화 줄게….."

"그래 고맙다. 아, 그리고 이거 예슬이한테 말하지 마. 조금이라도 눈치 채면 죽는다."

"부탁하는 사람 맞냐? 무덤까지 가지고 갈 테니깐 걱정 마."

이렇게 나는 이곳저곳 사람들에게 부탁했다.

크리스마스가 한 달 정도 남았을 때, 친구에게 전화가 왔다.

"여보세요?"

"야, 니가 부탁한 거 있잖아. 내가 찾아봤는데….."

"정말? 어디야?"

"내말 끝까지 들어. 내가 전화번호 알려줄 테니까 월요일에 전화해 봐."

"왜 월요일이야? 바빠 죽겠는데….."

"그 사람들은 안 쉬냐? 그 사람들도 쉬어야지."

"아… 맞네. 암튼 고마워, 전화번호 바로 보내줘."

나는 전화를 끊고 손톱을 잘근잘근 씹어댔다.

'주말아 빨리 지나라….'

나는 주말 내내 마음속으로 시간이 지나길 바랐다. 그리고 언뜻 생각했다.

'내가 주말 지나는 걸 기다리는 적도 있다니… 참 웃기는 군…. 나도 어지간히 급한가 보구나.'

월요일이 되자 나는 친구가 준 번호에 전화를 했다. 전화를 걸자 휴대폰 속에서는 샤방샤방한 여인의 목소리가 자신의 가게를 소개했다. 그리고 피곤에 절어있는 듯한 한 여자가 전화를 받았다.

"네, 미미네 인형집입니다."

"저기 제가 저희 가족과 똑 닮은 인형을 가지고 싶어서 그런데….."

"아이가 첫돌이신가 봐요?"

"아니요… 크리스마스 선물로 줄려고요."

"크리스마스까지 며칠 안 남았을 텐데…."

"꼭 필요해서 그렇습니다, 부탁드립니다."

"그러면 일단 내일 찾아와 보세요."

"네! 정말 감사합니다."

다음날이 되었다. 나는 딸을 깔끔하게 씻기고 단정한 치마로 갈아입혔다. 그리고 나서 아내의 사진도 수건으로 반짝반짝하게 닦아 주었다.

택시를 타고 1시간 정도 갔을까? 장난감집과 똑같이 생긴 한 가게가 보였다.

문을 여니 '엘리제를 위하여'가 들려왔다. 딸은 들어가자마자 눈이 휘둥그레지며 여러 가지 인형들을 만지기 시작했다. 딸이 인형에 정신이 팔린 사이 직원이 하품을 하며 나를 맞이했다.

"어서 오세요. 어제 전화 하신 분 맞으시죠?"

다 큰 남정네가 이런 곳까지 찾아오다니…. 나는 알 수 없는 부끄러움에 작은 목소리로 말했다.

"네…."

직원은 나를 보고 잠시 기웃거리더니 "아내분은요?"라고 말했다.

나는 미리 예상했다는 듯이 "아내가 병원에 입원해서요. 저랑 딸만 찍어주시면 돼요"라고 말했다.

점원은 언짢아하며 아내 사진을 받았다. 그리고 사진작가가 나타났다.

사진촬영은 곧 바로 시작했고 사진작가는 딸의 무뚝뚝한 표정이 싫은 듯 계속해서 다른 표정을 요구했다.

"아이야, 조금만 웃어봐…."

"애야, 똑바로 서있어야지."

딸이 힘들어하는 것을 감지한 나는 주머니 속에서 막대사탕을 하나 꺼냈다. 딸은 막대사탕이 좋은지 촬영 내내 사탕을 입에 물고 있었다. 사진 찍는 것이 끝나자 직원은 우리에게 다가왔다.

"저희가 2장을 뽑았는데 한 장은 저희가 주는 선물이고요, 한 장은 저희가 보면서 해야 해서 가지고 있을게요."

나는 담담하게 "네, 부탁드립니다…"라고 말했다.

내가 가격이 얼만지 물어보려는 순간 직원은 "아…참 실제사이즈랑 똑같이 하실 거죠?"라고 말했다.

아무것도 모르는 나는 전체적인 분위기만 해달라고 하고 정중히 사양했다. 하지만 다른 직원들은 계속해서 실제사이즈로 하라며 나를 부추겼다.

결국 나는 직원들의 꼬드김에 빠져 헤쳐 나올 수 없었다.

"얼굴이랑 전체적인 분위기는 똑같이 해주시고요, 사이즈는 2분의 1 사이즈로 해주세요."

직원들은 성공했다는 듯 올라간 입꼬리를 감추지 못했다.

"그러면 정리 해드릴게요. 얼굴이랑 전체적인 분위기는 최대한 똑같이 하고 사이즈는 실제의 2분의 1로 해 드릴게요. 참 아내분의 키가 몇이죠?"

나는 아내의 키를 묻는 질문에 잠시 당황했지만 대충 짐작해 160센티라고 말했다.

"저희는 직접 손으로 만드는 거라 시간이 좀 걸리지만 크리스마스이브까지는 전부 할 것 같네요."

"그러면… 저 가격이…?"

"흠… 42만원에 해드릴게요."

나는 금액을 보고 경악을 금치 못했다.

"무슨 인형이 42만원이나 해요?"

점원은 마음이 상한 듯 했다

"요즘 핸드메이드는 이 정도 해요. 게다가 사이즈도 커서 하기도 힘들고요…"

자기들이 하라 해놓고 사이즈가 크다고 돈을 더 내라니… 나를 호구로 보는 것 같았다. 하지만 이곳이 아니면 또 다른 곳을 찾기가 막막해 나는 여기서 끝을 보기로 결심했다.

"저기, 돈은 제가 10만원 먼저 드리고 인형 받으러 올 때 32만원 드릴게요."

나는 주머니 속에서 꾸깃꾸깃한 만원 지폐를 10장 꺼냈고 점원들에게 주었다. 점원들은 나의 꾸깃꾸깃한 10만원을 보고 뺏다시피 돈을 가져갔다.

가계에서 계약한 지 며칠이 흘렀을까? 나는 32만원을 모으기 위해 막노동 자리에 수시로 들락날락 거렸다.

"오늘은 자리 있어요?"

"글쎄, 아까 지나간 걸로 아는데…."

"네… 안녕히 계세요."

중개인은 딱한 눈으로 나를 쳐다보았다.

"엄마! 나 왔어."

"오늘도 자리 없대?"

"응, 예슬이 어딨어?"

"자고 있는데 왜?"

"집에 가야지 이제…"

"왜 벌써 가? 밥 먹고 가."

"아니야, 집에 가서 먹지 뭐!"

나는 자고 있는 예슬이를 업었다.

예슬이를 업고 집으로 가는 도중 예슬이는 잠에서 깨어났다.

"아빠, 어디 갔었어?"

"잠시 밖에서 공기 좀 마시고 왔어."

"집에 바로 갈 거야?"

"왜? 어디 가고 싶은 곳 있어?"

"아니… 그냥 배고파서….”

"그럼 토스트 먹고 갈까?"

"응!"

나와 딸은 하얀 계란에 딸기잼을 바른 토스트를 한손에 들고 나머지 한손은 손을 잡으며 걸어갔다. 집에 도착하자 딸은 책을 읽어 달라고 찡찡거렸다.

"아빠, 오늘 책 읽어주기 힘든데….”

"왜? 무슨 일 있었어?"

"아니야… 읽어줄게. 책 한 권 뽑아와."

아이는 콩쥐팥쥐 한 권을 뽑아왔다.

"콩쥐야 오늘 이 일들 다 해놓아라….”

나는 실감나는 연기를 보여주고 딸을 힐끔 보았다.

하지만 딸은 토스트를 먹고 포만감이 있었는지 나의 연기를 보지 못한 채 잠이 들어있었고 나도 그 옆에서 잠시 낮잠을 잤다. 30분 정도 잤을까 어제 일자리에서 하지 못한 일들이 생각났다.

딸은 여전히 자고 있었고 나는 딸이 깰까봐 조심조심 신문을 폈다. 신문에서는 갖가지 일할 사람을 찾고 있었지만 나와 조건이 맞지 않아 포기해야 하는 것이 수두룩했다.

그때, 부업이란 작은 글씨가 나에게 와 닿았다.

'부업이라… 뭐 안하는 것보단 좋으니까….'

나는 아래에 적힌 전화번호에 전화를 했다.

통화음이 나의 귓가를 자극했고 곧 바로 아파트회장 같은 우람찬 목소리가 들려왔다.

"여보세요?"

"여보세요, 부업 하려고 전화 드렸는데요."

"네, 근데 남자분 아니신가요? 남자가 부업을 하려고요?"

"남자라고 못할 일이 뭐 있겠습니까?"

"하긴 그렇죠. 인형 눈알 붙이는 일인데 가능하시겠어요?"

"믿겨만 주세요."

"자신감은 좋으시네. 그러면 내일 인형들이랑 눈알 뭉치가 갈 거예요. 개당 100원이니까 미리 알아두세요."

"네! 열심히 하겠습니다."

나는 전화를 끊고 열심히 머리를 굴렸다.

'32만원이 필요하니깐 100으로 나누면… 3200개나 해야 하네. 언제 다 하나….'

나는 막막했지만 옆에서 자고 있는 딸을 보니 막막함도 잠시였다.

다음날이 되었다. 나와 딸이 낮잠을 자는 사이 누군가 초인종 누르는 소리가 들려왔다.

"택배입니다."

'마침 왔네.'

나는 굳은 의지를 보이며 현관문을 열었다.

현관문을 열자 거대한 눈알뭉치와 여러 가지 인형들이 쏟아졌다.

나는 그 무거운 눈알뭉치들과 인형들을 딸이 눈치 채지 못하게 여러 곳에 숨겼다.

다행히도 딸이 깨기 전에 인형들과 눈알뭉치들은 각각 제자리를 찾았

다. 그리고 매일 딸이 낮잠을 잘 동안 나는 제자리에 숨어있는 눈알뭉치
와 인형들을 꺼내 조금씩 하기 시작했다.

눈알 뒷면에 본드를 묻혀 인형눈에 붙이고….

나는 하루에 이 작업을 수십 번, 수백 번을 반복했다.

똑같은 일상이 20번 정도 지나갔다. 장난감 집과 약속한 시간이 점점
다가왔고 기간은 10일조차 안 남았었다. 즉 크리스마스까지 11일 남았
다는 것이었다.

밖에는 크리스마스 상품들이 도배되었고 텔레비전 안에 있는 사람들
은 메리 크리스마스를 외쳐댔다. 그런 선전과 광고들은 나를 점점 더 압
박했고 나는 알 수 없는 괴로움을 느꼈다.

달력에 남은 기간들이 X표시에 사라지자 나는 밤을 새는 일들이 더 많
아졌다. 때로는 인형 눈을 붙이며 잠에 들었고 일상생활도 재대로 못할
때가 많이 생겼다.

그렇게 8일 정도 시간이 흘렀고 나의 촉박한 마음은 절정에 달했다.
나는 인형에 눈도 붙이지 않고 계속해서 남은 인형들을 세기만 했다.

"한 개, 두 개…."

막상 세어보니 인형들은 산처럼 쌓여 있었고 나는 점점 불안해졌다.

내가 모든 것을 포기하려고 할 때 딸이 말했다.

"아빠, 이번에도 산타할아버지가 오겠지?"

나는 그 말을 듣는 순간 갑자기 알 수 없는 힘들이 솟구쳤다. 그리고
쉴 새 없이 인형 눈알을 붙여댔다.

가까스로 인형눈알들을 다 붙이고 마침내 돈을 받았다.

돈을 받자마자 나는 콜택시 한 대를 불러 미미네 장난감집으로 재빨
리 몸을 옮겼다.

나는 급하게 32만원을 건넸고 점원들도 각각 크기가 다른 거대한 인

형들을 가져왔다. 인형들은 택시 뒷좌석을 차지했고 나는 앞좌석에 몸을 싣고 부모님 집으로 향했다. 왜냐하면 미리 들키지 않기 위해서였다.

나는 택시에서 내려 힘겹게 인형들을 옮겼다. 그러자 절뚝거리며 인형을 옮기는 나를 본 택시기사는 안쓰러운지 아내인형을 들고 같이 옮겨주었다.

부모님 집에 인형을 두고 나는 가벼운 걸음걸이로 집에 갔다.

집으로 돌아온 나는 1년 동안 묵혀 있던 크리스마스트리를 꺼내 딸과 함께 장식했다. 장식을 하면서 우리는 목청껏 노래를 불렀고 딸은 빨리 산타할아버지를 보고 싶다며 잠에 일찍 들었다.

새벽 4시가 되자 알람시계는 나를 깨웠고 나는 딸 몰래 혼자서 부모님 집으로 갔다. 역시나 세 개는 혼자 들기 벅찼다. 나는 낑낑거리며 선물들을 가져와 트리 옆에 두었고 딸이 깨기까지 기다렸다.

그런데… 딸이 평소에 일어나던 시간에 깨지 않았다. 피곤해서 그런가 보다 하고 무심하게 생각했지만 문득 불길한 예감이 내 머리를 스치고 지나갔다.

나는 급히 딸의 방으로 가서 딸을 흔들었지만 딸은 미동조차 없었다.

불안함이 나를 덮쳤고 나는 손가락을 딸의 코에 갖다댔다. 하지만 나의 손가락에는 따뜻한 바람이 흘러오지 않았다. 나는 급히 119에 신고했고 곧바로 사람들이 우리 집에 들이닥쳤다.

나는 매우 긴박한 상황에도 혹시나 하는 마음에 딸을 본떠 만든 인형을 가지고 그 뒤를 따랐다. 병원에 도착하자 잠시 정적이 흘렀다. 의사는 딸이 폐렴으로 사망했다고 말했고 혹시 아이가 평소에 기침을 많이 했는지 나에게 물었다.

곰곰이 생각해보니 내가 눈알을 붙인다고 정신이 팔렸을 때 저 멀리서 딸의 기침소리가 잠시나마 들렸던 것 같았다. 하지만 나는 그저 단순한 감기인 줄 알고 이불을 덮어주었던 것이 생각났다.

의사는 이런 나에게 말했다.

"아이가 폐렴으로 많이 아팠을 텐데 왜 방치해 두셨죠?"

나는 이 말을 듣고 땅에 털썩 주저앉았다.

"내가 죽인거야… 내가….."

나는 오열을 하며 손에 쥐던 인형을 안았고 인형의 머리는 축축하게 젖어있었다.

현 선생과의 하루

이창민

　현진건의 집에서 마주보고 앉았다. 오래 전부터 인터뷰를 시도했지만 어려움이 있었고 우여곡절 끝에 이 자리가 마련된 것이다.

　"선생님이 여태껏 살아오신 삶에 대해 자세히 듣고 싶어 찾아왔습니다."

　현진건은 잠시 무슨 말부터 해야 할 지 잠시 머뭇거리다 이야기를 시작했다.

　"흠… 나의 삶이야기를 어디서부터 시작해야할지… 우선 내가 결혼을 한 이야기부터 시작하는 게 좋겠군. 나는 1915년 16살의 나이로 경주 향리 집안의 대부호의 딸 순득이와 혼인을 하게 되었다네. 그녀와 혼인을 한 후 일본 유학을 가기로 되어 있었는데 그 사이에 한 달이라는 시간적 여유가 생기더군. 아마 그 때부터가 내 문학의 시작이자 내 삶의 시작이었다고 할 수 있지. 내 삶이 곧 문학이니 말이야. 나중에 내가 양아버지의 추천으로 '개벽'이라는 잡지에 게재한 '희생화'라는 작품도　그때부터 써왔었던 글이었네."

　나는 기자수첩에 필기를 하며 말했다.

　"아! 그 '희생화'라는 작품이 그 때부터 써왔었던 글이었군요. 새로 알게 된 사실입니다."

"후후… 그 전에도 시간이 날 때마다 글을 짬짬이 써왔지만 그렇게 한가롭고 여유로운 시간 속에서 방해받는 것 하나 없이 글을 쓴다는 게 너무나 행복한 시간이었지. 지금도 가끔 그 시절이 그립다네. 그리고 그 한 달이라는 시간이 지난 후 나는 일본 도쿄의 세이소쿠 영어학교로 유학을 가게 되었네. 정말 힘든 나날들이었어…. 다른 언어, 다른 문화, 거기다가 기댈 사람도 없이 그렇게 2년을 보냈다네. 더 이상은 버틸 수 없었지. 다시 고향으로 돌아가서 친구들과 함께 생활하고 싶은 마음이 굴뚝 같았네. 그리고 나는 결국 한국으로 돌아오게 되었지. 평생을 살고 되돌아봐도 후회 없는 결정이었네. 그 후 돌아온 뒤 한국에서의 생활이 순탄치 만은 않았지만, 말이 통하는 사람이 있다는 이유만으로도 하루하루 즐거웠지."

현진건의 말을 조용히 듣고 있었다. 현진건은 집중하고 있는 나에게 질문을 던졌다.

"이 기자! 내가 그렇게 유학을 그만두고 한국에 돌아온 후 뭘 했을 것 같나?"

나는 갑작스런 질문에 당황한 나머지 머리가 백짓장처럼 하얘져 버렸다.

"어… 음… 그냥 제 생각에는 한국에서 부족했던 공부를 마무리 지으셨을 거라고 생각되는데요…."

"후후, 자네도 그렇게 생각하는구만. 당연히 그래야하지만 나는 부모님이 어려운 형편에 보내주신 유학을 포기하고 와서 공부를 하기는커녕 글을 본격적으로 쓰게 되었다네. 유학까지 포기하고 와서 한다는 게 고작 글쓰는 거라니 자네가 생각해도 터무니없지 않나?"

나는 부자연스러운 미소를 지으며 고개를 끄덕였다. 부모님이 어려운 형편에 보내주신 일본 유학을 포기하고 와서는 자기가 하고 싶은 일을 꿋꿋이 한다는 게 너무 염치가 없어 보였기 때문이다.

"부모님께 죄송하긴 했지만 어쩔 수가 없었다네. 그 당시에 나는 글을 쓴다는 거에만 정신이 팔려있었기 때문에 다른 것에 집중할 상황이 되지 않았네. 그 후 나는 백기만, 이상화 등과 마음을 합쳐 습작 동인지 '거화'를 발간하게 되었지. 그게 본격적인 나의 본격적인 문학의 첫걸음이었지만 제대로 된 잡지는 아니었고 작문지 정도의 수준이었어. 그 당시에 처음 잡지를 발간했을 때 엉성하고 부족한 부분이 많았지만 내가 그토록 하고 싶었던 일을 뜻이 맞는 동료들과 함께 이뤄냈다는 게 여간 기쁜 일이 아니었지. 내가 그 일을 계속 할 수 있었더라면 더더욱 그랬겠지만 내가 이렇게 글을 쓰며 사는 게 내 주변 사람들은 좋게 보지 않았어. 나는 할 수 없이 그해(1917년) 4월 다시 일본도쿄 세이조 중학교에 편입하게 되었어. 내가 다시 일본으로 돌아가면서 내가 너무 힘들었고 그 모습을 본 부모님의 결정으로 결국 또다시 이듬해 3월 다시 한국으로 돌아와서 중국으로 거처를 옮기게 되지 흠… 지금 생각해보면 그때도 참 이리저리 바쁜 시절이었구만. 그나저나 자네 점심은 먹고 왔나?"

현진건은 점심때가 넘은 지도 모르고 한참 이야기를 하고 있다는 사실을 문득 깨달았다.

"아니요, 아직…."

현진건 선생에 대해 이런저런 조사를 많이 하고 왔지만 내가 알고 있었던 건 우물 안의 개구리 수준이었다. 직접 찾아오길 잘했다는 생각이 든다.

"그럼 밖에 나가서 식사나 하세!"

현진건 선생은 겉옷을 걸치며 말했다.

"이 앞에 국밥집이 새로 생겼다네. 그저께도 갔었는데 정말 맛있더군.

자네도 분명 좋아할 걸세!"

　그 길로 현진건 선생과 함께 집을 나섰다. 집앞 좁은 골목길을 빠져 나오자마자 북적북적한 번화가가 펼쳐졌다. 이 많은 사람들 중에서 대구 문학의 거장 현진건 선생과 같이 발맞추며 걷고 있다는 사실이 뿌듯하게 느껴졌다. 현진건 선생은 길을 걸으면서는 아무 말을 하지 않으셨다. 그저 여유롭게 천천히 걸으며 주위를 잘 살피며 걸었다. 그래서 나도 같이 아무 말도 하지 않고 천천히 걸었다. 걷다보니 누가 봐도 개업한지 얼마 안 된 깔끔한 국밥집이 어렴풋이 보였다. 국밥집까지는 평소 걸음으로 5분 정도면 충분히 가는 거리지만 천천히 가느라 10분 정도 걸린 것 같았다. 나도 평소 바쁜 일상에 쫓겨 어딜 갈 때는 항상 뛰어가다시피 했는데 이렇게 천천히 걸으면서 거리를 둘러보니 마음도 여유로워지고 한결 차분해진 것 같았다. 식당에 들어가 구석진 곳에 자리를 잡았다. 그리고 멈추었던 이야기를 다시 시작했다.

　"아까 중국 유학 간 이야기를 했으니까 그 이야기부터 이어서 하겠네. 내가 중국에 가서는 중국 상하이에 있는 후장대학에 입학했었어. 그때 당시에 상하이에 한국분들이 많으셔서 일본에서처럼 외롭다고 느껴지진 않았고 오히려 좋은 분들을 많이 만나게 되었지. 그리고 이렇게 무난하게 유학생활을 하고 있던 중 고향에서만 일어나는 줄 알았던 3·1운동이 내가 유학중이던 상하이에까지 퍼졌더군. 내가 조용히 공부만 할 수 없더군. 결국 하는 수 없이 또 다시 한국으로 돌아오게 되었지. 유학을 포기하고 돌아온 게 벌써 세 번째였으니 그 다음부터는 유학의 '유'자만 꺼내도 진절머리가 나네. 그 마음에 내 자식도 유학은 보내기 싫다네. 어쨌든 한국에 임시정부가 세워진 1919년에 한국에 돌아와 내 인생에서 소중한 사람들 중 한분인 양아버지를 만나게 되네. 당시 양아버지는 육군 공병 영관을 지내신 분이셨네. 그분을 만나 대구에서 살던 나는 서울로 이

사를 가게 되고 서울살이를 하게 된다네."

소담스럽게 차려 나온 국밥을 현 선생은 맛있게 먹고 있었다.

"그 후 복잡한 서울살이를 하다 보니 정신없이 세월이 흘러가더군. 이제는 내가 하고 싶은 일에 대해 열중 할 수 있게 될 거라고 생각했네. 드디어 내가 하고 싶었던 일을 하는 거라네. 나는 정말 기대되고 하루하루 흥분됐지. 밤에 설레어서 잠을 못 이룰 정도였다니까. 왜, 그리 글 쓰는 걸 좋아했던지. 그러던 도중 양아버지가 돌아가시게 되었네. 짧은 시간 동안 만난 분이셨지만 그 짧은 기간 동안 정말 많은 걸 받았고, 나를 아껴주시고, 내가 하고 싶은 일 을 하도록 최대한 배려해 주셨다네. 너무 갑작스럽게 돌아가신거라 너무 허무하고 죄송할 따름이었지."

현진건 선생은 국밥을 내게 권해주며 이야기를 이어갔다.

"아버지 장례식장에서 작은 아버지를 만났는데 평소 아버지께서 나에 대한 이야기를 많이 하셨다고 하시더군. 내가 글 쓰는 일을 하고 싶어한다는 사실을 알고 계시다고 자기가 '개벽'이라는 잡지사에 일하는데 글을 한편 써볼 생각이 없냐고 물으시더군. 나야 그때는 양아버지의 죽음으로 그런 생각을 할 만한 겨를이 없었지만, 후에 생각해보니 거부할 수 없는 제안이더군. 그래서 내가 맨 처음 일본으로 유학가기 전에 쓰던 '희생화'라는 작품을 다시 떠올려 그 작품에 열중하기 시작했네. 그리고 이듬해 11월 개벽에 나의 첫 작품 '희생화'를 게재하게 된다네. 그때의 그 감정은 예전에 백기만, 이상화 등과 함께 뜻을 모아 거화라는 잡지를 발간하게 된 때와 비슷했다네. 내가 얼마나 행복하고 좋았을 지 자네는 상상이 되나?"

현진건 선생은 그때의 그 감정을 회상하며 얼굴에 희미한 미소를 띠고 있었다.

"하지만 그 작품이 어떤 평을 받았는지 자네는 알고 있지?"

현진건 선생에 대해 자세히 조사를 해본 나로서는 모를 수가 없는 일이었다. 그 당시 '희생화'라는 작품은 당시 잘나가던 문예평론가 황석우에게 상당한 혹평을 받은 작품이었다. 황석우 평론가는 "이건 소설이 아니다"라는 직설적인 표현으로 작품을 평가했고, 시간과 노력을 다해 쓴 현진건 선생은 모욕, 치욕스러울 수밖에 없었을 거다. 만약에 내가 몇날 몇일을 조사하며 쓴 기사가 쓰레기 취급받으면 어떤 기분이 들까? 정말 생각하기도 싫은 상황이다.

"황석우 평론가에게 혹평을 받은 작품이라고 알고 있습니다. 굉장히 공들이신 작품으로 알고 있는데 상심이 크셨겠어요."

"그때의 기분을 어떻게 말로 설명하겠나? 내 유년기 시절부터의 정서를 차곡차곡 모아 내 가치관을 나만의 방식으로 표현했는데 그게 잘못되었다고 공개적으로 무시를 당하니 거의 반년 동안 방에 박혀 글만 썼던 나의 노력은 물론이고, 나의 삶이 무시당하는 기분이 들었다네. 지금 내 글을 다시 읽어보면 확실히 부족한 부분이 있긴 하네. 하지만 그 당시의 나로서는 받아들일 수 없는 상황이었지. 그리고 그 후 조선일보사의 기자로 입사하게 된다네. 내 나이 20살 때 일이었지."

현진건 선생은 이야기를 하느라 한참 못 먹고 있던 밥을 그제서야 한 숟갈 뜨기 시작했다. 그렇게 한참을 먹다 갑자기 이기자에게 물었다.

"자네 술 한잔 할텐가?"

평소 술을 좋아하지는 않지만 거절하는 건 예의가 아닌 것 같았다.

"네, 주시면 한잔 받겠습니다."

"내가 술을 그렇게 좋아한다네, 나를 좀 안다하는 주변인들은 모두 나를 애주가로 인정한다네. 덕분에 술에 대한 에피소드도 많지. 술과 관련해 하루는 '조선문단'에 함께 작품을 기고하던 염상섭이나 김동인·나도향·양주동 등과 잡지사에 모였다가 저녁에 술을 마시는데, 술에 취해

저마다 "나는 조선의 괴테가 될 테니 자네는 조선의 톨스토이가 되게", "나는 베르렌이 될테니 너는 체홉이 되라"라는 허무맹랑한 이야기들을 한 적도 있고, '동아일보' 사회부장으로 근무하던 시절에는 명월관에서 있었던 사원들끼리의 송년회식 자리에서 '동아일보' 사장에게 "이 놈아! 먹어! 먹으라고."하며 술을 권하다가 급기야 뺨까지 때렸었지. 하지만 사장은 나를 내치지 않았어. 물론 나는 약간의 기억조차 나지 않는다네. 후에 사장님께 정말 죄송하다고 사과를 드렸지만 이미 사장님은 나에 대해 다시 보게 되었다며 그 뒤로 나를 멀리하시더군."

현진건 선생의 '애주가 정신'은 나도 들어본 적 있었던 것 같았다. 1932년 7월 1일자 '삼천리' 기사에서, "만일 금주법이 실시된다면 어떻게 하겠냐는 질문에 현진건은 "돈이 없어서 못 먹으니 차라리 끊어 버리는 것도 나을 듯싶어서 벌써부터 끊으려고 하는데요. 그런데도 세상 사람들은 날 보고 애주가로 인정하니 참 딱한 일입니다. 우선 귀사에서도 많은 인사를 제쳐 놓고 나에게 물어 보시는 것은 내가 술을 좋아한다고 해서 구태여 물어보시는 줄 압니다. 혹 먹고 싶으면 어떻게 하겠느냐고? 배운 재주라 그렇게 쉽게 버릴까 하는 것도 의문은 됩니다. 정, 먹고 싶으면 카포네 노릇이나 해야 먹게 될 줄 압니다."라고 대답하기도 했다. 나는 가방에 있던 이 기사를 꺼내 현진건 선생에게 보여주며 말했다.

"제가 조사를 해보니 이런 기사가 있더군요, 술을 정말 좋아하시고 많이 드시는 것 같습니다. 이러다 오늘도 너무 취해버려서 이야기를 더 못 듣는 것은 아닌지 걱정이 되는군요."

그러자 현진건 선생이 말했다.

"하하, 그러게나 말일세. 오늘은 적당히 먹고 다음에 제대로 술 한 잔 하세"

그렇게 한참 이야기를 하며 식사를 마무리 지었다. 식당 밖으로 나와 배부른 배를 달랠 겸 조금 걷다 들어가기로 했다. 식당 옆 작은 공원이 있어 그곳으로 발걸음을 향했다.

"내가 '희생화'라는 작품에 혹평을 받고나서 그 뒤로는 글쓰기가 두려워졌다네. 내 첫 작품이 그렇게 무참히 짓밟혔는데 어떻게 아무렇지도 않을 수가 있겠나. 하지만 나에게 글을 쓸 이유가 생겼다네. 맨 처음에 말했다시피 내 처가 경주에서는 꽤 알아주는 부잣집이네. 그런 집안의 딸이 나에게 시집을 왔는데 나는 내 아내 순득이에게 그만한 대우를 해주지 못하는 것에 대해 항상 미안함을 가지고 있었다네. 그런데 내 '희생화'의 첫 작품이 무시당하자 처가에서 상속을 받은 처남이 나와 내 아내를 너무 무시하는 태도를 보였다네. 내가 계속 글만 쓰고 있으니 생계를 유지할 수가 없어 아내는 처남에게 돈을 빌리러갔다, 매몰차게 퇴짜를 맞고 돌아왔다네. 내 소중한 아내가 나 때문에 무시당하는 모습을 볼 수가 없었네… 치가 떨리더군. 그 감정을 표출하지 않으면 내가 못 견딜 것 같았어. 그래서 그 흥분된 상태를 글로 표현하였다네. 처남에 대한 분노, 아내에 대한 미안함, 나 자신에 대한 실망 등을 글로 쓰고 나니 한결 분노가 가라앉더군. 그리고 내가 쓴 글을 아내에게 보여주었어. 아내도 통쾌하고 재밌게 잘 썼다고 하더군. 그 말에 자신감을 얻어 아무 생각 없이 개벽에 '빈처'라는 제목으로 게재를 하게 되었지. 그 결과 문단의 호평을 받으며 내 최초의 흥행작이 탄생하게 된다네."

"그 뒤로 나는 내 삶을 거창하고 진중하게 표현한다기보다는 사실 그대로의 이야기와 솔직한 이야기를 중심으로 작품을 창작하였다네. 차례로 '술 권하는 사회', '타락자' 등 새롭게 게재하게 되면서 내 글도 어느새 사람들이 인정해주는 그런 글이 되어있더군. 결과적으로 나의 문학일대기에 영향을 미친 건 아내에 대한 사랑이 영향을 조금 줬던 것 같네. 내가 방구석에서 글만 쓸때는 예민해서 아내에게 본의 아니게 날카롭게 대하고 내가 아침에 새로 입고 나간 황라두루마기와 비단 마고자가 술 때 문에 엉망이 되어 들어와도 불평 한 마디 하지 않았었지. 그렇게 뒤에서 묵묵히 뒷바라지 해주는 아내가 있었기에 작품도 인정받을 수 있었고 자 네처럼 훌륭한 기자가 직접 찾아오기까지 하는 사람이 되지 않았겠나."

공원을 쭉 한바퀴 돌고 나서 공원 중앙에 있는 벤치에 나란히 앉았다.

"그 후로부터는 서서히 자리잡기 시작해 1925년 1월, '개벽'에 단편 '불' 을 발표하였다. 이때 나는 '시대일보'의 사회부장이 되고 했지만 '시대일 보'가 폐간되면서 동아일보사로 전직하여야 했지. 문학작품도 꾸준히 게 재하고 싶은 욕망이 들었지만 내 실력에 대해 아직 명확한 확신이 서지 않았다네. 신문사 일도 제대로 되지 않곤 해서 작품 게재를 미루면서 더 많은 독서와 연구를 하며 우리나라의 문학에 한 획을 긋고 싶다는 생각 을 했지. 그리고 몇 개월의 혼자만의 연구를 하고나서 '지새는 안개', 'B 사감과 러브레터', '목도리의 복면', '설 때의 유쾌와 낳을 때의 고통', '조선 문단과 나', '조선혼(朝鮮魂)과 현대정신의 파악', '무명 영웅', '사립정신 병원장' 등의 다수의 작품을 쏟아 내었지. 이제는 내 실력에도 자신이 생 기고 주변에서도 나를 인정하기 시작했다네. 1928년에는 '동아일보' 입 사 3년 만에 사회부장이 되었고(~1936년), 사회부장 시절의 나에 대해 당시 '대장을 놓고 제목을 붙이는데, 편집 칠팔명이 모여선 중에 붉은 잉 크를 붓에 덤뻑 찍기만 하면 민각을 누연치 않고 진주 같은 제목명을 이 곳저곳에 낙필 성장으로 비치듯 떨어져서, 선후배들이 그 귀재에 혀를 둘러 감탄케 할 지경'이라는 명성이 나돌았었지. 내 생각을 마음껏 표출 하고 싶은 욕구가 생겼다네."

"일제에 저항하는 활동으로 큰 고초를 겪으신 것으로 알고 있는데요?"

"잘못된 건 바로잡고 내가 느꼈던 감정을 사람들과 공유하고 싶었어. 일본의 만행에 저항하는 작품들을 썼다가 경찰서에서 복역하기도 하고,

베를린 올림픽 마라톤에서 일본 대표로 출전해 1등을 차지한 조선인 선수 손기정(孫基禎)의 유니폼에 그려진 일장기를 지워버린 채 신문에 실은 사건으로(일장기 말소 사건) 나는 기소되어 1년간 복역해야 했으며, 이듬해 출옥하면서 동아일보사를 사직하게 되었다네. 물론 힘은 들었지만 내가 한 행동에 대해 후회는 없다네."

공원에서 나는 다시 현진건의 집으로 걸어간다.

"그리고 직장을 잃은 나는 생계를 유지하기 위해 친구의 제안에 사업을 하다가 망해먹고 지금은 '춘추'와 '선화공주'라는 작품을 연재하고 있다네."

현 선생은 자신의 지난 삶을 파노라마 그리듯 나에게 말해주었다. 그는 머리를 아래로 숙이며 담배를 한 대 피워 물었다.

"여기까지가 내 삶의 이야기이네. 이제는 더 말할 것도 없어. 지난하고도 힘든 삶이었지만 후회는 없다네. 조심히 들어가게나!"

현진건 선생의 집앞에 다다랐다. 아쉬웠다.

"오늘 정말 감사했습니다. 선생님."

"아니네. 나중에 술이나 한잔 하세. 조심히 들어가게. 아! 그리고 마지막으로 자네 직업인 기자라는 직업의 본분을 잃지 말게나!"

그 뒤로 골목길로 들어가는 현진건 선생의 뒷모습이 쓸쓸해 보였다. 그리고 얼마 후 현진건 선생이 4월 25일 장결핵과 폐결핵으로 돌아가셨다고 한다. 갑작스런 죽음에 나는 망연자실해졌다.

나에게 기자의 본분을 다하라는 현진건 선생의 말이 생각나는 하루이다.

나의 아버지___ 김성준

고양이의 꿈___ 김성준

이장희

섬세한 감각과 심미적인 이미지로 내밀한 감성을 표출하다

【 이장희 】   李章熙, 1900년 ~ 1929년

시인. 본관은 인천(仁川). 본명은 양희(樑熙), 아호는 고월(古月). 대구 출신. 1920년에 장희(樟熙)로 개명하였으나 필명으로 장희(章熙)를 사용한 것이 본명처럼 되었다. 대구보통학교를 거쳐 일본 경도중학(京都中學)을 졸업하였다. 문단의 교우 관계는 양주동(梁柱東)·유엽(柳葉)·김영진(金永鎭)·오상순(吳相淳)·백기만(白基萬)·이상화(李相和) 등 극히 제한되어 있었다. 세속적인 것을 싫어하여 고독하게 살다가 1929년 11월 대구 자택에서 음독, 자살하였다.

작품 활동은 1924년≪금성 金星≫ 5월호에 <실바람 지나간 뒤>·<새 한마리>·<불놀이>·<무대 舞臺>·<봄은 고양이로다> 등 5편의 시작품과 톨스토이(Tolstoi) 원작의 번역소설 <장구한 귀양>을 발표하면서부터 시작되었다. 이후 ≪신민 新民≫·≪여명 黎明≫·≪신여성 新女性≫·≪여시 如是≫·≪생장 生長≫·≪조선문단 朝鮮文壇≫에 <동경 憧憬>·<석양구 夕陽丘>·<청천(靑天)의 유방(乳房)>·<하일소경 夏日小景>·<봄철의 바다> 등 30여 편의 작품을 발표하였다.

그의 시는 사후 1951년 청구출판사(靑丘出版社)에서 간행된 백기만 편의 ≪상화(尙火)와 고월(古月)≫에 실린 11편만 전해지다가 1970년대 초반부터 그의 시연구가 본격화되면서 ≪봄과 고양이≫(李章熙全集, 문장사, 1982)와 ≪봄은 고양이로다≫(李章熙全集·評傳, 문학세계사, 1983) 등 두 권의 전집에 그의 유작이 총정리 되었다.

이장희의 전 시편에 나타난 시적 특색은 섬세한 감각과 시각적 이미지, 그리고 계절의 변화에 따른 시적 소재의 선택에 있다. 대표작 <봄은 고양이로다>는 다분히 보들레르와 같은 발상법을 바탕으로 하고 있는데 '고양이'라는 한 사물이 예리한 감각으로 조형되어 생생한 감각미를 보이고 있다. 그의 시는 섬세한 감각과 이미지의 조형성을 보여주고 있다. 바로 뒤를 이어 활동한 정지용(鄭芝溶)과 함께 한국시사에서 새로운 시적 경지를 개척하였다.

** 출처 : 한국민족문화대백과사전

나의 아버지

김성준

  그로부터 3년이 지난 어느 날이었다. 나는 일본으로 가는 유학길에 올랐다. 나에게 있어서 지금 일본이라는 곳이 아버지 이병학으로부터의 도피처와 같을 것이다. 나는 일본 유학이라는 명분으로 아버지와 헤어지는 것을 어머니에게 떳떳하게 할 수 있다고 믿었다. 그 일이 있은 후로부터 약 5년이 지났다. 그 일이 있고 며칠은 그 일 때문에 괴로워했었고 아버지도 보기 싫었었다. 하지만 그것도 5년이라는 많은 시간이 지나면서 점점 무뎌져 갔고 잊혀져 갔다. 나도 가끔씩은 아버지에게 적극적으로 대응하지 못하는 내가, 시간이 가면서 감정이 무뎌지는 내가 밉다. 하지만 그렇다고 나의 개인적인 감정으로 아버지와 멀어지는 것이 싫다. 왜냐하면 아버지는 나에게 어머니를 상기시켜줄 수 있는 유일한 사람이었기 때문이다.

  내일이면 일본 학교에 처음으로 등교하는 날이다. 내가 일본어도 잘하는 편도 아니고 워낙 소심한 성격이라서 친구들과 사귀는 것도 힘들 것이라 걱정도 많이 된다. 하지만 한편으로는 일본에서 사귈 친구들, 만나게 될 선생님들, 일본에서 겪게 될 학창 생활 모든 것들에 대한 기대도 있다. 이제 내일이면 드디어 기다리고 기다리던 등교일이다.

다음날이 밝았다. 나는 아침 일찍 일어나 등교를 할 채비를 한 후 등교를 했다.

"안녕?"

누군가가 나의 등을 툭 쳤다.

"교복을 보니 너 나랑 같은 학교인 것 같은데 같이 가자."

"어… 알겠어."

나는 얼떨결에 대답을 했다. 오랜만에 듣는 한국말이었고 거기다가 나랑 같은 학교이기 때문에 나와 같은 처지라 생각하였고, 그래서인지 왠지 모를 친숙하고 익숙한 느낌까지 들었다.

"너는 몇 반이냐?"

그 애가 먼저 나에게 말을 걸었다.

"나는 3반이야, 너는?"

"오! 나도 3반인데 같은 반이네. 우리 앞으로 잘 지내자."

"그래 앞으로 잘 지내자."

나는 등굣길 아침부터 새로운 친구를 사귀게 된 사실에 내심 기뻐하며 앞으로의 학교 생활에 대한 기대감은 더욱 커졌고 걱정은 줄어들었다.

"맞다. 우리 서로 이름도 안 말했지? 나는 상민이라고 해. 우상민."

"너는 이름이 뭐야?"

"나는 이장희라고 해."

나는 이번엔 먼저 용기를 내어서 너와 만나서 다행이고 반갑다는 본심을 표현했다.

"나 사실 일본어도 잘 못하고 성격도 소심해서 친구들도 별로 잘 못 사귈까봐 걱정 했었는데 널 만나서 다행이다."

"사실 나도 그랬어. 그런데 널 만나서 정말 반갑다."

우리는 서로 서로에 대해서 원래 살았었던 곳에서부터 자신이 좋아하는 음식과 같은 개인적인 것까지 물어보다보니 시간 가는 줄 모르고 우리 반에 도착하였다. 우리 반에 도착해보니 90%이상이 일본인이었지만 우리와 같은 처지처럼 보이는 한국 친구도 한 명 더 있었다. 그의 이름은 호준이었고 그와도 금방 친해졌다.

우리는 세 명이서 항상 같이 다녔고 놀 때에는 정말 열심히 놀았으며 공부할 때에도 정말 열심히 공부하였다. 우리는 학창생활을 하면서 일본어 실력도 많이 늘었고 일본인 친구들도 많이 사귀게 되었다. 하지만 우리 세 명은 더욱 각별히 잘 지냈다. 그렇게 우리는 행복한 학창시절을 보내고 있었다. 그리고 우리가 3학년 되던 어느 봄날 아침에 선생님께서 나를 부르셨다. 나는 영문도 모른 채 교무실로 갔다. 나는 내가 뭘 잘못했었나라는 생각에 내심 걱정도 들었다.

"이병학 씨가 너희 아버지시지?"

정말 오랜만에 듣는 이름이었다. 나는 아버지께 무슨 일이 있었나라고 생각을 하였다.

"네, 맞습니다 그런데 무슨 일입니까?"

"그건 잘 모르겠는데 너희 아버지께서 네가 전화 좀 해달라고 하셨다"

'무슨 일이지?'

난 불안한 마음으로 집으로 전화를 했다.

"어, 장희냐?"

오랜만에 듣는 아버지의 목소리였다.

"네."

"그래 오랜만이다. 이번 학기 휴학해라. 선생님이랑은 내가 따로 얘기해두마."

"어….."

나는 당황해서 차마 대답을 제대로 하지 못하였다.

"그럼 그렇게 알고 있어라. 이만 끊으마. 공부 열심히 해라."

나는 순간 무슨 일이 분명 있을 거라는 생각이 들었고 한편으로는 나에게 3년 동안 단 한번도 전화를 해주지 않았으면서 겨우 하게 된 전화 한 통에서조차도 내가 어떻게 지내는지 학교생활은 어떤지 그런 것들을 나에게 물어보지 않은 것에 대해서 서운해졌었다.

물론 나도 그 일 때문에 아니 그 일 때문이 아니더라도 소심한 성격 탓에 선뜻 아버지에게 전화를 먼저 할 수 없었던 것도 사실이었지만… 갑자기 나는 눈물이 났다. 하지만 그 모습을 차마 선생님께 보여 줄 수 없어 선생님께 인사를 드린 후 황급히 내 자리로 돌아갔다. 그리고 수업을 마친 후 집에 돌아와 다시 펑펑 울고는 이내 잠자리에 들었다.

다음 날 나는 퉁퉁 부은 눈으로 학교에 등교를 했다. 나는 이제 더 이상 아버지에 대해서 감정적으로 생각하지 말아야겠다는 생각이 들었고 한편으로는 그런 내가 무서워졌다. 하지만 더 이상 나만 혼자서 앓을 수는 없는 노릇이었다. 나는 그런 갖가지 생각을 하며 아름다운 봄의, 일본의 봄의 경치를 창문을 통해서 보고 있었다.

"장희야, 장희야!"

나는 봄의 경치를 보는 도중 상민이가 나를 부르는 소리에 깜짝 놀랐다.

"어, 무슨 일이야?"

"무슨 생각 하냐?"

"어, 그냥 봄의 경치가 아름다워서."

"아름답긴 하지."

"그렇지? 근데 오늘따라 더 아름다워 보여 왠지 봄의 경치가 고양이 같아."

"그게, 무슨 소리야?"

상민이가 나를 보며 웃었다.

그러다가 문득 그런 생각이 떠올랐다.

'이제 내 곁에는 내 단짝 친구 상민이와 호준이가 있다. 그러니까 더 이상 나는 혼자가 아니다.'

"고마워 상민아."

"뭐야? 갑자기 왜 그래? 무슨 일 있냐?"

"나 이번달 방학에 한국으로 잠시 돌아가야 할 것 같아."

"그래? 정말 오랜만에 한국 가는거네? 잘 갔다 와."

"그래, 고마워."

꽃가루와 같이 부드러운 고양이의 털에
고운 봄의 향기가 어리우도다

금방울과 같이 호동그란 고양이의 눈에
미친 봄의 불길이 흐르도다

고요히 다물은 고양이의 입술에
포근한 봄 졸음이 떠돌아라

날카롭게 쭉 뻗은 고양이의 수염에
푸른 봄의 생기가 뛰놀아라.

〈이장희, 봄은 고양이로다〉

그로부터 며칠이 지났다. 그리고 한국으로 아버지에게 돌아갈 날이 결국 오고 말았다. 나는 정말 걱정되고 무서웠다. 정말 아버지를 다시 만나는 것이 정말 지옥으로 가는 것보다 무서웠다. 하지만 나는 결국 가야만 한다. 만약 내가 가지 않는다면 나에게 결국 더 심한 일이 생길 수도 있다. 그러니 가야만 한다.

내가 가는 길을 나의 두 단짝 친구 우상민과 김호준이 시모노세키항구에서 배웅해 주었다.

"잘 가, 가서 내 선물 사는 거 잊지 말고."

"아, 참고로 나는 엿을 좋아해."

"야, 뭔가 욕같다, 흐흐 그래 갖다올게."

'짜식들 내 속도 모르고 그래도 웃는 친구들 보니까 어느 정도 걱정은 덜어지네. 고맙다, 친구들아'

나는 몇 시간의 뱃길을 거쳐 한국 부산항에 도착했다. 나는 집에 가까워질수록 다시 어느 정도 누그러졌던 걱정되는 감정이 다시 솟구치기 시작했다. 그리고 인력거에서 내려 집으로 걸어갈 때에는 그 감정 때문에 몸도 가눌 수 없을 정도로 심장이 터질듯이 뛰었다.

옛날에는 정말 길기만 했었던 길도 10m도 안 되는 것처럼 짧게 느껴졌었다. 나는 결국 나의 집 문 앞까지 도착했었다. 나는 더 이상은 못 갈 것 같았고 평소에는 정말 쉽게 들락날락거렸던 문도 역도선수가 역기를 드는 것처럼 힘겨웠다. 나는 마지막 희망으로 아버지가 집 안에 없기를 바랐다. 하지만 정말 하늘도 무심하게 아버지는 거실에 딱 버티고 서있었다. 나는 아버지를 보는 순간 너무 무서워서 헛구역질이 날 것 같았고 기절할 것만 같았다. 그 순간 아버지께서 말씀하셨다.

"일단, 오늘은 늦었으니 일단 자도록 해라. 내일 이야기하자."

"네, 아버지."

나는 그날 밤 아버지가 하실 말씀에 대해서 생각하느라, 걱정하느라 단 한숨도 잠을 잘 수가 없었다. 그리고 아침이 오지 않았으면 하고 바랐다. 하지만 그 날 밤은 정말 무서울 정도로 빨리 지나갔고 어김없이 아침이 왔다.

아버지는 나에게 찾아와 말했다. 나는 정말 무서웠다.

"장희야, 이번에 내 일터에 통역관이 필요해서 말인데 이번에만 통역 좀 해다오. 정말 중요하고 귀중하신 분들이신데 이번에 잘 되야 내가 승진을 할 수 있거든. 그리고 이번에 일본 유학을 갔다 와서 배운 것들도 많지 않니? 그러니 부탁한다. 일본어 통역 좀 해다오."

나는 생각했다.

'일본까지 갔다 와서 공부를 한 것은 일본인들한테, 아니 적어도 그들을 배부르게 하기 위해서가 아니었다. 내가 일본까지 갔다 와서 공부를 한 이유는 다름 아닌 우리 한국인들, 일본인들에게 착취당하고 핍박당하는 우리 한국인들을 위해서이다. 그러니 나는 이 부탁을 절대 들어 줄 수 없고 들어줘서도 안 된다. 그렇게 해서는 절대 안 된다.'

"무슨 생각 하니? 생각할 것도 없이 너는 그렇게 해야 한다."

"싫어요! 일본 유학은 그런 걸 위해서 한 게 아니에요."

"네가 아직 뭘 잘 모르고 있는 것 같구나. 내가 어마어마한 돈을 써서 널 일본까지 갔다오게 해서 공부를 시킨 이유는 말이다. 바로 너가 내가 하는 이 지위를, 이 권력을, 그리고 곧 얻게 될 부를 너도 할 수 있도록 가질 수 있도록 하기 위해서지 약해 빠져서 무시당하고 착취당하는 한국인을 위한 것이 아니다."

아버지께서 언성을 높이시며 말하셨다.

'그것은 옳은 생각이 아니다. 아버지께서 뭔가 잘못 생각하고 계신 것이다. 우리가 배우고 공부하고 그렇게 해서 힘을 얻는 이유는 야비한 일본인이나 한국인들 아니 한국인이라는 말조차도 붙이기 아까운 나라의 주권의식과 애국심을 잃어버린 사람들을 위한 것이 아니고, 그런 사람들로부터 못 배웠다는 이유로, 힘이 없다는 이유로 핍박당하고 착취당하고 괴롭힘 당하는 이 나라의 모든 사람들을 계몽시키기 위한 것이다' 라고 나는 생각하였다.

하지만 정말 이런 내가 밉지만 현실의 나는 생각만 하고 그것을 행동으로 실천하지 못하는, 아버지만 보면 어머니가 생각나는 마음 약하고 소심한 사람이었다.

그리고 이번에도 그런 분통하고 답답한 감정을 마음 한 쪽 구석으로 밀어넣어야만 할 것 같다.

"네, 알겠어요. 대신 이번 딱 한 번만 할게요. 정말 이번 한 번 만입니다."

정말 이런 내가 밉다. 하지만 지금 하지 않겠다고 반항하면 어머니를 볼 낯이 없을 것 같다. 왜 어머니께서는 이런 아버지를 사랑하시고 아껴 줬을까? 나는 그런 의문점이 들면서 급기야 어머니가 미워지고 너무하다는 생각까지 들었다.

아버지는,

"알겠다. 그렇게 해야지. 그래야 네가 내 아들이지. 그러면 내가 어르신들에게 잘 말씀드려 놓으마"라는 말만 해주시고는 나가셨다. 아버지는 항상 지금까지 계속 그런 식이셨고 앞으로도 계속 그런 식이실 것이다.

아버지는 절대 나의 마음을 알아주고 나의 뜻에 동의해 준 적이, 아니 심지어 날 진심으로 생각해 주신 적조차 한 번도 없으셨다. 우리 아버지는 그런 분이시다. 나는 그런 아버지를 나의 소심하고 여린 성격 때문에 한 번도 거스른 적이 없었다. 나는 그렇게 살았고 그렇게 살 수밖에 없었다.

그러나 약육강식, 약자에게는 한없이 강하고, 강자에게는 한없이 약하고, 못 배운 사람들을 착취하고, 핍박하는 허영심 많은 사람들로 가득 찬 이 세상에 그런 사람들보다 못 배우고 힘이 약한 사람들을 위해 해 줄 수 있는 것은 있다. 그것은 바로 시이다. 나는 약자들의 마음을 공감하기 위해서 시를 쓸것이다. 강자들이 아닌 약자들을 위해서 시를 쓸 것이다. 그것이 그나마 약자들에게 내가 한 잘못들에 대해 사죄할 수 있는 유일한 방법이라고 생각한다.

여린 안개 속에 녹아든
쓸쓸하고도 낡은 저녁이
어디선지 물같이 기어와서
회색의 꿈 노래를 아뢰이며
갈대같이 가냘픈 팔로
끝없이 나의 몸을 둘러 주도다.

야릇도 하여라
나의 가슴 속 깊이도 갈앉아
가늘게 고달픈 숨을 쉬고 있던
핼푸른 옛생각은
다시금 꾸물거리며 느껴울다

아, 이러할 때
무덤같이 잠잠한 모래두던 위에
무릎을 껴안고 시름없이 앉은
이 나의 거칠은 머리칼은

나뭇잎을 스치는 바람결에
갈갈이 나부끼어라.

반원(半圓)을 커다랗게 그리는
동녘 하늘 끝에
조그만 샛별이 떠 있어
성자같이 늘어선 숲 너머로
언제 보아도 혼자일러라.
선잠에서 눈뜬 샛별은
싸늘한 나의 뺨같이 떨며
은(銀)빛진 미소(微笑)를 보내나니.

외떨어진 샛별이여,
내려봄이 어디런가.

남(藍)빛에 흔들리는 바다런가
바다이면 아마도 섬이 있고
섬이면은 고은 꽃피는 수국(水國)이리라.
오, 어쩔 수 없는 머나먼 동경(憧憬)이여.

흐르는, 구름에 실려서라도
나는 가련다, 가지 않고 어이하리.
얄밉게도 지금은
수국(水國)의 꽃숲으로 돌아가 버린
그러나 그리운 옛님을 뵈올까 하여.

그러면 님이여,
혹(或)시 그대의 문(門)을 두드리거든
젊어서 시들은 나의 혼을
끝없는 안식(安息)에 멱감게 하소서.

아, 저 두던에 울리도다.
마리아의 은은한 쇠북소리에,
저녁은 갈수록 한숨지어라.

〈이장희, 동경〉

그로부터 8일 후 아버지께서 집으로 돌아오셨다. 아버지께서는 오시자마자 나를 불러다 놓고는 말씀하셨다.

"네가 일본어 통역 하는 날이 5일 후로 정해졌다. 정말 중요하고 귀중하신 손님이시니까 실수 없이 예의바르게 잘 대해야 한다. 니가 하는 행동 하나하나 말 하나하나 조심하고 더욱 예의바르게 해야 할 것이다. 잘해라."

아버지가 8일 동안 아무 소식 없이 오셔서 말씀 하신 것 치고는 정말 매정하기 짝이 없었지만 나는 더 이상 신경을 쓰지 않았다. 신경 쓰지 않는 편이 오히려 훨씬 마음이 편했다.

"네."

그리고 나도 아버지처럼 말하기로 했다.

나는 그리고 그 5일이 지나지 않았으면 했다. 그 일은 내가 시를 쓰는 목적인 약자들에게도 정말 부끄럽고 미안한 것이라고 생각하기 때문에 하고 싶지 않지만 그래도 굴복하고 순응해서 받아들여야 하는 일이라고 생각하기 때문이다.

나는 5일이 지나면서 하루하루가 정말 빨리 갔고 밤마다 악몽을 꾸어서 잠도 제대로 자지 못하였다. 하지만 결국 5일 째 되는 날은 오고야 말았다.

5일 째 되는 날 이른 아침 나는 아버지의 어서 일어나 조선 총독부로 가자는 명령에 어떻게든 따르지 않기 위해서 버텼었지만 아버지의 호통에 나의 앙탈 같은 버팀은 별 의미 없다는 것을 금방 깨달았다.

"어서 일어나 준비하거라."

그래서 나는 어쩔 수 없이 나갈 채비를 하며 아버지께서 통역을 위해서 그 모임을 위해서 처음 사주신 옷인 양복을 입고 조선 총독부로 가는 길에 나섰다.

2시간 반 정도 아버지의 자동차를 타고 우리는 조선 총독부에 도착했다. 나는 조선 총독부의 건물을 보자마자 십여 년 전의 기억이 떠올라 몸이 부들부들 떨리고 어지러웠다. 하지만 아버지는 그런 나를 본체만체하고 무심히 조선 총독부 안으로 들어갔다.

그런 나를 아버지의 직속 부하처럼 보이는 사람이 부축해 주었다.

"괜찮습니까? 어디 다친 데라도 있으신 건가요?"

"아니에요. 괜찮습니다. 감사합니다."

나는 그 사람의 부축을 거절한 후 혼자서 아버지가 계신 곳까지 갔다. 아버지께서는 딱 봐도 60세 이상은 되어 보이고 뚱뚱해 보이는 한 분과 나이는 비슷해 보이지만 비쩍 마른 분 이렇게 두 분과 같이 계셨다. 아버지께서는 그 두 분을 왕이라도 모시는 것처럼 대우하셨다.

아버지께서도 일본어를 꽤 잘 하시는 것처럼 보였지만 꼭 필요하고 쉬운 대화밖에 하지 않으셨다. 아마 일본어 통역을 나에게 맡기신 이유도 그런 이유 때문일 거라고 나는 생각했다. 아버지께서는 몇 분간 더 그 두

분을 접대 한 후 엄청 큰 원형 탁자의자에 두 분을 앉히시고는 아버지께서 앉으시고 나에게 그 중간에 앉으라고 하셨다.

그 후 3분도 되지 않고 그 두 분 중 뚱뚱한 분이 나에게 시작하자고 하였다. 그리고는 한 30분 정도 두 분과 아버지는 나를 통해서 서로 이야기하시기 시작하였다. 나는 그 대화에서 통역은 잘 해주었지만 그 대화의 내용도 이해하지 못하였고 무엇보다도 그 대화의 내용을 그때그때 다 잊어버렸다. 그리고 잊어버리는 것이 그나마 약자들에게 죄책감을 덜 수 있는 방법이라고 생각하였다.

그 대화가 끝난 후에 아버지께서는 두 분과 더 할일이 남아 있다고 하시고는 나를 먼저 보내셨다. 아버지의 직속 부하처럼 보이는 분이 나를 밖에까지 데려다 주겠다고 하였지만 이번에도 거절한 후 급히 나의 집으로 갔다.

그 후 또 10일이 지났고 다시 일본으로 돌아가야 하는 날이 하루 남짓 남았다. 나는 집에서 짐을 다시 싸고 있었다. 갑자기 아버지께서 나를 부르셨다. 나는 정말 불길한 예감이 들었다.

"장희야, 그때 통역해준 일이 잘 해결됐단다. 고맙다. 어르신들이 너가 정말 마음에 드신 것 같아서 그러는데 너 나랑 같이 일 해볼래? 마침 통역관 자리도 필요해서 말이야."

"네? 그게 무슨 말씀이세요?"

"네가 했었던 통역 하는 일 계속 하라고."

"저는 잘 이해가 안 되어서 그러는데 정확하게 말씀해 주세요."

나는 물론 아버지께서 하시는 말씀이 무슨 의미인지도 알고 그게 무엇을 뜻하게 되는지도 안다. 하지만 아버지가 말씀하신 것이 정말 마음에 들지 않았다. 그래서 그렇게라도 거절하고 싶었다. 아버지는 그런 눈치를 채고 알았다는 것처럼 언성을 높이며 말씀하셨다.

"이제부터 조선총독부에서 통역관으로서 일하거라."

"하지만 저는 일본에서 공부해야 합니다."

"일본 유학에 대한 것은 걱정하지 말거라. 내가 일본 학교에 잘 얘기해 놓으마."

나는 아버지의 부탁 아니 명령에 더 이상은 절대로 순응할 수 없었다. 하지만 정말 이런 내가 미워서 미칠 것 같지만 어머니가 생각나서, 그리고 용기를 낼 수 없어서 이번에도 선뜻 말할 수 없었다. 아버지께서는 우물쭈물하는 나를 보신 것인지 안 보신 것인지 모를 정도로 단호하게 말씀하셨다.

"그럼 그렇게 알고 내일부터 아니 오늘 당장 조선총독부에 찾아가서 인사를 드리자."

나는 싫다. 분명 그렇게 하기 싫다. 정말 아버지의 부탁을 거절하고 아버지에게 싫다고 그런 악마의 소굴과 같은 비열하고 치졸한 강자들이 자신의 힘을 더 길러서 약자들을 더 처참히 무시하고 핍박하기 위해서 모임을 하는 곳에서 그것을 도와주는 통역관이 되기 싫다고 말하고 싶었고 그렇게 해야만 했다.

난 그 순간 생각했었다. '정말 이렇게 하는 것이 어머니께서 진심으로 바라시는 것일까?' 그리고 나는 지금에 와서야 생각이 들었다. 이것이 그리고 내가 강자들을 위해서 한, 그래서 약자들에게 부끄럽게 된 내가 잘못한 모든 일이 어머니께서 바라시는 것이 절대 아니다. 나는 지금까지 그렇게 정말 당연한 생각을 하지 못하고 단지 아버지만 보면 어머니 생각이 든다는 그 한 이유만으로 정말 잘못된 착각에 사로잡혀 있었다. 나는 이번에 처음이자 어쩌면 마지막일지도 모를 엄청난 용기를 내었다.

그리고 더 이상 생각할 필요도 없이 집에서 뛰쳐나가 조선 총독부에 가기 위해서 차를 타려고 하시는 아버지에게 말하였다.

"아버지 싫습니다. 저는 더이상 비열한 강자들을 위해서 하수인이 될 수 없습니다. 저는 그 비열한 강자들에게 착취당하는 약자들을 위해 일하고 공부할 것입니다."

짝!! 나의 눈에서 불이 번쩍 나며 뺨이 화끈거리는 것을 느꼈다.

아버지께서는 엄청 열을 내시며 말하셨다.

"내가 그런 짓하라고 너를 지금까지 공부시켰는 줄 아느냐? 만약 너가 정말 그렇게 생각한다면 그것은 너가 한참 잘못 생각하고 있다. 너는 내 아들이다. 그러니 너는 나의 말을 들어야 한다. 그렇지 않는다면 더이상 나의 아들이 아니다."

나는 원래 아버지께서 그런 분이셨다는 것을 알고 있었다. 하지만 아버지께 직접 그 말을 들으니 눈물이 났다. 하지만 나는 마음을 굳게 먹고 용기를 내어 말하였다.

"아버지 저는 그래도 절대로 못하겠습니다. 아니! 하면 안 됩니다. 그것을 하면 전 아버지가 자랑스러워하시는 아들이 될 수 있을지 몰라도 절대로 인생을 떳떳하게 살지 못하고 매일 악몽에 시달릴 것 같습니다. 저는 이 땅의 모든 강자들보다 못 배웠다는 이유만으로, 약하다는 이유만으로, 처참하게 살아가는 사람들에게 떳떳하고 싶습니다. 그리고 어머니께서도 그 일을 바라시지 않을 것입니다."

아버지는 더이상 생각할 필요도 없다는 듯이 말씀하셨다.

"정말 네 뜻이 그렇다면 더 이상 나를 찾아오지 말거라. 나를 아버지라고 생각하지도 말고…."

그렇게 말씀하시고는 아버지께서는 차를 타고 조선총독부로 가셨다. 그 모습이 내가 본 아버지의 마지막 모습이었다.

그 후 나는 몇 년 동안 나의 우울한 마음을 달래주기 위한 시들과 약자
들을 위한 시를 썼었다. 그리고 나는 많은 시 작품집들도 냈다. 하지만
돌아가신 어머니에 대한 나의 그리움은 쌓여만 갔다. 이제 나는 그 어린
시절 느꼈던 따뜻하고 부드러운 어머니의 품속으로 가고 싶었다.

'아… 보고 싶은 어머니! 이제 저는 어머니에게 가려고 합니다. 정말 오
랜만에 어머니 품에 안기고 싶습니다'

어머니 어머니라고
어린 마음으로 가만히 부르고 싶은
푸른 하늘에
다스한 봄이 흐르고
또 흰 별을 놓으며
불룩한 유방(乳房)이 달려 있어
이슬 맺힌 포도송이보다 더 아름다워라

탐스러운 유방(乳房)을 볼지어다
아아 유방(乳房)으로서 달큼한 젖이 방울지랴 하누나
이때야말로 애구(哀求)의 정(情)이 눈물겨웁고
주린 식욕(食欲)이 입을 벌리도다
이 무심한 식욕(食欲)
이 복스러운 유방(乳房)
쓸쓸한 심령이여 쏜살같이 날라지이다
푸른 하늘에 날라지이다

〈이장희, 청천의 유방〉

고양이의 꿈

김성준

꽃가루와 같이 부드러운 고양이의 털에
고운 봄의 향기가 어리우도다

금방울과 같이 호동그란 고양이의 눈에
미친 봄의 불길이 흐르도다

고요히 다물은 고양이의 입술에
포근한 봄의 졸음이 떠돌아라

날카롭게 쭉뻗은 고양이의 수염에
푸른 봄의 생기가 뛰놀아라.

〈이장희, 봄은 고양이로다〉

  내 이름은 호동이다. 평범한 고양이처럼 보일 지도 모르지만 이래 뵈
도 정령계 나이로는 205살이나 먹은 고양이 정령이다. 사람들은 나를

보지도 못한다. 그리고 인간계에 온지는 약 5년 정도 되었다. 원래 우리 같은 정령들은 200살이 되는 해에 성인식의 일종으로 인간계에 보내져 예술가의 일생을 함께 해야 한다. 하지만 요즘에는 정령, 자기의 생일과 똑같은 생일을 가진 사람으로도 대체가 가능하다. 솔직히 나는 어릴 때에는 성인식이 마냥 쉽고 재미있을 줄만 알았다. 하지만 인간계에 온지 한 달 만에 나는 정말 뭘 몰라도 한참 몰랐었다고 생각하였다. 나는 인간계에 오고 나서 약 일 년 동안 방황했었다. 나에게 예술가는커녕 나의 생일 1월1일과 똑같은 생일을 가진 사람을 찾는 것이 사막에서 풀 한 포기 찾는 것과 같았다. 나는 그렇게 열한 달 가량의 시간을 낭비했다. 그리고 나는 더 이상 희망이 없다고 생각하고 포기까지 하려고 했었다.

　하지만 생각해보니 나에게는 마지막 희망이 있었다. 바로 그 다음 주 목요일 나의 생일이었다. 나는 그날 24시간 동안 새로 태어나는 아기의 울음소리를 찾아보려고 했었다. 그리고 그날이 왔다. 나는 자정이 되자마자 아기의 울음소리를 찾아다녔다. 하지만 찾는 것이 쉽지만은 않았다. 나는 울음소리를 찾아다니던 중 신비한 빛을 보고 그 빛을 따라갔다. 그곳에는 삼신할머니가 계셨다. 그 뒤에서 아기의 울음소리가 들렸다. 지금에 와서야 생각해보면 아마 그때 보았던 신비한 빛은 삼신할머니께서 나를 그곳으로 오게 하기 위해서 내신 것 같다. 삼신할머니가 말씀하셨다.

　"이 아기는 차후에 엄청난 예술인이 될 인물이다. 네가 곁에서 잘 지켜봐라."

　"네. 감사합니다."

　"그럼. 난 이만 가보마."

　그 후에 아기의 아버지라고 생각되는 사람의 목소리가 들렸다.

　"정말 잘 생겼구나. 너의 이름은 이제부터 장희다. 이장희."

나는 그때 인간의 아기를 실제로는 처음 보았던 것이다. 내가 인간계에 온 것이 1년이나 되었지만 인간의 아기를 그때 처음 본다는 것에 누군가는 의문을 가질 수도 있겠지만 나는 사실 인간의 아기를 찾는 것보다는 그래도 예술인을 찾기 위해서 일부러 20세 이상 인간들, 아니 적어도 15세 이상의 인간들만 찾아 다녔다는 것을 알게 되면 더 이상 의문을 가지지 않을 것이다. 어쨌든 나는 그때는 나와 생일이 같은 아기를 본 것만으로도 엄청난 기쁨과 흥분을 주체할 수 없었다. 나는 그 이후로 사람들에게는 보이지는 않지만 그래도 한시도 떨어지지 않고 이장희와 함께 했었고 이장희가 자라나는 모습을 곁에서 지켜보았다.

나는 이장희가 정말 귀엽다고 생각했었고 때로는 왠지 모를 뿌듯함까지 느끼게 되었다. 이러면서 장희를 곁에서 보는 것이 점점 재미있어졌고 그 이후로도 즐거운 날이 계속 될 거라고 믿고 있었고 그렇게 바라고 희망하고 있었다. 하지만 그 즐거움은 채 사 년도 가지를 못했다. 왜냐하면 어느 날부터 장희의 어머니가 병으로 시름시름 앓기 시작했기 때문이었다. 사실 예전부터 장희의 어머니는 몸이 허약했고 작은 부상이나 병에도 면역력이 약한 탓인지 심하게 앓았다. 하지만 그때마다 다행히 장희의 어머니의 상태가 다시 차츰 괜찮아졌다. 그리고 이번에도 괜찮아질 것이라고 생각했다. 하지만 이번에는 달랐다. 나는 정말 이렇게나 장희의 어머니의 상태가 안 좋아질 것이라고는 생각조차 하지 못했다. 불행한 순간은 정말 갑자기 찾아왔다. 그리고 그것으로부터 벗어나서 다시 행복해질 방법은 없었다. 그리고 결국에는 오늘 장희의 어머니가 하늘나라로 가셨다. 정말 인간이라는 존재는 나약하다. 나는 인간계에 온 후 처음으로 슬픈 감정을 느꼈다. 나는 장희의 어머니의 죽음을 슬퍼하고 있었다. 하지만 한편으로는 장희가 어머니의 죽음을 너무 슬퍼하지 않길 바랐다. 그리고 다행인 건지는 잘 모르겠지만 장희는 아직 다섯 살이라는 많이 어린 나이 때문인지 밝아 보였다. 장희는 그 이후로 하루 동안은 예전에 행복했었던 순간처럼 밝았다.

하지만 철이 들면서 어머니를 더 이상 볼 수 없다는 것을 알게 되자 속으로 정말 많이 울었다. 그리고 그 이후로 장희는 행복했었던 순간의 밝은 모습보다는 내성적이고 조용한 모습을 훨씬 더 많이 보여 주었다. 그리고 장희의 아버지는 적어도 장희 앞에서는 근엄한 모습만 보여주었다. 그렇게 꽤 많은 시간이 지나갔다. 그 시간 동안 아버지는 장희와 함께 집에 있기보다는 밖으로 나가 있는 시간이 훨씬 많았다. 그리고 자연스럽게 장희와 장희아버지의 관계는 멀어졌고 어느 순간 정지했었다.

그런데 오늘 장희 아버지가 장희에게 갑작스럽게 자신의 직장을 보여준다고 하였다. 나는 장희의 속마음을 읽을 수는 없었지만 그래도 내심 좋아할 것이라고 생각했다. 꽤 오랫동안 장희를 지켜 본 세월이 길러 준 직감이 나에게 말해주었다. 장희와 아버지는 바로 차에 타고 몇 시간 동안 갔었다. 그리고 꽤 큰 주차장 같은 곳에 주차를 하고는 다시 또 몇 분 동안 걸었다. 그리고 도착한 곳은 정령계가 옛 식민 통치 지배를 받던 시절에 식민 통치를 했었던 나라를 연상케 하는 궁전 같은 곳이었다. 나는 그때를 경험해 보지는 못했었지만 부모님에게 이야기를 정말 많이 들어서 잘 알고 있었다. 그리고 그 궁전같이 생긴 곳은 내안에 잠들어 있는 그 때의 시절에 대한 분노를 깨워 주었고 하마터면 나는 나의 능력을 사용할 뻔 하였다. 하지만 나는 장희를 위해서 가까스로 참아내었다. 하지만 그것을 참아 낸 후에 갑자기 불안감이 몸을 휩쓸고 지나갔다. 바로 아직 어린 장희가 이곳을, 이곳의 분위기를 참아 낼 수 있을지 알 수 없는데서 비롯된 불안감이었다. 하지만 나의 말을 사람들은 들을 수도 나를 볼 수도 없기에 장희에게 가지 말라고 할 수도 없었다. 그리고 그곳에 들어가보니 아니나다를까, 내가 생각했던 그런 곳이었다. 강자들이 약자들을 억압하고 강탈하는 곳. 나는 장희에게 무슨 일이 생기지 않을까, 불안해서 보았다. 그리고 역시 장희는 불안해 하고 있었고 그것이 장희의 목을 타고 식은땀으로 흐르고 있었다. 그리고 결국 장희는 참다못해 그곳을 뛰쳐나가 버렸다. 나는 달려가는 장희를 따라갔다. 그리고 곧바로 장희의 아버지도 나왔다. 그들은 잠시 애기를 나누다가 결국 장희의 집으로 다시 돌아왔다.

"장희야, 오늘 본 곳 어땠느냐? 괜찮지? 그곳이 아버지가 일하는 곳이다. 음… 지금 너에게 더 이상 말해봤자 네가 이해할 수 있을 지도 잘 모르겠다. 일단은 푹 쉬어라. 그럼 난 다시 가보마."

"네. 아버지…."

장희는 자기의 방으로 가더니 아직 오후 5시밖에 안되어서 잠자리에 들기는 이른 시간이었지만 장희는 오늘 본 광경 때문에 피곤했었던 탓인지 바로 잠자리에 들었다. 장희는 정말 힘들고 괴로웠을 것이다. 그리고 나는 오늘에서야 비로소 내가 있는 이 나라도 식민 통치 지배를 받고 있다는 생각이 들었다. 그런데 잘 생각해보니 내가 왜 오늘에 와서야 그 사실을 알게 되었을까라고 생각해보니 정말 장희의 아버지가 우리 정령계에서도 식민 통치 지배를 받던 시절에 몇몇 있었던 비열하고 나쁜 나라를 팔아먹는 사람이 아닐까 하는 생각까지 들었다. 하지만 나는 설령 그렇다고 하더라도 내가 할 수 있는 일이 없다는 것을 알기에 장희를 그렇다고 떠날 수도 없는 노릇이기 때문에… 더 이상 생각하기도 힘들고 괴롭다. 그냥 나도 이만 쉬어야겠다. 오늘은 장희와 나, 둘 다에게 정말 최악의 날이었다는 생각이 든다.

다시 또 몇 년이 지났다. 그날 이후로 장희는 더더욱 소심하고 내성적인 성격을 가지게 되었다. 그리고 장희도 장희 아버지의 관계도 나날이 소원해졌다. 그리고 오늘은 장희가 일본이라는 나라에 공부를 하러 간다고 한다. 나도 물론 따라가야 한다. 그것이 내가 해야 하는 일이기 때문이다. 장희는 일본에 가서도 정말 열심히 공부할 것이다. 장희는 원래 하고 싶었던 시를, 창작하는 것을 더 배우고 싶다고 하였지만, 장희의 아버지는 그런 생각은 하지 말고 일본어 공부나 엄청 열심히 하고 오라고 하였다. 어쨌든 공부를 한다는 것은 좋은 일이니 장희가 열심히 했으면 하고 바란다. 그리고 역시 장희는 나의 희망을 충분히 충족시켰다. 장희는 일본에 가서 정말 열심히 공부하였다. 그리고 일본에서 사귄 친구들 호준이, 상민이와도 사이좋게 지냈다. 그 3명은 함께 정말 즐거운 학창시절을 보내고 있었다. 정말 오랜만에 보는 장희의 웃음에 나는 처음에는 눈물이 날 것 같이 좋았다. 그리고 거짓말 같이 시간이 1년 정도 지나가면서 장희의 행복한 순간이 나날이 평범해져 갔다. 정말 장희도, 나도 행복했었다.

　언제나 그랬듯이 행복한 순간은 너무나도 빨리 끝나버리고 말았다. 그리고 다시 불행한 순간은 먹구름처럼 갑작스럽고도 빨리 다가왔다. 그것은 어느날 장희의 아버지로부터 걸려온 전화 한 통으로 인해 시작되었다. '그때 장희가 전화를 받지 않으면 좋았을 것을…'하고 생각도 많이 해보았지만 혹시라도 장희가 정말 전화를 받지 않았다면 장희의 아버지가 장희를 보러 일본에 직접 가서라도 얘기를 했었을 것이다. 장희 아버지는 장희에게 전화를 걸어 최대한 빨리 한국으로 와달라고 하였다. 장희는 지금 한국으로 가면 다시 일본으로 가기는 힘들 것이라고 생각도 했었을 것이다. 하지만 장희는 어쩔 수 없이 행복했었던 학창시절의 친구들과 그 이외의 모든 것들을 뒤로 한 채로 한국으로 가야 한다. 그리고 장희가 한국으로 오자 장희 아버지는 몇 년 전에 보았던 궁전 같은 곳에서 식민 지배 통치국의 고위 관료들과 장희 아버지 자신과의 통역을 부탁하였다. 나는 장희의 아버지가 나라를 팔아먹는 나쁜 사람이라는 것을 어느 정도는 알고 있었지만 오늘에 와서야 장희의 아버지가 비열하고 나쁜 사람이라는 것을 확신하게 되었다. 그리고 나는 장희가 그 부탁을 들어주지 않았으면 하고 간절히 바랐다. 다행히 장희는 소심하게나마 장희 아버지의 부탁을 거절하는 의사를 밝혔다.

"아버지 죄송하지만 싫습니다. 저는 일본에 가서 시를 쓰기 위해서, 착한 사람들을 돕기 위해서 공부를 한 것이지 이런 것들을 하기 위해서가 아닙니다."

일본에 가서 공부를 한 이유는 이런 것들을 하기 위해서가 아니라는 이유로. 하지만 나는 그것이 장희의 아버지같은 냉철하고 깐깐한 사람에게 통할 것이라고는 차마 생각 하지 못하였다. 나는 장희가 좀 더 적극적으로 거절 의사를 밝히기를 바랐다. 하지만 장희는 그렇게까지 하지는 못했었다. 그리고 결국 장희의 아버지의 처음 생각 대로 장희는 통역을 하게 되었다. 장희는 자기가 해야 할 일이 궁전 같은 곳에서 하는 통역 같은, 약자들을 억압하는 강자들을 위한 일이 아니라 약자들을 위해 시를 쓰는 것과 같은 약자들을 위한 일이라는 것을 알고 있었다. 하지만 현실로는 장희는 자신의 소심하고 내성적인 성격 때문에 차마 장희의 아버지의 부탁을 적극적으로 거절 할 수 없었고, 결국 그 일을 하게 되었다. 장희는 장희 아버지와의 대화 이후에 자신의 방으로 혼자 들어가서 눈물을 흘렸다. 하지만 결국 장희는 통역을 하였다. 그리고 그날 밤에도 자신의 방으로 가서 눈물을 흘렸다. 장희가 정말 불쌍하다. 왜, 이런 환경에서 태어나야만 했을까? 그 이후로 장희는 꽤 오랫동안 집에서만 있었고 장희의 아버지는 예전과 같이 밖에서 있었던 시간이 엄청 많았었다. 난 하루빨리 장희가 괜찮아지기를 바랐다.

하지만 정말 하늘도 무심하게도 장희의 고난은 여기서 멈추지 못했다. 바로 며칠 후에 장희의 아버지가 장희를 또 한 번 불렀다. 나는 정

말 장희 아버지가 나쁘다고 생각하였고 저게 아버지가 아들에게 할 짓인
가 생각까지 하게 되었다. 장희의 아버지가 나쁜 사람이라는 것은 진작
부터 알고 있었지만 자신의 아들에게까지 저럴 줄은 몰랐기 때문이다.
그리고 장희 아버지는 장희에게 자신과 같은 나쁘고 비열한 사람, 나라
팔아먹는 사람이 되라고 하였다. 정말 이번에는 장희가 장희 아버지에
게 적극적으로 어떻게든 최대한 강하게 장희 아버지의 부탁을 거절했으
면 하고 바랐다.

"싫습니다. 절대 하지 않겠습니다. 저는 다시 일본으로 가 보겠습니다.
아버지 저번에는 그래도 아버지의 부탁을 들었습니다. 하지만 정말 이번
에는 절대 못하겠습니다. 죄송합니다."

"그래? 그렇다면 나는 더 이상 너를 돕지 않겠다. 아니 더 이상 너와 나
는 어떠한 관계도 아니다. 너는 이번에 하지 않는다면 나와 부자의 연을
끊어야 한다. 그렇게 하겠니? 잘 생각해 봐라. 네가 나와 같은 일을 하
게 되면 너도 나처럼 권력을 손에 넣을 수 있고, 돈도 꽤 벌 수 있다. 이
런 안 좋은 세상에서도 너는 잘 살 수 있다. 선택은 니가 해라. 장희야."

정말 오랜만에 들어보는 장희 아버지의, 장희의 이름을 부르는 목소리
였다. 장희의 눈에서 눈물이 떨어졌다. 원래 아무리 안 좋은 일이 있어도
장희가 아버지 앞에서 눈물을 흘린 적은 없었는데… 하지만 장희는 얼른
눈물을 참아내고 굳은 자세로 말했다.

"아버지, 죄송합니다. 저는 이만 가 보겠습니다."

장희의 아버지는 당연히 장희가 이번에도 자신의 부탁을 들어 줄 것
이라고 믿고 있었지만 이번에는 장희가 강하게 거절하였다. 장희의 아
버지는 당황해 보였다. 그리고 장희는 그곳에서 바로 뛰쳐 나왔다. 나도
장희를 따라갔다. 장희는 뛰는 동안에 계속 쉴새없이 눈물을 흘렸다. 나
는 그래도 장희가 꽤 대견스러웠다. 나는 이제부터 장희가 장희의 아버

지, 아니 그 사람과 떨어져 살아야 한다는 것을 안 좋게 생각하였지만, 그래도 장희가 더 이상 그 사람 때문에 마음 아파하지 않아도 된다는 것을 다행이라고 생각하였다.

그 날 이후로 장희는 한 번도 그 사람을 보질 않았다. 장희는 몇 년 동안 약자들을 위해서 시를 썼었다. 나는 정말 그런 장희가 대견하고 착하다고 생각하였고 솔직히 존경했었다. 정말 이런 장희를 내가 파트너로 삼았다는 사실, 그리고 같이 있다는 사실, 이 모든 것이 자랑스럽게 느껴졌고 믿을 수 없었다. 하지만 나는 장희에 대한 한 가지 사실이 너무 안타까웠고 나를 슬프게 하였다. 그것은 장희가 5살때 돌아가신 어머니에 대한 장희의 그리움 그리고 마지막 혈육이었던 그 사람과 헤어진 이후로 더욱 더 심각해져가는 외로움이었다. 그리고 결국 장희는 그렇게 몇 년 동안 약자들을 위해서 시를 쓰고 그들의 아픔을 공감하다가 결국에는 어머니의 곁으로 갔다.

나는 아직도, 그리고 그때에도 생각했었다. 만약 장희가 좀 더 좋은 환경에서 시를 썼었더라면 어땠을까? 그때에도 장희는 약자들을 위해서 시를 쓸까? 아마 장희라면 분명 그때에도 약자들을 위해서 시를 쓸 것이다. 그리고 그들의 아픔을 함께 할 것이다. 나는 나의 생각에 굳센 확신이 있다. 그리고 그런 생각들 후에 떠오른 것은 단지 작은, 하지만 큰 소망이었다. 다음 생에는 장희가 부유하지는 않더라도 애국심이 있는 정신적으로 깨어있는 부모님과 함께 오랫동안 살면서 시를 쓰면 좋겠다. 이것은 어쩌면 정말 큰 소망일지도 모른다. 하지만 장희는 이번 생에서 그런 삶을 살기 위한 고통을 충분히 당했었다고 생각한다.

한국에는 그런 속담이 있다고 한다. 고생 끝에 낙이 온다. 하지만 장희는 이번 생은 고통의 연속이었다. 그러니 분명 다음 생에 장희는 행복한 삶을 누리고 느낄 것이다. 그리고 그때 다시 장희와 함께 삶을 살고 싶다. 그리고 그때에는 내가 좀 더 수련을 열심히 해서 장희도 나를 볼 수 있고 들을 수 있게 그렇게 정말, 말 그대로 삶을 같이 살았으면 한다. 나는 더 이상 떨어지는 눈물을 참을 수 없었다. 그리고 어느새 내 얼굴은 눈물 범벅이 되어버렸다.

　나는 이제 더 이상 이곳에 남을 필요가 없다. 사실 떠나야 한다. 그것이 정령계의 규칙이니까. 나는 떠난다. 눈물을 남긴 채로 그리고 작은 희망을 품고 '장희야 꼭 다시 보자. 그때에도 약자들을 위한 시를 썼으면 좋겠어. 그리고 그동안 너한테 정말 귀중한 많은 것을 배웠어. 고마워. 그리고 사랑한다. 다음 생에 꼭 함께 하자!'

시내 위에 돌다리
다리 아래 버드나무
봄 안개 어리인 시냇가에 푸른 고양이
곱다랗게 단장하고 빗겨 있소 울고 있소
기름진 꼬리를 쳐들고
밝은 애달픈 노래를 부르지요.
푸른 고양이는 물오른 버드나무에 스르륵 올라가
버들가지를 안고 버들가지를 흔들며
또 목놓아 웁니다. 노래를 부릅니다.
멀리서 검은 그림자가 움직이고
칼날이 은같이 움직이더니
푸른 고양이도 볼 수 없고
꽃다운 소리도 들을 수 없고
그저 쓸쓸한 모래 위에 선혈이 있소

〈이장희, 고양이의 꿈〉

개구리, 눈물의 이유___고관진

소심한 눈길___고관진

백기만

향토 문학의 거목, 조국을 사랑하다

【 백기만 】　白基萬, 1902년 ~ 1907년

1902년~1969년. 호는 목우(牧牛). 필명 백웅(白熊)·흰곰. 대구 출생으로 시인이자 문학평론가이다. 대구고등보통학교와 와세다 대학에서 수학하였다. 양주동(梁柱東)·유엽(柳葉)·이장희(李章熙) 등과 《금성(金星)》 동인으로 문단 활동을 시작하였다. 《금성》 창간호(1924.1.)에 〈청개고리〉를 발표하는 한편 《개벽(開闢)》등에 작품을 발표하였으나 대체로 과작에 속했다.

그는 친구인 이상화(李相和)와 함께 대구에서 3·1운동 당시 대구 학생들을 동원하여 독립만세시위운동을 주도하다가 붙잡혀 교도소 생활을 하는 등 항일저항 활동을 하였다. 그는 이상화가 죽은 뒤에 대구 달성공원에 상화시비(尙火詩碑)를 건립하는 데 앞장섰고, 이상화와 이장희의 시를 정리하여 《상화(尙火)와 고월(古月)》 및 《씨뿌린 사람들》을 간행하는 등 대구와 경상북도 지역의 향토 시인들을 정리하는 데 힘을 기울였다.

대구광역시 달서구 두류동 두류공원 내 인물동산에 백기만의 시비가 있다.

** 출처 : 한국민족문화대백과사전

개구리, 눈물의 이유

시 '청개구리'를 바탕으로

고관진

"기만아!! 너 오늘은 놀지 않고 공부하기로 했잖니!!"

한복을 입은 중년의 여성이 자신의 아들의 이름을 부르며 소리친다. 그에 십대 정도의 나이로 보이는 소년이 실없이 웃으며 도망친다.

"하하핫-! 다녀오겠습니다. 어머니!!"

뒤에서 들려오는 목소리를 무시한 채 또래의 아이들과 같이 달려나가는 소년, 백기만이라는 이름을 가진 소년은 그저 철없이 놀기 위해 오늘도 어머니의 말을 뒤로 하고 살아간다.

"후우, 이제야 따돌렸네…."

뒤에서 쫓아오는 자신의 어머니가 시야에서 사라진 것을 본 소년, 기만은 숨을 돌리며 자신과 같이 도망 온 자신의 친구를 보며 말한다.

"처음도 아니지만 기만이 너희 어머니 진짜 무서우시다. 히히."

"맞아, 나도 등골이 다 오싹하다니까?"

기만이 자신의 뒤에서 뛰어오는 두 사람을 바라본다.

"그렇지? 난 매일 본다니까!"

기만을 포함한 세 사람이 웃고 떠들더니 이내 발걸음을 멈추며 주위를 돌아보며 말한다.

"그런데 오늘은 뭐하고 놀 거야?"

그 말에 기만은 자신들이 사는 마을의 뒷편에 위치한 뒷산을 보며 의견을 낸다.

"우리 비밀장소에라도 가서 생각할래?"

그의 말에 다른 두 사람이 고개를 끄덕인다. 그리고 자신들의 허리까지 자란 풀들을 헤치며 산 안쪽으로 들어간다. 그들이 발걸음을 옮기기 시작하고 얼마 지나지 않아 멈추어 서서 주변을 돌아본다.

"어디보자… 여기 근처였는데…."

"제대로 표시한 거 맞아? 귀찮아서 대충한 거 아니야?"

"내가 너냐? 제대로 표시 했으니까 걱정마. 아, 찾았다!"

허리를 굽혀 풀숲에서 무언가를 찾던 기만은 이내 다른 장소보다 풀이 덜 자란, 키 작은 잔디만이 자란 땅에 박혀 있는 작은 표지판을 발견한다. 그 땅을 표지판 채로 손가락을 집어 넣어 들어 올리자 땅이 들려 올려져 사람 한 명이 들어갈 만한 구멍이 생겼다.

"여기는 그대로인 것 같네…."

구멍 안으로 한 명씩 들어간 그들은 벽에 걸려있는 초에 불을 붙인다. 그러자 동굴 안이 환해지면서 주변의 광경이 눈에 들어온다. 흙투성이어야 할 바닥은 돗자리가 깔려져 있었고 주변에는 여러 가지 시간 보낼 수 있는 것들이 널려져 있었다.

한 사람은 책장에서 책을 꺼내어 읽고 기만은 그저 누워서 천장을 바라보고 다른 사람은 꾸벅꾸벅 졸기 시작한다. 그러다 책을 읽고 있던 소년이 조심스레 입을 연다.

"아, 그리고 보니 너희들 그거 알아?"

"뭔데…?"

"우리 마을 근처에 독립군들이 숨어 있는데… 그러니까 혹시나 발견하면 신고하라던데?"

그 말에 천장을 보고 있던 기만이 고개를 돌린다.

"누가?"

"헌병들이…."

말할 소재가 다 떨어지자 그들 사이에 다시금 침묵이 감돌았다. 그러다 책을 읽던 소년이 다시 말을 잇는다.

"독립군 사람들은 다 할 일도 없나봐. 이런 걸로 힘이나 빼고."

"음, 그런가? 난 멋있던데?"

"멋있어? 왜?"

"외세의 침략에 굴하지 않고 나라를 위해 싸운다. 꽤 멋있지 않아?"

"그래서 독립군이라도 될 거야?"

소년이 아예 책에서 눈을 떼고 기만을 바라본다. 기만의 표정은 지금 존경하는 위인을 보는 어린아이처럼 반짝반짝 빛나고 있었다.

"응!"

"독립군에서 받아주겠냐? 허구헌날 어머니 말도 안 듣는데…."

"그건 그렇네. 푸하하."

어느새 깬 것인지 졸고 있던 소년이 중얼거렸고 그의 말에 책을 손에 쥔 소년이 맞장구친다.

"아아, 시끄러워!!"

그들의 반응이 기분 나빴던 것인지 소리치는 기만은 동굴 입구 쪽으로 걸어간다. 책을 읽던 소년은 책에 시선을 둔 채 묻는다.

"어디 가냐?"

"형님 똥 누러 가신다."

문의 역할을 하는 땅을 살짝 들어 올리자, 얼굴로 떨어지는 흙이 얼굴을 간지럽힌다. 얼굴에 묻은 흙을 털고 밖으로 나간 다음 다시 입구를 닫아 놓는다. 동굴에서 멀리 떨어진 곳으로 발걸음을 옮기던 기만은 시야에서 동굴이 사라지자 적당한 바위에 주저앉아 집에서 지은 밥으로 만든 주먹밥을 꺼내 먹기 시작했다.

사실 화장실 간다던 말은 거짓말이었다. 이렇게라도 안 하면 녀석들이 달려들어 또 내가 먹을 양이 줄어들게 뻔하니까….

'그건 그렇고 자식들… 바보 취급이나 해대고….'

그렇게 주먹밥을 먹으며 어떻게 하면 친구들에게 복수를 해줄 수 있을까 생각하던 기만은 풀이 움직여 내는 부스럭거리는 소리에 고개를 돌린다.

"거기 꼬마야―"

분명 주변에는 자신들과 기만 말고는 존재하지 않을 텐데, 그들은 마치 누군가에게 들키면 안 된다는 듯이 작은 목소리로 기만을 부른 그들에게 기만이 입을 연다.

"저 꼬마 아니거든요? 이미 18살인데…."

기만이 다가가며 말하자 기만을 불렀던 수염을 기른 남성은 뒷머리를 긁적이며 어색하게 웃으며 말한다.

"아하하… 그거 미안하게 됐구나…."

뭐, 어렸을 때부터 다른 또래보다 키가 작았던 기만이었으니 이런 오해를 받는 것은 이미 익숙했다.

"그건 그렇고 아저씨는 누구세요?"

"아저씨 아니다. 형이다. 아직 25살이라고…."

'에, 그 얼굴로?'라는 표정으로 바라보니 청년이 충격 받았다는 듯이 말한다.

"한동안 일 때문에 수염 깎을 시간이 없었단 말이다…."

"알았어요. 아저씨, 그건 그렇고 왜 부르신 건데요?"

아, 아저씨… 기만의 말에 청년이 침울한 표정을 지으며 비틀거린다.

"나는 강지성이라고 하는데… 꼬마야."

"기만."

"뭐라고?"

"기만이라구요. 백기만. 제 이름이에요. 자꾸 꼬마, 꼬마 그러지 마세요."

"그래, 기만아. 혹시나 해서 묻는 건데, 너 혹시 독립군이 되고 싶지 않니?"

독립군! 자신을 지성이라고 소개한 청년의 입에서 단어가 나오자 기만의 눈이 커진다.

"도, 독립군이요!?"

"쉬잇! 다른 사람들이 들으면 어떻게 하려구."

급하게 지성이 기만의 입을 틀어막는다. 기만이 알았다는 의미로 고개를 끄덕이자 기만의 입에서 지성은 손을 땐다.

"독립군이라니 그게 무슨 소리세요?"

"너도 지금 마을에 독립군들이 숨어있다는 소문은 들었지?"

끄덕, 고개를 끄덕이자 지성이 말을 이어간다.

"그 말은 사실이야. 그리고 우리들은 지금 이 마을에서 우리들을 도와줄 조력자를 찾고 있어."

"조력자…요?"

"그래."하고 지성이 말을 잇는다.

"마을에서 소문은 많이 들었어. 항상 독립군이 되고 싶다고 말한다며?"

묵묵히 지성을 바라본다.

"우리들 독립군을 도와주지 않을래?"

"제, 제가 뭘 할 수 있는데요…?"

"간단해. 그냥 이 마을에 헌병들의 기지가 어디 있는지 말해주는 것과 간단한 심부름만 해주면 돼. 그리고 만약 일도 잘 해주면 쌀하고 생선하고도 많이 줄 테니까…."

그의 말에 제3자, 특히 기만의 어머니가 들으면 기겁할 만한 대답을 기만은 내놓고 만다.

"네!"

"좋아! 그럼 따라와, 심부름 하려면 기지의 위치 정도는 봐야할 테니까."

동굴에서 기다리고 있을 친구들은 잊어버린 채 기만은 지성을 따라 산속으로 더욱 깊숙히 들어가기 시작한다. 그러다 자신이 친구들과 만든 동굴과는 비교도 되지 않는 크기의 동굴 안으로 들어가니 그곳에서 여러 명의 사람들이 분주하게 움직이고 있는 사람들을 볼 수 있었다. 지성은 동굴 가장 안쪽으로 들어가더니 마찬가지로 수염을 기르고 가르마를 탄 남성에게로 다가갔다.

"대장님, 데려왔어요."

"그래, 지성아. 수고했다."

남자는 지성에게 향했던 시선을 기만에게로 옮기더니 다정하게 말을 시작했다.

"그래, 네가 우리를 도와주기로 했다고?"

"네! 백기만이라고 합니다!"

"…여기에서의 일은 비밀로 간직할 수 있겠니?"

"네! 맡겨만 주세요!"

조심스레 입을 연 남성에게 기만이 당당히 외친다. 그 모습에 잠깐 고민하는 것 같던 남자였지만 이내 고개를 끄덕이며 말을 잇는다.

"좋아, 앞으로 같이 일할 사인데 자기소개부터 하지. 내 이름은 김원

봉이라고 한다."

김원봉이 악수의 의미로 손을 내밀자 기만이 기쁘다는 듯이 그 손을 잡아 흔든다.

"히히~"

독립군들이 주둔해 있는 동굴에서 나오는 기만, 그렇게 기분이 좋은 것인지 콧노래까지 부르며 걸어가고 있었다. 자신의 동굴의 입구로 들어가자마자 친구가 타박한다.

"넌 똥 싸는데 뭐 이리 오래 걸리냐?"

"미안~ 내가 변비라서."

적당히 변명하고 다시 자리에 눕는다. 그렇게 시간은 흐른다.

다음 날, 오늘은 헌병들이 주둔한 장소를 봐두어 독립군들에게 정보를 전달하였다. 그러자 그들이 약속한 것처럼 쌀을 작은 포대에 담아 건네 주었다. 그걸 받아 기쁘게 집으로 돌아 간 기만은 집에 들어가자마자 어머니를 불렀다.

"어머니!"

"기만이 너! 오늘도 그냥 나가고… 그게 뭐니?"

화를 내려던 기만의 어머니는 자신의 아들이 손에 들고 있는 포대를 보며 말한다. 그러자 기만은 자랑스럽다는 듯이 말한다.

"짜잔~ 이거 독립군들 심부름 하며 얻은 거에요! 이제 우리들도 배불리 먹을 수 있…!"

기만의 입에서 독립군이라는 이름이 나오자 급히 기만의 입을 막는 어머니, 왜 그러냐는 듯한 눈으로 보자 어머니가 그의 어깨를 잡으며 말한다.

"기만아, 잘 들어. 무슨 일이 있어도 그 사람들이랑 엮이면 안돼!"

"왜요?"

"그냥 제발 좀 엄마 말 좀 들어!"

하지만 어머니의 말에 기만은 조금씩 마음속에서 반발심이 솟아났다.

"나라를 위해서 싸우는 자랑스러운 사람들이잖아요!"

"안 된다면 안돼!"

"아, 알았어요…."

얼떨결에 고개를 끄덕인 기만, 그만 방으로 들어가라는 어머니의 말에 포대를 부엌에 두고 방으로 들어간다. 하지만 기만은 다음 날에도, 또 다음 날에도 독립군들의 비밀 기지로 찾아갔다. 다음 날도, 그 다음 날도 기만은 지성과 만나 여러가지 정보를 독립군에게 전달해주는 일을 하며 왠지 모르게 느껴지는 뿌듯함을 느끼며 매일을 보냈다.

"후우, 오늘도 참 보람찬 일 했다."

그리고 마찬가지로 오늘도 독립군들을 위해 뛰어다닌 기만은 뿌듯함을 느끼며 집으로 돌아가고 있었다. 이렇게 열심히 일 한다면 자신이 더 크고 난 다음에는 독립군 전투의 선봉에 서서 싸울 날도 머지않을 것이다. 그리 생각한 기만은 올라가려는 입꼬리를 주체하지 못했다.

그렇게 걸어가고 있던 기만의 눈에 이상한 광경이 보인다.

'헌…병?'

분명 자신의 집 앞 정자에 앉아 오늘도 여전히 이야기를 나누고 있어야 할 할아버지들이 보이지 않고 대신 총을 맨 헌병들이 어머니와 실랑이를 벌이고 있었다.

'어머니…? 어머니!?'

어머니도 기만을 발견한 것인지 한 순간 시선이 기만에게로 향하지만 이내 다시 고개를 돌려 헌병을 바라보며 말을 이어간다. 무슨 일이 일어난 것일까라는 생각에 일단 주변에 몸을 숨겨 바라본다. 조금 더 집중하니 대화가 들려온다.

"빨리 말해라!! 네 년의 아들은 지금 어디 있어!?"

"죄송하지만 저는 정말로 어디에 있는지…."

"그 말만 몇 번째냐고!? 아, 진짜 말이 안 통하는구만."

그렇게 조심스레 상황을 보고 있던 기만의 눈에 헌병이 손에 권총을 쥔 것이 보였다. 가슴이 쿵쾅쿵쾅 뛰기 시작했다. 그와 동시에 안 좋은 예감이 머리 속을 스치기 시작했다. 총구가 어머니를 향한다.

탕–!

기만은 자신의 눈과 귀를 믿을 수 없었다. 저 총에서 난 소리를 들은 귀도, 거기서 나온 총알에 어머니가 쓰러진 광경을 본 눈도, 섬뜩하게 퍼지는 화약 냄새와 피 냄새를 맡는 코도 믿을 수 없었다.

탕! 탕! 탕!

그 뒤로 세 번의 총소리가 더 울려 퍼졌다.

무서웠다.

무서워서 기만은 그저 숨은 곳에서 웅크린 채 있을 수밖에 없었다. 헌병들이 무어라 말하는 소리가 들려왔지만 귀에 들어오지 않았다. 그저 이 상황이 빨리 지나가기만을 빌었다. 어머니가 죽어가고 있음에도 나가서 도와주긴커녕 이 상황이 지나가기를 비는 자신의 모습에 한 순간 극도의 혐오감이 밀려왔지만 그것보다 살고 싶다는 생각이 간절했다.

헌병들의 발소리가 사라졌다. 숨어있던 곳에서 천천히 얼굴을 빼 밖을 바라본다. 다른 광경들은 눈에 들어오지도 않고 바로 어머니의 모습이 보인다.

"어머니!!"

달려가 살핀다. 몸에서 피가 흐르고 있다. 이대로 있으면….

재빨리 어머니를 업는다.

"기, 기만이니…? 쿨럭!"

"어머니! 조금만 기다리세요. 제가 병원에…!"

어머니를 업고 달린다. 등에서 뜨거운 무언가가 흐르는 것이 느껴지지만 아랫 입술을 꽉 깨물며 달린다. 더 빨리, 더 빨리…!

더 달리자 마을에서 하나 있는 작은 병원이 보인다. 그곳의 문을 박차고 들어가자 자신을 보고 당황해하는 의사 선생님. 기만은 다급하게 소리친다.

"선생님!! 제발 저희 어머니를!"

의사 선생님이 잠깐 말을 잇지 못하다가 이내 다시 정신을 차리며 수술을 하기 위해 어머니를 눕힌다. 잠시 나가 있으라는 말을 듣고 피투성이가 된 몸을 이끌고 밖으로 나간다.

'제발… 제발….'

수술이 끝나기를 기다리는 동안 기만은 평소에는 믿지도 않는 신에게 열심히 빌며 그저 어머니가 죽지 않기를 바랐다. 그렇게 빌면서도 다른 한편으로는 어머니의 말을 듣지 않아 일이 이렇게 되게 만든 것에 대한 후회가 밀려왔다.

만약 자신이 어머니의 말을 제대로 들었다면 이런 일이 일어나지는 않았을 것이다. 거기까지 생각이 미치자 눈에서 눈물이 흘렀다.

수술실에서 선생님이 나오는 것이 보였다. 기만은 곧바로 선생님의 앞길을 가로막으며 물었다.

"선생님! 어, 어머니는…!"

기만의 말에 측은한 눈길을 보내던 선생님은 이내 고개를 절레절레 젓더니 어깨를 한 번 짚어주고 기만을 지나쳐 갔다. 그 곳에 주저앉아 한참 동안 울기만 했다. 목이 쉬어서 더 이상 울지 못할 때까지 계속 울었다. 그렇게 슬픈데도 무서워서 감히 싸늘하게 누워있을 어머니의 모습을 볼 자신이 나지 않았다. 그래서 무책임하게, 어머니를 두고 병원을 빠져 나와 달리기 시작했다.

"으아아아아아아악-!!!!"

그렇게 동네를 달려다니며 소리질렀다. 자신의 기분을 대변해주기라도 하듯 하늘에서 비가 억수같이 내리기 시작했다.

"흑, 흐윽…."

개굴- 개굴- 개굴-

이렇게나 슬픈데, 이렇게나 가슴이 찢어질 것 같은데 자신의 마음을 아는지 모르는지 청개구리들은 신나게 울어대기 시작한다.

청개구리는 장마 때에 운다. 차디찬 비 맞은 나뭇잎에서 하늘을 원망하듯 치어다보며 목이 터지도록 소리쳐 운다.

청개구리는 불효한 자식이었다. 어미의 말을 한번도 들은 적이 없었다. 어미 청개구리가 "오늘은 산에 가서 놀아라!"하면 그는 물에 가서 놀았고, 또 "물에 가서 놀아라!"하면 그는 기어이 산으로만 갔었느니라.

알뜰하게 애태우던 어미 청개구리가 이 세상을 다 살고 떠나려 할 때, 그의 시체를 산에 묻어 주기를 바랬다. 그리하여 모로만 가는 자식의 머리를 만지며 "내가 죽거든 강가에 묻어다고!"하였다.

청개구리는 어미의 죽음을 보았을 때 비로소 천지가 아득하였다. 그제서야 어미의 생전에 한번도 순종하지 않았던 것이 뼈아프게 뉘우쳐졌다.

청개구리는 조그만 가슴에 슬픔을 안고, 어미의 마지막 부탁을 좇아 물 맑은 강가에 시체를 묻고, 무덤 위에 쓰러져 발버둥

치며 통곡하였다.

그 후로 장마비가 올 때마다 어미의 무덤을 생각하였다. 시뻘건 황토물이 넘어 원수의 황토물이 넘어 어미의 시체를 띄워갈까 염려이다.

그러므로 청개구리는 장마 때에 운다. 어미의 무덤을 생각하고는 먹을 줄도 모르고 자지도 않고 슬프게 슬프게 목놓아 운다.

〈백기만, 청개구리〉

백기만

소심한 눈길

시 '은행나무 그늘'을 바탕으로

고관진

"일본군들은 물러가라!!"

"물러가라!!!"하는 한 사람의 목소리에 그 사람 주위에 몰려 있던 수 십 명의 사람들이 일제히 목소리를 올린다. 집으로 돌아가는 와중에도 계속되는 사람들의 목소리. 그 소리가 집으로 돌아가는 소년, 백기만의 귀를 간질인다.

"어…?"

집으로 가는 길로 발걸음을 옮기던 기만은 모여 있는 사람들 중에서 평소에 잘 알고 지내는 사람이 눈에 들어온다. 그 사람의 이름은 만석이었다. 분명 자신이 어릴 때부터 가게를 차려서 제법 넉넉하게 살고 있다고 알고 있는 그 만석이 맞았다. 만석은 맨 앞에서 소리치며 민중들을 이끌고 있는 사람의 목소리에 맞춰 소리를 지르고 있었다. 무엇이 그리 좋은 것인지 얼굴에는 한없이 자랑스럽다는 표정을 지우지 않으며 만석은 연거푸 "만세!"를 외쳐대었다. 그러다 문득 만석의 시선이 기만에게 닿았다. 기만은 만석에게 다가가며 입을 연다.

"아저씨, 여기서 뭐 하시는 거에요?"

그리 묻자 기만을 보던 만석은 그 특유의 호탕한 웃음을 지으며 기만의 말에 답한다.

"뭐하긴, 지금 만세하는 거 안보이냐?"

"만세는 뭐 하러….'

기만이 말 끝을 늘리자 만석이 한심하다는 듯이 그를 바라본다.

"당연하지. 이놈아! 나라가 빼앗겼는데 가만히 있으라고? 나는 그런 꼴 못 본다!"

호통을 친 만석은 어느새 다시 만세를 외치기 시작한 사람들을 따라 마찬가지로 "만세! 만세!"하며 소리치기 시작한다. 그렇게 함께 움직이는 사람들, 만석뿐만 아니라 옆집의 기철이 아저씨도 있었고, 뒷집의 순이 아줌마도 있었고, 얼마 전 학교를 졸업했다던 우진이 형도 있었다. 모두가 하나 같이 똑같은 구호를 외치며 똑같이 행동하고 있었다. 그런 그들의 모습이 한 줄에 꿰인 굴비처럼 보이기도 해서 피식 웃음이 나왔다.

그런 그들의 모습을 물끄러미 지켜보고 있던 기만. 그러다 그들을 등지더니 집으로 향하기 시작했다. 기만의 발걸음을 조금씩 빨라진다. 마치 그곳에서 한시라도 빨리 벗어나고 싶다는 듯이. 뒤로 돌아 마치 달리듯이 빠른 걸음으로 집으로 향하는 기만은 마치 저 너머에서 들려오는 만세소리가 자신의 뒷통수를 때리는 듯한 기분을 느끼며 집으로 간다.

"다녀왔습니다."

매일매일 보는 낡은 문을 열며 안으로 들어가자 기만의 어머니가 빨래를 하다가 들고 있던 빨래감을 적당히 걸어둔 다음 기만을 반긴다.

"왔니? 오늘은 무슨 일 없었고?"

기만의 어머니가 걱정스러운 기색을 얼굴에 띄우며 묻는다. 기만은 마을에서 만세운동이 들려오기 시작했을 때부터 이렇게 거의 매일 학교 갔다오는 자신의 아들의 안부를 묻고는 한다.

“…아무 일 없었어요.”

그냥 말 한마디 하는 것뿐인데 왜 그 말을 하면서 아까 오면서 들려왔던 만세 소리가 귀에서 울리는 것일까? 머리를 흔들어 계속해서 들려올 것만 같던 소리를 흩어버리고 어머니에게 대충 답을 한 다음, 방으로 들어와 곧바로 드러눕는다.

그리고 생각에 잠기는 기만,

“독립운동….”

분명 자신의 아버지도 그 일을 하다가 돌아가셨다. 그게 아마도 기만이 10살 때였을 것이다. 그 당시의 꼬마는 자신의 아버지가 나라를 위해 싸운다는 사실이 자랑스러워 줄곧 아버지가 있는 곳으로 가곤 했다. 가서 철없이 어른들의 영웅담을 들으며 눈을 빛내던 철없는 꼬마.

그 꼬마는 그날도 어김없이 아버지가 있는 곳으로 가기 위해 발걸음을 옮기려 하였다. 하지만 유독 그날 따라 안 좋은 꿈을 꾸었다며 가지 말라던 어머니의 손과 목소리를 뿌리치며 아버지가 있는 곳으로 갔다.

오늘도 평소와 마찬가지로 만세운동을 시작하려던 사람들을 멈추게 하는 무언가가 다가왔다. 평소에는 보이지도 않던 일본군들이 칼과 몽둥이를 휘두르며 무력으로 진압을 하기 시작한 것이다. 그 정도라면 상관 없었다. 하지만 일본군이 그 당시 아직 어렸던 꼬마를 보고 그쪽으로 칼을 휘둘러 온 것이다. 그것을 그의 아버지가 대신 칼에 맞은 것이다. 피를 흘리는 자신의 아버지를 보며 기만은 멍하니 앉아 있었고 이내 마을 사람이 기만의 어깨를 흔들고 나서야 정신을 차릴 수 있었다. 그리고 울었다. 울고 또 울었다. 하지만 죽은 아버지는 살아 돌아오지 않았다.

그 옛날 일이 잔뜩 몸을 부풀리며 기만의 가슴 한구석을 짓누르고 몇 년 째 짓누르고 있었던 것이다.

기만은 머릿속에서 드는 생각들을 날려버리기 위해 고개를 세차게 흔든다. 하지만 그 생각이 없어지지는 않았다.

기만은 오늘도 어김없이 학교에 다녀온 다음, 집으로 돌아가는 길에 길거리에서 만세 운동을 하고 있는 사람들을 보게 되었다. 이제 거의 매일 보게 되는 만큼 별로 새로울 것도 없었기에 그냥 무시하며 가려는 기만, 그러다 사람들이 웅성거리는 소리가 들린다.

"와아아아!!"

귀가 찢어질 것만 같은 소리를 지르며 손에 들고 있는 칼과 몽둥이로 운동을 하던 사람들을 차례로 해치기 시작한 군복의 무리를 보며 기만은 그 자리에 얼어 붙었다. 마치 다리가 그 자리에 붙어버린 것만 같았다. 숨 쉬는 것이 더 가빠지고 시야가 아득해진다.

"으, 으아악!"

그러다 들리는 찢어지는 비명소리, 천천히 시선을 돌리자 익숙한 얼굴이 눈에 들어온다. 만석이었다. 뒤돌아 도망치던 만석은 일본군이 휘두른 몽둥이에 머리를 얻어 맞고 길거리에 쓰러진다. 정신이 없을 것이 분명 할 텐데도 어떻게든 일어나 도망치려던 만석의 머리를 일본군이 다시 한 번 후려친다. 힘없이 쓰러지는 만석, 그 위로 계속해서 몽둥이를 휘두르는 일본군, 그리고 그 밑에서 꿈틀거리는 만석의 손이 기만의 시야를 가득 채운다. 아이를 안고 있던 순이 아주머니의 모습도 보였다. 일본군들을 피해 숨어 있던 순이 아주머니는 이내 발견되어 일본군들에게 머리채를 잡힌 채 끌려간다. 조금이라도 반항해보기 위해 돌을 던지며 도망가던 우진이 형은 이내 일본군들에게 둘러싸이고 몽둥이로 두들겨 맞기 시작한다.

'타닷'

"아…."

정신을 차리고 보니 기만은 집을 향해 달리고 있는 자기 자신을 볼 수 있었다. 하지만 그걸 알았다고 해서 달리는 것을 멈추거나 하지 않았다. 그저 더 빨리 이 장소에서 벗어나고 싶을 뿐이었다. 뒤에서 사람들의 비명소리가 기만의 귀를 채운다.

집으로 돌아왔지만 기만은 왠지 모를 자기 자신에 대한 한심스러움이 몰려왔다. 기만은 생각한다. 설령 네가 다른 선택을 했다 해도 뭘 할 수 있었을 것 같아? 아무것도 변하는 건 없어.

"알아… 알고 있다고…."

젠장, 누구에게 하는지 모를 욕을 하며 기만은 방으로 들어간다. 그러자 책상 위에 놓여져 있는 펜과 종이.

"…내가 할 수 있는 게 없지는 않을거야…."

마치 간절히 애원하듯이 기만은 중얼거린다. 곧바로 자리에 앉아 펜을 들어 종이에 글을 쓰기 시작하는 기만. 그의 손이 움직일 때마다 글이 모습을 갖춰간다.

훌륭한 그이가 우리 집을 찾아왔을 때
이상하게도 두 뺨이 타오르고 가슴은 두근거렸어요.
하지만 나는 아무 말도 없이 바느질만 하였어요.
훌륭한 그이가 우리 집을 떠날 때에도
여전히 그저 바느질만 하였어요.
하지만 어머이, 제가 무엇을 그이에게 무엇을 선물하였는지 아십니까?

나는 그가 돌아간 뒤에 뜰 앞 은행나무 그늘에서
달콤하고도 부드러운 노래를 불렀어요.

우리 집 작은 고양이는 봄볕을 흠뻑 안고 나무 가리 옆에 앉아
눈을 반만 감고 내 노래소리를 듣고 있었어요.
하지만 어머이, 내 노래가 무엇을 말하였는지 누가 아시리까?

저녁이 되어 그리운 붉은 등불이 많은 꿈을 가지고 왔을 때
어머니는 젖먹이를 잠재려 자장가를 부르며 아버지를 기다리시
는데
나는 어머니 방에 있는 조그만 내 책상에 고달픈 몸을 실리고
뜻도 없는 책을 보고 있었어요.
하지만 어머니, 제가 무엇을 그 책에서 보고 있었는지 모르시다.

어머니, 나는 꿈에 그이를, 그이를 보았어요.
흰 옷 입고 초록 띠 드리운 성자 같은 그이를 보았어요.
그 흰 옷과 초록 띠가 어떻게 내 마음을 흔들었는지 누가 아시
리까?
오늘도 은행나무 그늘에는 가는 노래가 떠돕니다.
고양이는 나무 가리 옆에서 어제같이 조울고요.
하지만 그 노래는 늦은 봄바람처럼 괴롭습니다.

〈백기만, 은행나무 그늘〉

자신이 쓴 시를 말 없이 바라보는 기만은 이내 펜과 시가 쓰인 종이
를 책상에 놓아두고 방 문을 닫으며 나간다. 책상 위의 펜이 데구르르
굴러간다.

장정일

시 대 를 온: 몸 으 로 거 부 하 다

【 장정일 】 張正一, 1962년 ~

대구 출생 시인 · 소설가. 1984년 무크 《언어 세계》에 〈강정 간다〉로 시작 활동을 시작하였다. 포스트 모더
니즘적인 작품 경향으로, 재기 발랄한 도시적 감수성과 방법적 해체 기법을 통해 사회의 병적인 자본주의
현실을 비판하고 있다. 시집으로는 《햄버거에 대한 명상》(1987), 《길 안에서의 택시 잡기》(1988) 등이 있
으며, 소설로는 《아담이 눈뜰 때》(1990), 《너에게 나를 보낸다》(1992) 등이 있다.

**출처 : 천재학습백과

삶

장정일의 삶을 중심으로

박재혁

"정일이 또 받아쓰기 100점이야?"

친구들은 나의 받아쓰기 시험지를 한 번 보고 번갈아 내 얼굴을 쳐다보았다. 친구들은 모두 부러워하는 말투로 감탄사를 연발했다. 나는 무뚝뚝한 표정을 짓고 있었지만 마음속으로는 자랑스러웠다. 하교할 시간이 다가오자 선생님은 나에게 잠시 교무실로 오라고 하셨다.

아무것도 모르는 나는 무슨 잘못이라도 한줄 알고 떨리는 마음으로 교무실로 향했다.

'드르륵'

나는 교무실 문을 열었고 선생님은 알 수 없는 표정과 같이 내가 있는 방향으로 시선을 돌렸다. 선생님은 나를 보자마자 잠시 의자에 앉아있으라고 하셨다. 내가 의자에 앉자 선생님은 나에게 공부하는데 환경이 나쁜지 좋은지 물으셨다.

나는 할 만하다, 괜찮다고 말했지만 선생님은 그런 나를 아무런 말도 하지 않고 바라보기만 하셨다. 그때 난 선생님이 신중한 생각을 하고 있다고 짐작했다. 그렇게 몇 초 동안 선생님은 나를 바라보고 난 뒤 서랍장에서 흰색 편지봉투를 한 장 꺼내 열심히 글을 쓰기 시작하셨다. 나는 그런 선생님을 보면서 무슨 내용을 쓰는지 궁금해졌다. 나는 곧바로 선생님에게,

"선생님 지금 뭐 쓰시는 거예요?"라고 물었다.

선생님은 나의 대답을 피하며, "이거 꼭 부모님에게 전해주렴"라는 말과 함께 편지 내용을 알려주지 않고 나를 집으로 돌려보냈다.

집으로 가면서 편지봉투를 열고 싶은 욕망과 잠시 싸우기는 했지만 꾹 참으며 집으로 향했다. 나는 집에 오자마자 선생님이 써 주신 편지를 어머니에게 드렸고 어머니는 진지한 표정으로 편지를 읽기 시작하셨다.

그 후 어머니는 나를 바라보았고 나는 어수선한 분위기를 피하기 위해서 활짝 웃었다. 어머니는 그런 나의 표정을 보고 피식 웃었고 어머니는 부엌으로 가서 만들고 있던 저녁식사를 마저 만들기 시작했다. 나도 아버지가 오시기 전까지 학교숙제를 하기 시작했다.

"아빠 왔다"라는 말과 함께 아버지는 현관문을 열어 들어오셨고 어머니와 나는 그런 아버지를 반겼다. 우리 가족은 식탁에 둘러 앉아 같이 식사를 했고 어머니는 은근슬쩍 아버지에게 눈빛을 주기 시작했다.

나는 그것도 모르고 밥을 다 먹은 뒤 숙제를 마저 하기위해서 방으로 들어갔다. 아버지와 어머니는 밥을 먹으며 이야기를 주고받고 계셨다. 나는 숙제를 하는 도중 물을 마시기 위해서 방문을 열려는 순간 아버지와 어머니의 이야기가 들렸다. 언뜻 들어보니 나에 대한 이야기인 거 같았다. 나는 어떤 말을 하는지 궁금해서 방문을 살짝 열고 엿듣기 시작했다. 어머니가 아버지에게 말했다.

"정일이 담임선생님이 그러는데 정일이가 이런 시골에서 재능을 썩힐 아이가 아니래요. 그런데 어쩌죠… 정일이를 도시에 보내려면 돈이 한두 푼 들어갈게 아닌데…."

아버지는 어머니의 말을 듣고 말했다.

"내가 이집의 기둥인데 내가 어떻게든 돈을 벌어 볼 테니 도시에 가서 정일이 교육 잘 시키고 온나."

나는 이 말을 듣고 아버지가 듬직했지만 한편으로는 아버지와 떨어지게 되어 슬펐다.

이 사실을 알게 된 나는 처음에는 가지 않겠다고 고집을 부렸지만 어머니의 조용하고 간절한 설득에 승복을 했다. 일주일 뒤 나는 우리 반 친구들의 배웅을 받으며 어머니와 둘이서 도시로 이사를 갔고 아버지는 시골에서 일을 하시며 우리의 생활비를 지원해 주었다.

나는 학교에서 어색함을 무릅쓰고 다시 친구들을 사귀었고 아버지를 기쁘게 하기위해 더욱 공부를 열심히 했다. 하지만 이것은 나의 헛된 노력이었다.

체육시간, 나는 친구들과 공을 차며 놀고 있었다. 그때 나의 뒷목에 한이 있는 듯한 바람이 불어왔고 나는 바로 그 자리에서 몸을 부르르 떨었다. 선생님은 다급한 목소리로 나의 이름을 크게 외치며 나를 부르셨고 나는 헐레벌떡 교장실로 뛰어가 어머니의 전화를 받았다.

어머니는 전화로 지금 당장 집으로 오라하셨다. 나는 불안하고 초조한 마음으로 짐을 싸고 집으로 향했다. 왜냐하면 어머니의 심정이 전화기를 통해 나의 몸을 자극했기 때문이다. 나는 집에 오자마자 어머니의 표정을 보았고 어머니의 표정은 해질녘의 그림자 같았다. 그때 나는 곧 바로 무슨 일이 생겼다고 생각했다.

어머니는 지금 바로 시골로 가자하셨고 나는 이런 저런 말도 하지 못하고 어머니 따라 시골로 갔다. 거북이 같이 느릿느릿한 기차를 타고 몇 시간 정도 갔을까 하늘은 어머니의 마음을 표현하듯 캄캄해졌고 기차에서 내린 우리는 택시를 타, 한 병원으로 몸을 옮겼다. 병원에 도착하니 입구 쪽에 삼촌과 이모가 있었고 어머니는 나의 손을 잡고 그들을 향해 전력질주하며 뛰어갔다. 어머니는 헐떡이는 마음을 수그리고 삼촌과 이모에게 말했다.

"우리 정일이 아빠 괜찮은 거예요?"

삼촌과 이모는 아무런 말도 하지 않고 어머니의 어깨를 토닥여 주셨다. 어머니는 그 자리에서 털썩 주저앉아 나라를 잃은 듯 펑펑 우셨고 나는 어리둥절해 하며 어머니 옆을 지키고 있었다.

어머니가 이렇게 많이 눈물을 흘리시는 것은 처음 보는 것 같았다. 나는 서럽게 우시는 어머니 옆에 조용히 앉아 있었고 삼촌과 이모는 병실로 들어가자 하셨다.

이때까지만 해도 나는 아버지의 사고를 몰랐다. 6층 엘리베이터가 열리고 삼촌과 이모, 나 그리고 어머니는 병실로 들어갔다. 병실에는 머리와 팔, 다리에 붕대를 한 사람이 누워있었다. 침실에 걸려있는 이름표를 보니 우리 아버지 이름과 똑같았고 나는 이제야 아버지의 사고를 알았다.

"어머니… 아버지께서 설마?"

어머니는 힘없이 눈물을 흘리며 고개를 끄덕거렸고 나는 순간순간 아버지와의 추억을 떠올렸다. 나도 어느새 볼에 뜨거운 물이 흐르는 것을 느꼈다. 어머니와 나는 일주일동안 아버지 옆에서 병간호를 했고 아버지는 끝내 식물인간이 되셨다. 나는 어머니에게 물었다.

"아버지 왜 다치신 거예요?"

어머니는 날 걱정하듯 대답했다.

"아버지랑 같이 일하는 사람들 말로는 건물 짓던 게 무너지면서 아버지를 덮쳤다는데…왜 안하던 밤일까지 하고…."

그렇다. 우리 아버지는 저녁 8시가 되면 으레 퇴근을 하고 곧 바로 집으로 오셨었다. 하지만 우리에게 조금이라도 생활비를 보태기 위해서 막노동까지 하신 것 같았다. 나는 이 말을 듣고 모든 게 전부 내 책임 같았다.

그때부터였다. 나는 아버지를 볼 때마다 어머니가 말하신 말이 떠올랐고 아버지를 볼 면목이 없게 되었다. 그리고 죄책감 때문인지 나는 공부에서 점점 멀어지게 되었고 아버지를 대신해 돈을 벌기 시작했다.

밤마다 돈을 벌어서 그런지 학교에서는 잠만 잤다. 그리고 매일 선생님에게 꾸지람도 많이 들었다. 하지만 일은 그만두면 아버지에게 빚을 지는 것 같아서 그만둘 생각을 하지 못했다. 그렇게 저녁부터 밤까지 일을 하거나 알바를 하고 오전에는 학교를 다녔지만 체력이 도와주질 않았다. 결국 나는 어머니에게 말했다.

"저 이렇게 해서 학교생활 못할 거 같은데… 시골로 돌아가서 아버지 병간호 하면서 사는 게 더 좋을 거 같아요."

나는 거부하던 어머니를 설득 시켰고 도시에서 다시 시골로 돌아왔다. 하지만 고향 사람들이 나를 대하는 눈빛이 달랐다.

마치 내가 도시에서 공부를 하겠다고 부모님을 보채고 아버지는 어쩔 수 없이 어머니와 나를 도시에 보낸 듯 따가운 시선이 느껴졌다. 하지만 나는 이런 소문에도 굴복하지 않고 계속해서 학교를 다니고 일을 하며 경제적으로 어머니를 도왔다. 어머니도 아버지가 식물인간이 되면서 일을 했지만 연세가 많아 일자리가 쉽게 구해지지 않았다.

결국 어머니는 새벽 일자리를 구해 새벽에는 내가 아버지를 간호하고 오전과 저녁에는 어머니가 아버지를 간호하기 시작했다. 하지만 이것은 둘 다 지치는 일이었다.

쉬지 않고, 일하고, 시간 나면 간호를 하고….

반복되는 일상이 우리를 더욱 더 지치게 만들었다.

결국 나는 학교를 중퇴하고 하루 종일 일을 하기 시작했다.

시간으로 일하는 것보다 벌어들이는 액수가 많아 어머니는 새벽일을 그만두고 아버지를 간호하는데 전념했다. 하지만 이런 노력에도 불구하고 아버지의 상태는 똑같았고 늘어만 나는 병원비를 감당하기에는 역부족이었다.

결국 나는 큰 도시로 가서 일을 하기로 결심했다. 어머니는 내가 걱정되어 말렸지만 나는 끝까지 고집을 부려 큰 건물들이 우람하게 놓여있는 도시에 다시 도착했다. 막상 와보니 어디서부터 해야 할지 몰랐다.

나는 빨리 일자리를 구해 조금이라도 경제적으로 보태고 싶어 이곳저곳 떠돌아다니기 시작했지만 학교를 중퇴한 나에 대해 사람들은 눈곱만큼도 관심을 주지 않았다.

졸지에 나는 아무것도 하지 못하는 시골 쥐가 되었다. 어머니는 나에게 밥은 잘 먹고 다니는지 걱정과 격려를 위해 전화도 수시로 오곤 했다. 하지만 이런 관심은 마치 나를 가시방석에 앉아 있게 하는 것 같았다.

나는 지푸라기라도 잡는 심정으로 우유배달, 신문배달 등등 여러 가지 일들을 하며 아버지의 병원비를 보태었다. 시골에서 하는 일보다는 양도 많고 힘들었지만 어느 정도 할만은 했다.

나는 그렇게 중학생 생활을 보내다가 고등학생이 될 나이가 되었다. 사람들은 꽃다운 나이라고 좋아하지만 나에게는 오직 더욱 더 많은 일자리가 생겨 부담이 줄어들었다. 나는 조금이라도 더 많은 돈을 벌기 위해서 우유배달과 신문배달을 그만두고 촌스러운 바에서 일하게 되었다.

여기에서는 사람들이 술에 취하면 주는 돈으로 생계를 이어 갈 수 있었고 월급 전부는 어머니에게 드렸다. 하지만 가끔씩 사람들이 술에 취해 난동을 부리고 사람으로서 할 수 없는 짓들을 하는 사람들도 있었다.

나는 이런 사람들이 무섭고 두려웠지만 어머니와 아버지를 위해 꾹 참

앉다.

어느 날 나는 손님들이 술을 마시고 말다툼 하는 것을 목격했다.

"니가 먼저 이상한 눈으로 쳐다봤잖아."

어느 한 손님이 소리를 꽥꽥 질렀다.

"내가 언제 봤다고 시비야?"

다른 손님도 이에 굴하지 않고 같이 소리를 질렀다. 그러자 너무 흥분한 손님이 다른 손님의 뺨을 후려쳤다.

마치 여자를 얻기 위해 싸우는 두 마리의 호랑이 같았다. 나는 사장님에게 말을 했지만 사장님은 가만히 있으라며 딴청을 피우고 있었다. 다른 손님들도 자기와는 상관없다는 듯이 가만히 앉아 술을 마시며 놀고 있었다. 결국 나는 혼자서 손님들을 진정시키기로 결심했다.

나는 손님들을 말리기 위해 온 힘을 다해 손님들을 떼어 내려고 안달복달했다.

"뭐야 이 머리에 피도 안 마른 새끼는? 부모가 어떻게 교육을 시켰길래. 참 나!"

나는 손님을 떼어내면서 중얼거리는 손님의 말을 들었다. 나의 분노는 머리끝까지 차올랐고 나는 순간 이성을 잃어 손님을 미친 듯이 때리기 시작했다.

"니가 뭘 안다고 우리 부모님을 욕해?"

그때였다. 경찰관들이 들이닥쳤다. 어떤 정의로운 사람이 경찰관들에게 신고 한 것 같았다. 하지만 경찰은 나의 모습을 보고 곧 바로 나를 제압하기 시작했다.

나는 경찰서까지 아무런 말도 하지 못하고 끌려갔다. 경찰서에 다 도착했을 때 쯤 손님들은 얌전한 고양이처럼 앉아있었다. 기가 막혔다. 그리고 엉뚱하게도 손님들은 내가 자신들을 폭행했다고 주장했다. 미치고 팔짝 뛸 노릇이었다. 나는 계속해서 결백을 주장했지만 경찰은 미성년 자인 나를 믿지 않았다.

나는 억울해하며 사장님과 그때 있던 손님들 모두에게 조사를 해보라고 했지만 그들은 자신은 모른다고 전부 한 발짝씩 물러나 있었다.

나는 그때 느꼈다. 시골 사람들과 도시 사람들은 다르다는 것을…. 나는 검은 철장 안에서 내가 살던 시골 사람들을 생각했다. 누군가의 집에 무슨 일이 생기면 마을 사람들 모두가 안타까워하는 모습, 남 일을 자신의 일처럼 느끼면서 끝까지 돕는 모습, 좋은 일이 있으면 다 같이 좋아하는 모습….

나는 쭈그려 앉아 닭똥 같은 눈물을 뚝뚝 흘리고 있었다. 옛날 사람들이 그리웠다. 나는 이곳에서 벗어나고 싶어 경찰관들에게 풀려날 방법을 알려달라 했다.

경찰관들은 술집에서 난동을 부린 사람들과 합의를 하면 풀려난다고 했지만 그 사람들의 눈빛에는 먹이를 노리는 짐승이 보였다.

'합의를 봐야하는 사람은 나인데….'

나는 마음속으로 생각했다. 그리고 나 자신도 모르게 스르륵 눈이 감겼다. 눈이 감기면서 나의 눈망울에는 아무도 모르는 슬픔과 억울함이 고여 있었다. 다음날 어머니는 경찰관의 전화를 받고 경찰서까지 오셨다. 어머니는 경찰서에 오자마자 나의 건강을 물었다.

"어디 다친 곳 없어?"

나는 작은 목소리로 괜찮다고 말했다. 그러자 어머니는 그 역겨운 진상손님들에게 죄송하다면서 굽실굽실거렸다. 분노가 치밀어 올랐다. 손님들은 어머니를 보고 갑자기 뒷목을 잡고 말했다.

"아이고, 아파라! 이거 완전 폭력배야 폭력배 아무 잘못도 없는 사람들을 때리고 막…."

나는 그 말을 듣고 완전 어이가 없었다. 세상에 이런 사람들도 있는지 사람들에게 묻고 싶을 정도였다. 하지만 나는 조용히 고개를 숙이고 앉아 있었다.

어머니는 계속해서,

"죄송합니다. 아직 나이가 어려서 철이 없습니다."

이 말을 반복했지만 손님들은 어머니의 말을 무시하고 깔끔하게 합의를 하자고 강요했다. 그러면서 손님들은 나의 월급 1년 만큼의 합의금을 요구했고 우리 집의 가정형편을 아는 나는 어머니에게 화를 내며 합의를 하지 말라고 했다.

어머니는 합의를 해야 한다며 나를 타일렀고 나는 그럴 필요 없다고 강하게 말했다.

"어머니, 그 돈으로 아버지 병원비에 더 써주세요, 저 괜찮아요. 잠시 참고 다녀올게요."

그렇게 나의 뜻대로 어머니는 손님들에게 그들이 원하는 합의금을 주지 않았고 나는 결국 소년원으로 가게 되었다. 하지만 소년원은 학교와 군대의 가장 악한 것만 모아놓은 곳이며 세상에서 가장 몹쓸 지옥 같았다.

나는 그곳의 사람들이 무서웠고 적응하기도 힘들었다. 그래서 나는 가끔씩 혼자 쭈그려 앉아 먼 하늘을 바라볼 때가 많았다. 머릿속에는 그저 죽고 싶다는 생각만 가득했다. 하지만 이런 나에게도 구세주 같은 사람이 있었다.

어느 날 나는 평소와 똑같이 하늘을 뚫어져라 쳐다보고 있었다. 그런데 누군가가 나의 옆자리에 앉으며 말을 건넸다.

"너는 뭔 짓을 했길래 여기까지 왔어?"

나는 아무런 말을 하지 않고 그저 먼 하늘을 바라보았다. 그 사람은 내가 답답했는지 계속 말을 건넸다.

"뭐야! 벙어리야? 아니면 사람 말을 못 듣는 건가…?"

나는 끝까지 답을 하지 않았다. 나는 그저 사람이 두려웠고 이렇게 착한 척 하는 사람들도 여기 사람들과 똑같이 지옥의 사신처럼 보였다.

그 사람은 내가 답을 해주지 않자 기분이 상했는지 자신이 왔던 곳으로 되돌아갔다. 그런데 뜻밖에도 이 사람은 내가 하늘을 볼 때 마다 나에게 왔으며 매번 말을 걸었다. 하지만 내가 답을 하지 않자 책을 가져와서 옆에서 책을 읽기 시작했다.

나는 정말 당황했다. 소년원에서 책을 읽는 사람이라…. 여기 사람들은 대부분 운동을 하거나 매일 싸우기가 일쑤였고 이렇게 조용히 앉아 책을 보는 사람은 처음이었다. 나는 자연스레 이 사람이 읽는 책이 궁금해졌고 슬쩍 책을 보다가 눈이 마주쳤다. 나는 재빠르게 눈알을 돌리려고 했지만 그 사람은 기회를 잃지 않고,

"책 좋아하나봐?"

라는 말과 함께 나를 뚫어져라 처다보았다.

"좋아하는 건 아니고, 그냥 심심할 때 봐요."

나는 땅을 보면서 속삭이듯 대답을 했다. 나는 문뜩 이 사람에게 처음 답을 한 것 같다고 생각했다.

"심심할 때 책을 본다고? 그러면 하늘 좀 그만보고 나한테 책 좀 빌려가서 읽어."

마치 나에게 구원의 손길을 건네는 예수처럼 보였다.

"아, 맞다. 그리고 내 이름은 황치혁, 60년생이야."

"네…."

"너 이름은 뭐야?"

"저는 장정일이라고 해요, 62년생이고요."

"그래? 역시 내가 형이네, 그럼 정일아 이제부터 책 한권씩 읽고 서로

소감문 말해주기 하자!"

나는 흔쾌히 고개를 끄덕였고 그때부터 책을 읽고 소감문을 말했다. 그리고 자연스럽게 치혁이 형과 친해졌다.

그 후 나는 매일 독서를 하며 책과 친해졌고 가끔씩은 내가 직접 책을 쓰거나 시를 만들어 치혁이 형에게 검사를 받았다. 치혁이 형은 나를 배려해서 말했는지는 모르지만 칭찬을 계속했고 나는 그때마다 자신감을 얻었다. 치혁이 형을 만나고 난 다음부터는 내 인생이 달라졌고 모든 게 긍정적으로 변했다.

하지만 인연도 잠시 치혁이 형의 출소일이 다가왔고 나는 형을 축하해야 하지만 마음속으로는 가지 말았으면 하는 아쉬움이 있었다.

출소일이 코앞까지 다가오자 치혁이 형은 나에게 다시 꼭 만날 수 있다며 나를 위로해 주었고 나는 울먹거리는 표정으로 치혁이 형을 쳐다보았다. 그리고 며칠 뒤 치혁이 형은 나를 두고 먼저 출소했고 나는 2개월 동안 치혁이 형에게 보여줄 작품들을 구상하며 다시 쓸쓸하게 지냈다.

몇 개월이 지났을까 나의 출소일이 다가왔고 나는 치혁이 형을 만났으면 하는 바람이 있었다. 그렇게 나는 치혁이 형이 출소한지 8개월 뒤 나도 출소를 했고 사회로 다시 나오니 성인이 돼 있었다. 그리고 어머니와 같은 건물에서 일을 하며 여전히 식물인간이신 아버지를 간호했다.

내 머리가 점점 치혁이 형의 기억을 지웠을 때 쯤 누군가 우리 집 문을 두드렸다.

나는 누군가 싶어,

"누구시죠?"

라고 말했고 문 너머

"정일이 집 아닌가요?"

라는 말이 들려왔다. 나는 목소리를 듣자마자 곧 바로 치혁이 형이란 걸 깨달았고 문을 열어주었다. 나의 기쁨은 잠시 치혁이 형이 맞았지만 그 옆에 신사 분이 서 있었다. 나는 그 신사 분의 덩치를 보고 순간 경계했다.

치혁이 형은 나의 경계한 표정을 보고 다급하게 안심시켰고 신사 분을 소개시켜줬다.

"이쪽은 글을 좋아하는 형이야."

"김규철이라고 합니다, 잘 부탁드립니다."

"형, 이쪽은 내가 추천한 장정일이야."

"안녕하세요, 장정일이라고 합니다."

알고 보니 그냥 글을 좋아하는 것이 아니라 시집과 소설집을 편집하는 편집장이었다.

치혁이 형이 소년원에서 나의 작품을 보고 규철이 형에게 추천한 것이었다. 규철이 형은 간단히 자기가 하는 일에 대해 설명을 하고 나에게 내가 쓴 시들을 보여 달라고 했다.

나는 소년원에 있을 때 치혁이 형을 그리워하며 쓴 시들을 보여주었다. 규철이 형은 시를 보고 난 뒤 같이 시집을 쓸 생각이 없냐고 물었다. 나는 순간 설레었지만 가정 형편 때문에 선뜻 하겠다고는 말을 하지 못했다.

하지만 이런 상황을 알았던 걸까, 규철이 형은 현란한 말로 나를 구슬렸고 나는 얼떨결에 하겠다고 승낙을 했다. 하지만 나는 어머니에게는 차마 말을 할 수 없었다. 어떤 어머니가 살기도 빠듯한데 집에 처박혀 글을 쓰겠다고 하는 아들을 좋아하겠는가?

나는 어쩔 수 없이 어머니 몰래 일을 하며 짬짬이 나의 기분이나 풍경을 시로 표현했다.

하지만 쉬는 시간이 끝나면 다시 일을 해야 해서 완벽하게는 쓰지 못했다. 그저 도중에 연필로 한 번, 두 번 긁적긁적 적어본 게 끝이다. 나의 불성실함을 안 걸까? 규철이 형도 시를 읽어보고 자주 갸우뚱거렸다.

"저번에 읽었던 시들과는 다른데….."

그리고 나를 추천해준 치혁이 형을 언급했다.

"치혁이가 소년원을 다녀오더니 감을 잃었나! 이런 들쭉날쭉한 애를 추천해주고….."

나는 그 말을 듣고 생각했다.

'감을 잃었다고? 무슨 소리지….'

나는 궁금함을 참지 못하고 규철이 형에게 물어봤다.

"저기 규철이 형, 옛날에 치혁이 형 학교에서 어떤 생활하고 다녔어요?"

규철이 형은 잠시 생각을 하더니

"그냥 학교에서 글 쓰는 동아리였는데 글을 매우 잘 써서 상장도 많이 받기도 했지. 게다가 성실하기도 해서 선생님들 사이에 칭찬도 자자했어. 그리고 교외에서 글쓰기 대회 같은 걸 하다가 우연히 나와 만나 인연을 쌓았지. 그때만 해도 치혁이 정말 글 잘 썼는데 소년원에 가고 나서부터는 글 쓰기는 싫다고 하더라고. 그러면서 너를 추천해 준 거야."

나는 그 말을 듣고 치혁이 형이 갑자기 달라보였다. 그리고 나도 치혁이 형의 기대를 저버리는 게 싫었다. 그래서 어머니에게 당당하게 글을 쓰겠다고 말하기로 결심했다.

밤늦게까지 일을 하고 집에 돌아오자 어머니는 따뜻한 밥을 지어 주셨고 잠시 앉으라고 하셨다. 나는 이때다 싶어 미리 적어둔 종이대본을 불끈 쥐었다.

나와 어머니는 음식이 놓여 있는 식탁을 두고 마주보며 앉았다.

나는 먼저 말을 떼기 시작했다.

"어머니, 저 사실 할 말이 있어요."

어머니는 다 안다는 듯

"그래 글 쓰는 데 더 집중하고 싶단 얘기지?"

나는 어머니의 말을 듣고 흠칫 놀랐다.

"그걸 어떻게 아세요?"

"너 표정에서 다보여."

어머니는 웃으면서 생선 살을 발라 주셨다. 그리고 글 쓰는 게 힘들지만 열심히 하라며 여전히 나를 격려해 주셨다. 이것은 내가 글을 쓴다는 것을 허락해 주신 거였다.

나는 멍하니 어머니를 바라보았고 정말 고마웠다. 어머니를 설득하려고 쓴 종이대본은 물거품이 되었지만 나는 슬퍼하지 않았다. 이 계기로 나는 매일 집안에서 글을 쓰는데 전념했고 옛날과 다르게 글의 질도 올라갔다.

규철이 형은 갑자기 달라진 나의 글들을 보며 열심히 수정을 도와주었다. 또한 내가 이때까지 살면서 느낀 경험과 감정을 솔직하게 쓴 시를 매우 좋아했다.

칭찬은 고래를 춤추게 한다는 속설이 있듯이 나도 더욱더 좋은 시를 써내기 시작했다. 탄력이 붙은 거였다. 시를 짓다 막히는 것이 있으면 치혁이 형과 규철이 형이랑 셋이서 저 멀리 여행도 가곤 했다. 여행을 하며 치혁이 형의 조언도 들었고 그 조언들은 나에게 큰 힘이 되었다.

그렇게 나는 몇 년간 나의 진심과 하고 싶은 말들을 시로 적었다. 시들은 현실을 비판하는 이야기와 사실적인 감정을 되돌려 말하지 않고 직설적으로 말했다. 그리고 나는 그 끝에 결실을 맺은 첫 시집, '햄버거에 대한 명상'을 출판했다.

'햄버거에 대한 명상'은 다른 시들과 다르게 직설적인 말들이 많았다.

하지만 사람들은 그것을 좋아했고 너무 노골적이라며 비판하는 사람들도 있었다.

하지만 이러한 화제는 사람들의 입소문을 통해 빠르게 전파되었으며 사람들은 나의 작품들을 좋아하기 시작했다.

나는 이 작품으로 부와 명예를 조금씩 조금씩 쌓기 시작했다. 내가 길거리에 다니자 사람들을 나를 알아줬고 나는 묘한 감정에 사로잡혔다. 그리고 나는 더 많은 부와 명예를 얻기 위해서 쉬지도 않고 시를 써 내려갔다.

'더 자극적이고 더 사실적이게….'

나는 어느 순간 돈과 명예만 보는 비즈니스 사업가처럼 보였다. 하지만 사람들이 나를 알아보는 희열감에 나는 멈출 수가 없었고 계속해서 시를 썼다. 나는 '햄버거에 대한 명상'을 출판하고 난 뒤 8개월 만에 상복을 입은 시집을 출판했다.

사람들의 환호는 대단했다.

나는 마치 세계를 구한 인물 같았고 아무도 나의 앞길을 막지 못한다는 생각이 들었다. 그에 대한 자부심이었을까? 나는 다른 햇병아리 시인들의 작품을 비웃었고 사람들은 종종 나를 비판했다. 하지만 나는 나를 비판하는 사람들이 하찮다고 생각했고 그 사람들의 말을 듣지 않았다. 대부분의 사람들은 오직 나만 좋아한다고 생각했기 때문이었다. 나는 관중들의 사랑을 계속해서 갚아 주기 위해서 부지런히 시집을 썼다.

하지만 내가 3번째 시집을 내려고 준비 할 때 쯤 사회는 빠르게 변화했다. 규철이 형도,

"이제 시집으로는 먹고 살기 힘들 것 같은데 이제 소설을 써보는 게 어때?"라고 말했다. 나는 규철이 형 몰래 세 번째 시집의 내용들을 써놓은 게 있었다. 하지만 나는 이것을 버리지 않고 간직했고 더욱더 많은

명예와 부를 얻기 위해서 시 쓰는 것을 그만두고 소설을 쓰기로 결정했다. 처음에는 시와 다르게 소설은 개요도 많고, 짧지 않고 길어 쓰기에는 벅찼다. 하지만 힘들 때 마다 관중들의 환호소리가 나의 귓가에 은은하게 들렸고 치혁이 형도 내가 새로운 도전을 하면 좋아할 거라 생각했다.

나는 1년 동안 소설에만 집중했고 1년만에 '길 안에서의 택시잡기'를 출판했다. 사람들은 시인이 소설을 썼다는 것에 흥미를 가졌다. 나는 작가의 만남 콘서트를 열었고 많은 팬들과 여러 사람들이 왔다. 나는 그곳에서 먼저 책을 소개했고 사람들에게 화젯거리를 끌기 위해서 마지막에 시집 3편으로 출판하려는 시 원고들을 하나하나 찢으며 말했다.

"시는 이제 다 망했습니다. 왜냐하면 사람들의 사회는 빠르게 돌아가기 때문입니다. 저는 이제 시들은 모두 쓰레기라고 생각합니다. 그러므로 소설만이 살 길입니다. 시인들은 글만 알지 사회는 모르는 머저리 새끼들입니다."

나는 거침없이 말했다. 사람들은 경악을 금치 못했다. 몇몇 사람들은 수근 거리기도 했다.

"저 사람 왜 저래?"

"시인 맞아? 원래 저런 사람이야?"

나는 수군거리는 말들과 시끄러운 콘서트장이 나에 대한 환호성이라고 착각했다.

하지만 현실을 아는 규철이 형은 나보고 빨리 무대 아래로 내려오라고 소리쳤고 나는 규철이 형 말대로 빨리 내려왔다.

그리고 너무 허무하게도 작가와의 만남 콘서트는 막을 내렸다. 그 후 인터넷은 나의 글로 도배가 되었다.

'장정일 작가, 작가와의 만남 도중 자신의 시를 찢어내…' 등 여러 가지의 자극적인 기사들이 난무했다. 그리고 몇몇 사람들은 나의 행동이 비윤리적 이라며 카페를 만들어 소송을 제기하자고 했다.

나는 이들의 소송으로 재판까지 갔고 재판부는 나의 행동이 비윤리적 이라며 벌금형을 선고했다. 나는 생각했다.

'휴…다행이다. 벌금형으로 끝나서, 이제 더 자극적인 소재로 소설을 만들어 볼까? 아 그래도 팬들이 떠나갈 수 있으니 뭔가 깨우쳤다는 표정으로 있자.'

내 생각과 한 치의 오차도 없이 사람들은 나의 행동에 대해 관심을 보이면서 나를 보호하는 사람들까지 생겼다. '그들의 말은 그저 퍼포먼스다!너무 발끈하지 마라' 등 여러 가지 의견들이 있었다. 나는 그들의 말에 힘을 얻었다. 그래서 나는 다음 책을 출판하려 준비했다. 하지만 규철이 형은 나를 말렸다. 지금 나에 대한 언론이 좋지 않으니 잠시 자숙을 하라고했다. 나는 자숙하는 것이 싫었지만 규철이 형이 시키는 것이니 하는 척 이라도 하려고 했다. 나는 자숙하는 동안 여러 작가들의 책들을 읽었다. 특히, 내가 비판한 햇병아리 작가들의 작품들도 한 글자 한 글자 또박또박 읽었다. 그리고 느낀 점을 나의 일기에 적었다.

나는 문득 생각했다. 내가 책을 읽으며 느낀 점들을 쓴 글을 출판하는 것. 아주 좋은 생각 같았다. 나는 여러 책들을 읽으며 느낀 점들을 글로 표현했다.

나는 자숙기간이 끝이 났지만 이 책을 완성시키기 위해서 6년 동안 책을 읽어왔고 그 책들을 모아 독서일기를 출판했다. 그저 사람들이 나의 느낀 점들을 보면서 나를 기억해줬으면 하는 바람이었다.

나의 계획대로 사람들은 나를 기억해줬고 나는 그들에게 보답하기 위해 나의 행동을 좋아하는 즉, 직설적이고 현실적인 소설을 쓰기 위해 노력했다. 나는 팬들을 위해 더욱 빨리 출판하고 싶었지만 나를 기다려준 미안함에 질 좋은 내용을 건네주기 위해서 좀 더 세세하게 내용을 이어갔다. 마침내 책을 한 편 다 지었다. 나의 마음은 벌써 팬들의 기쁨으로 가득했다.

나는 '내게 거짓말을 해봐'를 출판했고 나는 혼자 들떠 있었다.

'사람들이 얼마나 좋아할까.'

하지만 나의 계획들과는 달랐다. 사람들은 모두 책을 비난했다. 치혁이 형과 나의 팬들까지도….

사람들은 모두 입이 하나인 듯 전부 내용이 음란하다고 말했다.

믿을 수가 없었다. 모두 나의 현실적이고 직설적인 소설과 시를 좋아하는데…. 나는 현실을 부정하고 싶었다. 그리고 몇몇 보수 세력들은 이것은 소설이 아니라 변태들이 쾌락을 충족하기 위해 읽는 책이라고 말했다. 사람들의 반발이 거세게 되자 출판사는 결국 나의 책들을 모두 회수했다. 나는 가슴이 찢어지는 고통을 경험했다. 작가로서 낸 책이 독자들이 읽지도 못하고 모두 회수해야 한다니….

나는 믿을 수가 없어 수십 번 혼자서 뺨을 때렸다 하지만 고통은 고스란히 뺨에 느껴졌고 나는 큰 절망에 빠졌다. 이번에는 나를 보호해주는 사람들이 없었다. 마치 이 세상에서 나 혼자 따돌림을 당하는 느낌을 받았다.

보수 세력들은 나와 단판을 짓기 위해서 또 다시 소송을 걸려고 준비를 하는 것 같았고 치혁이 형과 지인들은 모두 대중들에게 사과를 하라고 했다. 하지만 나는 사과할 수 없었다. 내가 오히려 사과를 받아야 한다고 생각했고 나는 고집을 부렸다.

나는 끝까지 고집만 부리다 보수 세력들에게 소송을 당했고 재판부까지 가게 되었다. 재판부는 보수 세력들의 말을 들어주었고 나는 사회의 질서와 규범을 깬다며 또 다시 수감생활을 했다. 나는 수감생활을 하면서 뼈저리게 후회를 했다.

'아…이렇게 될거 더 조용히 자숙이나 하고 있을 걸….'

때늦은 후회였다.

모든 사람들은 나의 수감 생활을 좋아했지만 치혁이 형과 나의 지인들은 나의 수감생활을 유감으로 여겼다. 그리고 많은 사람들이 면회를 오고는 했다. 나를 기억해 준 것이다. 특히 치혁이 형이 가장 많이 왔다. 나의 고통을 잘 알고 있기 때문이다. 그리고 나는 치혁이 형에게 물어보았다.

"아, 맞다. 옛날에는 말 못했는데 형은 왜 옛날에 소년원에 오게 되었어요?"

형은 꺼리더니 입을 열었다.

"사실 내가 청소년 때 내가 글을 쓰고 나의 작품들이 상장을 받고 하다 보니깐 내가 가장 우월해 보였어…. 겸손했어야했는데…. 그래서 내 앞에 있는 장애물들을 제거 하기 위해서 어떠한 수단과 방법들을 가리지 않고 닥치는 대로 사용했지…. 사람들에게 더 좋은 글들을 보여주고 명예와 부을 쌓기 위해서… 그래서 나는 결국 사람을 다치게 했고 그 사람은 식물인간이 되었어. 그래서 재판부로 넘겨졌고 결국 소년원으로 왔지…."

형의 말을 들은 나는 충격에 휩싸였다.

마치 나의 이야기를 말하고 있기 때문이다.

나는 그곳에서 눈물을 왈칵 쏟았고 다시는 거만해지지 않겠다고 생각했다. 그리고 나는 청소년 시절 때처럼 그 좁은 방에서 혼자 독서를 하기 시작했다. 이번에는 독자들에게 좋은 것을 알려주기 위해서 열심히 공부했다. 나는 3년간의 기간 동안 삼국지에 대해 많은 책들을 읽었고 연구했다.

그리고 다른 작가들의 책들을 읽고 느낀 점들을 옛날과 같이 일기장에 기록하였다. 그리고 독서일기 후속작들을 내놓았고 여러 사람들이 볼 수 있도록 삼국지 시리즈를 출판하였다. 그러자 사람들의 반응은 처음에는 냉담했지만 갈수록 나의 따뜻한 마음을 알아봐 주었다.

나는 초창기 때의 마음처럼 명예와 부를 따라가지 않고 진정한 마음을 선택한 것이다. 그리고 나는 출소를 한 다음부터 사람들을 위하여 좋은 소설들을 많이 출판했고 여러 햇병아리 작가들에게 격려의 말들을 많이 남겼다.

그리고 나는 여전히 작품 쓰기를 이어 갈 것이다.

장정일

비밀

'너희가 재즈를 믿느냐?'를 바탕으로

박재혁

오늘도 여전히 재스민 향기가 회사를 가득 채웠다.

나는 단번에 이 향기를 알아챘다. 그것은 바로 내가 아무도 모르게 짝사랑 하고 있는 민아 씨의 향기이다. 나는 1초라도 빨리 그녀를 만나고 싶었다. 엘리베이터를 기다리는 시간도 아까워 비상문을 열고 비상계단으로 헐레벌떡 올라갔다. 3층 비상문에 다다르니 이마에는 땀이 송골송골 맺혔고 등에는 소나기가 내리고 있었다. 땀을 닦으며 비상구문을 열어보니 민아 씨는 자판기 앞에서 커피를 뽑고 있었다. 회사 입구에서 맡던 향기보다 더욱 강렬한 향이 나의 코를 자극했다. 여직원들은 민아 씨의 향기를 시샘하는 듯 코를 막았지만 나는 그런 여직원들을 이해하지 못했다.

나는 민아 씨의 향기에 홀려 무의식적으로 민아 씨에게 말을 건넸다.

"민아 씨! 좋은 아침입니다."

민아 씨는 불쑥 나타난 나를 보고 뒷걸음을 치며 놀랬다.

"어! 아… 현준 씨, 안녕하세요? 웬일로 계단으로 오셨어요? 엘리베이터 타고 오시지?"

"가끔 계단으로 올라오면 몸에 좋잖아요."

그녀는 나를 걱정하듯 말하는 것이 아니었지만 나는 뭔가 모르게 쑥스러웠는지 머리를 긁어댔다. 나와 민아 씨는 화기애애한 분위기 속에 대화를 주고받고 있었다. 그때였다. 회사 내에서 눈치 없다고 소문이 자자한 박 대리와 곽 대리가 나타났다.

"사내 연애는 안돼~"

박 대리는 짓궂은 장난으로 민아 씨를 몰아 세웠다. 그리고 옆에 있는 곽 대리는,

"맞아, 맞아!"

"정말? 그런 거야?"

혼자서 호들갑을 떨며 박 대리의 말에 장단을 맞추었다.

민아 씨는 그들의 장난에 화가 났는지 얼굴을 붉히며 자기 자리로 쌩지나갔다. 나는 부인도 하지 않고 매몰차게 지나가는 그녀의 태도에 내 마음 한구석이 휑하게 느껴졌다.

＊

"먼저 퇴근들 해요. 저는 아직 할 게 남아서…."

남부장이 헛기침을 하며 말했다. 우리는 남부장의 첫마디를 듣고 슬금슬금 가방을 챙기고 있었지만 남부장의 최후통첩을 듣고 다시 쥐 죽은 듯이 일을 하기 시작했다. 사원들의 표정에는 분노와 좌절이 섞여있었다. 왜냐하면 요즘 따라 5일에 3일은 야근을 하는 것 같았기 때문이다.

야근을 하는 만큼 보수를 요구하고 싶었지만 어느 누구도 그런 말을 하지 못했다.

"내가 마지막까지 남아서 소등이랑 다 할 테니깐 먼저 갈 사람들은 가."

오히려 이렇게 가식적인 말만 하는 기회주의자들만 넘쳐났다. 나는 속으로 '에휴 또 지랄들이네. 남 부장 나가면 바로 갈 거면서.'

하지만 내가 말할 분수가 아니라는 것을 알고 있었기에 묵묵히 내가 해야 할 일을 했다.

*

시간은 어느덧 자정이 되어가고 달빛은 우리의 회사를 비추었다.

"저는 이만 가볼게요. 다들 고생하세요."

남 부장은 짧은 한마디를 하고 흔적도 없이 사라졌다. 남부장이 나가자마자 박 대리는 소리치며 "아이 참, 뭐만 하면 야근이야. 이놈의 회사 때려치우던가 해야지. 역겨워서 원…."

저 소리는 박 대리가 야근을 할 때마다 던지는 말이다. 하지만 다음날이면 박 대리는 다시 남부장의 뒤를 졸졸 따라다니며 기회를 엿보기 일쑤였다.

"박 대리, 그냥 술이나 마시러 가자."

흥분한 박 대리를 진정시키기 위해서 곽 대리가 말했다.

그렇게 두 명은 남부장이 나간 지 5분 만에 바람과 같이 사라졌다. 남부장과 대리 두 명이 나가자 나머지 사원들은 서로 눈치를 보기 시작했다. 모두 뒷정리 하는 것을 꺼려하기 때문이다. 사원들은 '크흠'이라는 말과 함께 가방을 들고 한, 두 명씩 나갔다. 사원들이 줄어들자 초조해진 나는 "수고들 하셨어요, 내일 뵈요"라는 말과 함께 슬그머니 나왔다. 휘파람을 불며 회사 입구로 나오자 회사 앞에 있는 민아 씨의 언니(민아 씨가 직접 소개해 준 적이 있다)를 보고 아차 하는 생각이 들었다. 바로 민아 씨와 혜리 씨(민아 씨의 언니)몰래 그녀들을 뒤따라 가는 것이다.

스토킹이 아니라 그녀들이 안전하게 집에 가는지 걱정되어 따라가는 것
일 뿐 전혀 다른 마음은 없었다.

　20분 뒤 민아 씨가 나왔다. 아마 눈치게임에 패배해 가장 늦게 나온 것
같았다. 민아 씨가 나오는 것을 확인한 혜리 씨는 민아 씨에게 걸어가 팔
짱을 끼고 평소 다른 집안 자매처럼 호호, 하하 수다를 떨며 집으로 갔
다. 물론 오늘도 나는 그녀들에게 발각되지 않았다.

　*

"너네, 회사에 좋은 남자 없어?"

"왜?"

"나 남자 좀 소개시켜줘."

"박 대리나 곽 대리는 어때?"

"그런 남자 말고 반듯한 사람 없어?"

"반듯한 사람이면 미스터 권 뿐인데….'

"그러면 미스터 권이라도 소개시켜줘."

"저번에 해줬잖아."

"아니 멍청아, 그런 형식적인 소개 말고 미팅을 해달라는 거잖아."

"뭐? 미팅? 싫어."

"왜? 너 미스터 권 좋아해?"

"미쳤어? 아니야."

"그러면 해줘."

"아, 진짜 귀찮게, 조금 있다 물어볼게."

　나는 민아 씨의 문자 한 통을 받고 출근시간보다 1시간 정도 일찍 집을
나섰다. 민아 씨가 나에게 어떤 말을 할지 계속 생각하면서 정신없이 걸

어가고 정신없이 엘리베이터를 타고 정신없이 작업실 문을 열었다. 그리고 정신차려보니 민아 씨 앞에 있었다.

민아 씨는 꺼려하며 말했다.

"저기 우리 언니 아시죠?"

"네, 저번에 소개해 주신 분 아니에요?"

"맞는데… 언니가… 현준 씨에게 관심이 있나 봐요."

나는 그 말을 듣고 머릿속이 하얗게 되었다. 왜 하필 민아 씨가 아니고 혜리 씨인 것인가! 민아 씨였으면 그 자리에서 바로 수락을 했겠지만 아무런 감정도 없는 혜리 씨라니….

나는 곰곰이 생각을 했다.

'그래도 민아 씨의 언니인데 곧 바로 거절해버리면 민아 씨도 나를 이상하게 보겠지…. 그렇다고 해서 만나는 것도 좀….'

"저기 제 말 듣고 있어요?"

나는 민아 씨의 말에 깊은 생각으로 부터 깨어났다.

"아…네네… 듣고 있어요."

"그러면 어떻게 하실래요?"

민아 씨의 표정이 흔들렸다. 나는 민아 씨의 표정을 보고 "음…일단 만나볼게요"라고 말했지만 마음속은 후회로 가득 찼다.

*

미팅 당일 날 나는 민아 씨로부터 문자 한 통을 받았다.

민아 씨는 최대한 편한 복장으로 오라며 깔끔하게 입지 말라고 했다. 하지만 나는 민아 씨의 언니를 보는 것인데 예의는 지켜야겠다고 생각해 약간 회색빛이 감도는 정장을 입었다. 그리고 약속장소인 카페로 느긋

하게 걸어갔다. 카페에 도착해보니 눈에 낯익은 여자, 혜리 씨가 앉아있
었다. 나는 내가 늦게 온 줄 알고 시계를 쳐다 보았다. 아직 약속 시간보
다 10분 정도 빨랐다. 하지만 혜리 씨는 먼저 나를 기다리고 있었다. 나
는 혜리 씨가 있는 자리에 가며 말했다.

"제가 미리 와있어야 했는데 죄송해요. 하하"

어색함의 웃음이었다.

혜리 씨는 괜찮다며 빨리 앉으라고 했다. 그리고 우리는 이런 저런 이
야기를 하며 서로의 정보를 교환했다. 그렇게 우리는 약 7시간 동안 같이
있었고 집에 온 나는 녹초가 되었지만 혜리 씨에게 문자 한 통을 보냈다.

"오늘 즐거웠습니다. 기회가 된다면 또 뵙죠."

*

나는 어제 혜리 씨의 문자에 휩쓸려 잠을 설쳤지만, 약간 일찍 출근을
했다.(평상시대로 출근을 했지만 다른 날보다 일찍 도착한 것 뿐이다.)
회사에 도착하자마자 민아 씨는,

"어제 어땠어요? 언니가 칭찬하고 난리도 아니었는데⋯."

나는 말 할 힘도 없었지만 억지웃음을 지으며,

"어제 재미있었어요. 영화도 보고⋯ 밥도 먹고⋯."

"그래서 계속 만나실 거예요?"

민아 씨가 노골적으로 물었다. 나는 어버버거리기만 할 뿐 정확한 답
을 내놓지 못했다.

그날 밤, 혜리 씨로부터 계속 문자가 왔다. 다시 한번 만나고 싶다는
둥, 왜 민아 씨와 얘기 했을 때 확답을 하지 못했냐는 둥 여러 가지 문
자가 왔다. 나는 그 고문에 이기지 못해 다시 만나자고 했다. 나는 회사

에서 지시한 미팅을 하고 난 후 곧바로 혜리 씨와의 약속 장소로 갔다.

역시 혜리 씨는 나보다 먼저 와 있었고 나를 훑어보았다. 아마 나의 스타일을 보는 것 같았다. 그런 나는 혜리 씨에게 더 많은 부담감이 생겼다. 하지만 나는 부담감을 말로 표현하지 못하고 있었다.

나는 혜리 씨에게 아무 말도 못하고 약 4개월간의 만남이 이루어졌다. 혜리 씨는 나를 남자친구로 착각 한 듯 여러 가지 일들을 같이 했다. 하지만 나는 여전히 민아 씨만을 좋아 한다. 아니, 이제는 사랑한다. 민아 씨는 나와 혜리 씨가 더 많은 교제를 할수록 나를 볼 때 마다 차가운 얼굴을 하고 있었고 혜리 씨는 뭐가 신났는지 나를 만날 때마다 헤벌쭉 웃고만 있었다. 이것이 내가 민아 씨를 보는 표정이였을까? 가끔 내가 무서워지기도 했다.

*

'띵똥'

핸드폰에 알림 하나가 왔다.

나는 호기심에 그 알림을 터치했다. 그리고 그 알림에는 나와 혜리 씨의 만남이 1년이 되었다는 축하 알림이었다. 그 순간, 내 심장은 콩알만해졌고 등에는 식은땀이 흘러 내렸다. 왜냐하면 나는 분명 이런 알림을 하지 않았기 때문이다. 그때 나의 머릿속에 한 사람이 떠올랐다. 바로 혜리 씨다. 내가 화장실을 간 사이 혜리 씨가 알림을 했을 것이라고 생각했다. 아니, 분명히 했다. 그리고 혜리 씨도 그 알림을 봤는지 나에게 문자 한 통을 했다.

'공원에서 만나요.'

나는 그 순간 경찰에게 신고를 하고 싶은 욕구까지 생겼지만 민아 씨를 생각해 참았다. 나는 이 모든 것을 민아 씨에게 말하고 민아 씨와 새 출발을 하고 싶었지만, 어떤 동생이 자신의 친언니를 욕하는 것을 듣기만 할지, 나는 알고 있었다. 나는 저 마음 깊은 곳에 꾹꾹 묻혀 놓았다. 그리고 체육복에 모자를 눌러쓰고 공원으로 갔다. 역시나 다를까 혜리 씨는 먼저 와서 나를 기다리고 있었다. 혜리 씨는 나에게 할 말이 있는지 계속 손가락을 꼼지락꼼지락 거렸다. 나는 속으로 생각했다.

'제발 헤어지자고 말해! 어서!'

하지만 혜리 씨는 눈을 딱 감으며 말했다.

"우리 결혼해요."

나는 순간 피식 웃었다. 어떤 사람이 사귀지도 않고 결혼을 할까? 비록 1년 동안 만나기는 했지만 서로, 아니 나는 사귀는 전제 하에 만나는 것이 아니었다. 그저, 민아 씨와의 인연을 이어가기 위해서 만나는 수단이었다. 나는 단칼에 "아니요, 싫어요"라고 말하려고 했는데 갑자기 눈 앞에 민아 씨가 아른거렸다. 내가 만약 혜리 씨와 결혼을 한다면 민아 씨와는 처제 관계로 평생을 볼 수 있다. 하지만 내가 혜리 씨의 결혼을 거절할 경우 민아 씨와의 인연도 끝이 나고 민아 씨와 사귀게 되더라도 가족의 반대(특히 혜리 씨)로 헤어지게 될 것이다. 나는 생각을 해본 다음 답을 해준다고 했다.

*

나는 집에 가면서까지 혜리 씨의 고백을 고민했다. 그리고 집에 도착하고 20분 뒤 혜리 씨도 자신의 집에 도착했다는 문자가 왔다. 바로 재촉 문자였다. 나는 혜리 씨의 문자에 답을 하지 않고 잠을 잤다. 그리고 꿈에서 민아 씨가 나왔다. 그녀는 다른 남자와 손을 잡고 나와 멀리 떨어지고 있었고, 나는 그녀를 잡기 위해서 계속해서 손을 앞으로 저었다. 나는 그 꿈의 충격인지 새벽 3시에 눈을 떴고 가까이서 민아 씨를 보기로 결심했다. 비록 내가 민아 씨와 결혼을 못할지언정 어떤 짐승과 사는지는 지켜봐야겠다고 다짐했다. 나는 휴대폰을 들고 혜리 씨에게 문자를 했다.

'우리 결혼해요!'

*

혜리 씨와 결혼을 한 후 우리는 신혼여행으로 일본에 갔다. 혜리 씨는 저 멀리 있는 섬으로 가고 싶어 했지만 금방 회사로 가야하기 때문에 일본으로 갔다. 빨리 되돌아 올 수 있어서 다행이었지만 한편으로는 혜리 씨가 마음에 걸렸다.

혜리 씨의 마음을 풀어 주기 위해서 우리는 일본 이곳저곳을 돌아 다녔다. 그리고 맛있는 음식들도 많이 먹었더니 몸도 불어 체중도 늘어났다. 나는 갑작스럽게 늘어난 뱃살을 보고 한국으로 돌아가 운동을 해야겠다고 다짐을 했다. 살이 쪄서 그런지 다음날에는 움직이기도 어려워 하루종일 호텔에만 있었다. 그렇게 4일간의 신혼여행이 끝나고 한국으로 돌아왔다. 하지만 한국에서의 밥들은 그저 그런 맛으로 느껴졌다. 왜냐하면 일본에서 맛집을 찾아다니면서 입이 고급화되었기 때문이다. 한국으로 돌아와 밀린 서류작성과 야근을 하다 보니 마음은 지칠 대로 지쳐 있었다.

그래서 나는 집에 돌아오자마자 소파에 누워서 TV를 보거나 휴대폰으로 게임을 했고, 혜리 씨는 그런 나를 좋아하지 않았다.

"TV 그만보고 빨래하는 것 좀 도와줘요."

"힘들어요… 내일 할게요."

"매일 내일 한다고 하잖아요, 빨리 해줘요."

나는 그녀의 잔소리에 화가나 안방에 들어가며 문을 쾅 닫았다. 그녀도 마음이 상했는지 안방까지 따라와 계속 구구절절 말을 했다. 나는 빨리 해결하기 위해서, "내가 잘못했어요, 도와줄게요"라고 말하자, 그녀는 "뭘 잘못했어요? 대충 말하지 말고 하나하나 말해 봐요."

완전 미칠 지경이었다. 분명 빨래하는 것을 도와주지 않아 화가 난 것인데 왜 다른 일들까지 끌어 모아서 이야기 하는 것인지 이해 할 수 없었다. 그렇게 나와 그녀의 틈은 점점 더 벌어졌고 회사 사람들까지 알게 되었다.

"미스터 권, 쫌 실망이다…. 아내가 임신까지 했다는데 부부싸움이나 매일 하고 말이야."

"그러게, 결혼하면 사람이 변한다잖아."

"사람이 저렇게 변하다니 무섭다. 무서워."

사람들은 나를 손가락질 하며 비꼬았고 회사 분위기는 점점 차가워져 갔다.

＊

나 때문에 침침해진 회사 분위기를 살리기 위해서 나는 집들이를 계획했다. 하지만 혜리 씨가 곧 출산이라, 혜리 씨가 출산을 하면 하려고 했지만, 혜리 씨가 괜찮다고 오히려 재밌을 거 같다며 하자고 제안했다. 그렇게 혜리와 현준의 집들이가 시작되었다.

나는 회사 사람들과 소소하게 하기 위해서 곽 대리, 박 대리, 남 부장, 미스 오, 그리고 나와 거리가 멀어졌지만 처제지간인 민아 씨를 초대했다. 혜리 씨는 꼭두새벽부터 일어나 음식을 한다며 배를 움켜쥐고 음식을 하기 시작했다. 혜리 씨는 음식을 하면서 사이사이에 배가 아픈지 신음 소리를 냈다. 나는 그때마다 혜리 씨에게 앉아 있으라 하고 내가 직접 음식을 만들었다. 그렇게 집들이 시간이 다가오자 회사사람들은 모두 하나같이 선물을 들고 호기심에 가득 찬 얼굴로 들어섰다. 그들의 선물을 힐끗 보니 정말 틀에 박힌 사람들이었다. 하지만 다른 사원들과 다르게 민아 씨는 커플머그잔을 가져왔다. 나와 혜리 씨의 사이를 인정하는 듯한 기분이었다.

"다들 와주셔서 감사해요."

그렇게 우리의 집들이는 시작되었다.

회사 사람들은 모두 불고기를 맛보며 감탄사를 연발했다.

"정말 맛있네요."

미스 오가 먼저 입을 땠다. 그리고 남부장도 "미스터 권, 복 받은 남자야"라며 침이 마르게 칭찬했다.

혜리 씨는 부끄러워 어쩔 줄 몰라 했지만 진통으로 아파하는 표정만은 감출 수 없었다.

"현준 씨도 어서 드세요, 식겠어요."

혜리 씨가 말했다. 혜리 씨의 말에 나와 회사 식구들은 본격적으로 밥을 먹기 시작했다. 한쪽으로는 불고기를 집으며 한쪽으로는 잡채를 집고…. 누가 보면 며칠 동안 굶긴 줄 알았다. 그때였다. 배를 움켜잡으며 진통을 호소하던 혜리 씨가 옆으로 쓰러졌다. 나는 어쩔 줄 몰라 하고 있을 때 미스 오와 민아 씨는 빨리 구급차를 부르라고 했다. 역시 미스 오는 경험이 있어 침착했지만 남자 사원들은 아무것도 몰라 이리저리 걸어 다니기만 했다. 그리고 몇 분 후 구급차가 와서 아내를 병원으로 데려갔다.

아내는 병원에서 출산준비를 했고 나는 그저 멍하게 의자에 앉아 있었다. 넋이 나가있는 나를 보자 민아 씨는 불만스러운 표정이었다. 왜냐하면 다른 예비아빠들은 기도를 하거나 수술실 안에서 머리를 뜯고 있을 텐데 나 혼자 멍하니 의자에 앉아 있었기 때문이다.

민아 씨는 한심하게 나를 쳐다보고 어디로 사라졌다. 그때의 민아 씨의 표정은 아직도 잊혀지지 않는다. 출산 소식을 들은 양가 부모님들도 병원으로 헐레벌떡 뛰어왔다. 네 사람들은 모두 기도를 하며 잘 출산하기를 바랐고, 양쪽 부모님들은 자기들이 있을 테니 어디 쉬어 오라고 말했다. 나는 그 말을 듣고 혜리 씨의 옷을 가지러 집으로 가고 있었다. 그때였다. 포장마차에 있던 민아 씨가 나를 불렀다.

*

"왜 저희 언니 아파하는데 그렇게 가만히 있어요?"

그녀가 말을 하자 술 냄새가 스멀스멀 코를 자극했다. 그녀의 얼굴에는 실망이라는 글씨가 적혀있었다.

"그런 게 아니라…."

나는 변명을 하려했지만 생각이 떠오르지 않았다. 남은 술을 입에 털어 놓고 그녀는 자리를 뜨며 말했다.

"언니가 형부를 많이 사랑해요. 좋은 아빠가 되시길 바라요."

그 말을 하고 그녀는 사라졌다. 그리고 전화 한 통이 왔다.

"딸이야! 딸!"

엄마가 호들갑스럽게 소리를 질렀다.

나는 담담하게 "네…"하며 눈물을 닦고 혜리 씨 옷을 가지고 병원으로 걸어갔다. 그리고 혜리 씨와 내가 민지를 키우는 동안 아무도 민아 씨를 보지 못했다.

어느 누구도.

때로는 우직하게, 때로는 성급하게

장정일의 생애를 중심으로

고관진

"선생님 죄송합니다. 저 고등학교는 못 갈 것 같아요."

힘없이 고개를 떨군다. 선생님의 당황해하는 표정이 보이지는 않지만 아마 많이 당황해하고 있을 것이다.

"갑자기 왜 그러니 정일아? 너, 여기서 그만두면 다 끝나는 거야. 너 글 쓰고 싶다고 그랬잖아? 시도 많이 쓰고 싶다면서?"

"죄송합니다. 죄송합니다⋯."

선생님에게 고개 숙여 사과한 뒤 교무실에서 나온다. 손에는 '문학 100선'이라는 제목의 책이 들려져 있다. 그 책을 노려보듯이 보다가 쓰레기통에 집어던지고 뛰기 시작한다. 뒤에서 '정일아!' 하며 부르는 선생님의 목소리가 들려오지만 무시하고 달린다. 학교를 벗어나 어느새 살고 있는 동네 배경이 눈에 들어온다. 일렬로 이어져 있는 단독주택 간간이 떨어져 있는 골목이 보이고 바닥에 앉아 흙을 나뭇가지로 파며 놀고 있는 아이들도 보인다.

'철컥'

평소와 마찬가지로 집에 도착해 열쇠로 문을 열고 들어간다. 그러자 평소처럼 이상한 그림과 석상 그리고 여러 가지 종교적인 물건들이 눈에 들어온다.

"다녀왔습니다."

…

아무런 대답도 돌아오지 않는다. 나는 가방을 문 옆에 두고 곧바로 안방으로 가 문을 연다.

"윽"

지독한 향 냄새가 코를 찌른다. 오랜 시간 피워둔 모양인지 시야를 방해할 정도다. 향이 조금 옅어지고 시야가 확보되자 사람 크기만한 금색 동상 앞에서 무릎 꿇고 기도를 하고 있는 여성의 모습이 보인다.

"아, 아들 왔니?"

"네, 다녀왔습니다. 엄마."

문을 여는 소리에 그제서야 안 것인지 고개를 돌려 나를 확인하는 엄마. 엄마는 기도를 마친 뒤 나를 옆에 앉히시더니 입을 열었다.

"…알았니 정일아? 지금 이 순간에도 그분께서 우리를 지켜보고 계셔. 그분은 전지전능한 능력으로 우리를 이 나락에서 구원으로 이끌어주시는 이 세상의 하나 밖에 없는….."

'여호와의 증인'

지금 엄마가 믿고 있는 종교다. 내가 어렸을 때 아버지가 크게 다치신 적이 있는데 그때 이 종교를 믿자, 아버지가 전부 깨끗하게 나았다나 뭐라나. 그 아빠도 지금은 없는데…. 그 이후로 엄마는 이렇게 광적으로 종교 관련 물품들을 사들이고 부적 같은 것을 사서 집 여기저기에 붙여 두었다. 그리고 정말 최소한의 식비나 생활비를 제외하고는 전부 그 종교에 헌납하거나 물품들을 사들이는데 쓰고 있으니 고등학교 학비는 생각조차 할 수 없다. 그래서 오늘 학교에 가서 고등학교 진학을 포기한다고 말하고 온 것이다.

문을 열고 방으로 들어온다.

한 평도 안 될 듯한 크기의 좁은 방. 거기서 방의 거의 절반을 차지하고 있는 침대에 드러눕는다. 베개에 얼굴을 묻은 채 깊은 한숨을 내쉰다.

"하아…."

고개를 돌리자 책상에 아무렇게나 널부러져 있는 책이 눈에 들어온다.

'문예창작학과란?', '쉽게 문학 접하는 법', '문학의 어제와 오늘'….

어렸을 때부터 유독 시, 소설 그리고 수필 읽는 것을 좋아했다. 그래서 나도 이 다음에 커서 마음을 쓰는 시인이, 자신만의 세상을 써내는 소설가가 되고 싶었다. 하지만 돈이 없다. 돈이 없으니 학교에도 진학할 수 없다. 진학을 못하니 관련된 직업에 대한 정보도 알 수 없다. 그리고 결정적으로 고등학교도 다니지 못한 사람을 누가 알아주겠는가.

나는 한숨을 쉬고 눈을 감았다. 잠이라도 자면 고민이 해결돼 있을 것 같아 잠이 오지 않음에도 억지로 눈을 감고 잠을 청했다. 그날은 유난히도 달이 밝았다.

그날 이후로 일거리를 찾아 다녔다.

"정일아! 3번지 짜장면 3개!"

배달 일.

"정일 학생! 이거 6번 테이블로!"

식당 일.

"이거 날 밝기 전까지 전부 돌려야 한다?"

신문 배달.

"장 군! 이 포대 빨리 좀 옮겨! 그래가지고 점심시간 가질 수 있겠어!?"

막노동까지.

돈이 될 수 있는 일은 뭐든지 하였다. 일을 하면서 내심 어머니가 종교 활동을 그만두었으면 하는 생각도 들지 않았던 것은 아니다. 하지만 어머니의 그런 광적인 믿음은 심해졌으면 심해졌지 줄어들지는 않았고 생활은 갈수록 궁핍해져만 갔다. 그래서 살던 집까지 내놓고 지금 일하고 있는 막노동 현장의 작업장에서 자면서 생활하였다. 뭐? 어머니는 어떻게 됐냐고? 어머니는 신도들이 모이는 기숙사가 따로 있다면서 짐 싸들고 그리로 가셨다. 거기다가 기숙사에서 생활하기 위해서라며 내가 간신히 긁어모았던 돈까지 죄다 들고 가셨다.

'휘이잉—'

"하아…."

간만에 잡념에 빠져 있으려니 작업장의 찬바람이 창문 틈새로 들어와 내 몸을 잔뜩 시리게 한다. 한 사람 당 하나씩 밖에 주지 않는 보온 기능이라고는 없을 것만 같은 담요를 더 끌어올린다. 왠지 이렇게 하니 조금이라도 따뜻해진 것 같은 기분이 들었다. 그렇게 나는 다음 날 일어나 일하기 위해 조금씩 몰려오는 수마에 몸을 맡겼다.

*

"으, 으음…."

온 몸을 때리는 찬바람에 눈을 떴다. 고개를 들어 주위를 살펴보니 같이 잠들었던 아저씨들은 진즉에 일어나 일을 할 준비를 하고 있었다. 급히 일어나 담요를 개어 구석에 밀어두고 바로 일하러 나갈 준비를 하였다. 아직은 날씨가 추웠기에 두꺼운 옷을 걸치고 장갑을 끼었다. 제법 오래 사용해서 그런지 여기저기 헤지고 낡은 장갑이었다. 준비를 마치고 밖으로 나가니 한 남자가 팔짱을 낀 채 거들먹거리며 기다리고 있었다. 분명 이 회사 사장 아들이었을 것이다. 그 사장 아들은 다가오는 나를 본 것인지 빨리 포대 옮기는 곳으로 가라며 나를 재촉했다. 포대 옮기는 곳이 어디인지를 몰라 그에게 물어보자 그는 귀찮다는 낯빛을 띠며 장소를 손으로 가리켰다. 그의 손에는 번들번들한 가죽장갑이 끼워져 있었다. 나는 그의 장갑에 시선을 주다가 내가 끼고 있는 장갑에 시선을 던졌다. 하지만 얼마 지나지 않아 나를 재촉하는 사장 아들의 목소리에 잡념을 깨고 급히 발걸음을 옮겼다.

"정일이 너, 뭐 잘못한 거라도 있어?"

처음 막노동 일을 시작했을 때 친근하게 다가와 준 수혁이 형이었다. 20대 중반 정도로 보이는 형은 속도위반을 하여 생긴 가족을 위해 막노동에 뛰어 들었다고 했다. 그는 걱정스럽다는 표정으로 내게 물어왔다.

"아니 그냥 빨리 가라는 재촉이었어요."

"그래? 그러면 다행이지만, 조심해. 저 인간한테 걸리면 완전 짤리는 건 시간문제야."

"조심해야겠네요"라며 간단히 답한 나는 오늘 내가 해야 할 일의 양을 바라본다.

"자, 그럼 오늘도 열심히 해요. 빨리 안 하면 또 저 인간이 눈에 불을 켜고 달려들 테니까요"

"그건 그렇지!"

'하하하하.'

호탕하게 웃어보인 수혁이 형은 수고하라는 말과 함께 이내 내 시야에서 사라졌다.

*

삽을 쥐고 흙을 퍼 나른다. 흙은 수레에 실어 다른 곳으로 옮긴다. 흙을 퍼낸 자리에 기자재를 옮긴다. 지어지고 있는 건물 위로 포대를 들어 나른다.

"후우-"

잠깐 기지개를 편다. 굳어있던 몸에서 비명소리가 들리는 듯하다. 그리고 다시 일하기 위해 자리로 돌아가려는 그때, 소란스러운 소리가 들려온다.

"지금 장난하는 거야!?"

방금 전 그 남자였다. 그 남자의 고급스러운 가죽장갑이 눈에 먼저 들어왔다. 남자, 정확히 말하자면 사장 아들은 사람들 눈앞에서 나이든 노동자를 걷어 차고 있었다.

"이거 죄송하게 됐습니더. 한 번만 용서해 주이소."

병 든 사모님을 위해 일을 시작했다던 영수 아저씨였다.

"됐어!! 기껏 일거리 주고 먹여주고 재워 줬더니만 일을 이딴 식으로 처리해!?"

사장 아들은 30대 초반으로 보였고 그에 비해 영수 아저씨는 50대 중·후반이었다.

"아이구구!! 와, 와 이러십니꺼!"

"너희 같은 인생 패배자들은 꼭 은혜를 원수로 갚는단 말이야!! 그러니 이렇게 해서라도 정신을 차리게 해야지!"

구타가 계속 되자 상황이 심각해지는 것을 느낀 모양인지 주위의 다른 노동자들이 말리기 시작했지만 전부 말에서만 그칠 뿐이었다. 그들도 각자의 이유로 인해 이 일에 뛰어들었기에 자칫 잘못해서 폭탄의 심지에 불을 붙이기라도 하면 자신들 뿐만 아니라 가족들까지 피해가 가리라는 것을 모르지 않았기 때문이다.

영수 아저씨의 시선이 나를 향하는 순간 나는 나도 모르게 고개를 돌려 버리고 말았다. 나도 폭탄의 폭발에 휘말리고 싶지 않았기 때문이다. 그 순간 내 시선은 내가 끼고 있는 장갑에 향해 있었다.

*

'터덩–!'

"아야야…."

쥐고 있던 삽을 떨어뜨렸다. 손에는 군데군데 물집들이 자리하고 있었고 나에게 찌릿한 아픔을 주고 있었다.

"괜찮은겨?"

이마에 주글주글한 주름이 있는 나이 든 아저씨가 나에게 다가왔다. 그는 내 손을 보더니 쯧쯧쯧, 혀를 차더니 주머니에서 작은 연고 하나와 밴드 여러 개를 꺼냈다.

"일하는 거 보아하니 이 일 시작한 지 얼마 안 된 것 같은디, 맨 손으로 삽 쥐고 포대 나르고 허니 손꾸락이 요로코롬 터진 과일처럼 되는 것이여."

그는 혼잣말 하듯 내 앞에 와 서더니 나에게 앉으라며 자신의 옆자리를 두드린다. 그는 조심스레 연고를 짜 내 손에 발라 주기 시작했다. 연고가 상처에 닿을 때마다 따가운 느낌이 들었다.

"영수여, 김영수. 자네가 내 뒤지쁜 내 아들과 많이 닮아서 이러는 거니께. 별다른 생각은 하지 않았으면 좋겠구먼."

자신의 이름을 영수라고 소개한 그는 연고를 모두 꼼꼼하게 바른 다음 밴드를 꺼내 상처마다 붙여주었다. 그는 밴드를 모두 붙인 다음 주머니에서 담배 하나를 꺼내 입에 물었다.

"후우, 이건 내 아들 놈이 쓰던 건디…."

담배 연기를 내 뱉은 영수 아저씨는 코트 주머니에서 무언가를 꺼내 들었다. ─조금 낡아 보이는 장갑이었다.

"이거라도 끼면 오늘처럼 손꾸락이 그리 되지는 않을겨."

"아, 감사합니다…."

뭐 그런 걸 가지고, 영수 아저씨는 그리 말하며 아직 덜 핀 담배를 바닥에 버려 발로 지지고는 작업장으로 돌아갔다. 나는 한참동안 그 장갑을 바라만 보다가 빨리 일하라는 사장 아들의 불호령에 급히 작업장으로 돌아갔다.

*

정신이 돌아오는 것 같았다. 갑자기 옛날 생각이 났던 이유는 어째서일까. 그 생각은 이내 사라지고 내 몸은 나도 모르게 사건의 중심지로 다가가고 있었다. 이미 영수 아저씨의 몰골을 말이 아니었다. 한 쪽 눈은 시퍼렇게 부어올라 있었고 코에서는 코피가 터져 바닥에 떨어지고 있었다. 그런 영수 아저씨의 모습이 눈에 들어오자 내 머리에서 무언가가 끊어지는 듯한 느낌이 들었다.

'퍼억!'

그리고 정신이 들었을 때에 나는 이미 사장 아들놈에게 주먹을 휘두르고 있었다.

"으억! 뭐, 뭐야!! 대체 어떤 놈이!"

"나쁜 놈⋯."

내가 나지막하게 중얼거렸다. 놀란 듯한 노동자들이 웅성거리는 것이 보였다. 수혁이 형도 있었지만 별로 크게 신경쓰지 않았다.

"뭐!? 너 내가 누군 줄 알고!! 내 한 마디면 넌 바로 짤리는 거야. 알아!?"

신경쓰지 않았다. 그저 묵묵히 그 녀석에게 다가가 멱살을 잡았다.

"야! 이놈아⋯ 아무리 그래도 그렇지. 아버지 뻘인 사람을 이렇게 패? 부끄러운 줄 알아!!"

그러자 사장 아들놈의 얼굴이 일그러지더니 손을 휘둘렀다. 얼굴이 돌아갔다. 하지만 잡고 있던 멱살을 놓지 않았다. 입에서 피 맛이 났다.

"이 자식이⋯! 아! 너 그 놈이지!? 제발 좀 일하게 해 달라던 그 고삐리!? 겨우, 일 좀 하게 해줬더니 이게 은혜를 원수로 갚아!?"

'퉤에!'

입에 고인 피를 뱉어낸다. 내가 지을 수 있는 가장 무서운 표정을 지으며 사장 아들놈을 노려보지만 그 모습에 더 화가 나는지 그는 소리친다.

"경찰!! 당장 경찰 불러!! 이런 녀석은 확 유치장에 처넣어야 해!!"

잠시 뒤 경찰 몇 명이 몰려 왔다. 그들은 나와 사장 아들놈을 한 번씩 보더니 거침없이 바로 나에게로 달려와 나를 제압했다.

"당신을 폭행죄로 체포합니다!"

"뭐라구요!? 저기요! 체포 하려면 저 녀석부터 체포해야지!"

나는 수갑이 채워지는 나와는 달리 아무렇지 않게 경찰과 이야기를 나누는 그의 모습에 당황해 하며 말했다.

"어허! 가만히 있어!!"

경찰은 발버둥치는 나를 더욱 강하게 짓눌렀다. 계속 발버둥치자 경찰은 허리춤에 찬 경찰봉을 꺼내들더니 나에게 휘둘렀다.

'퍼억-'

머리에서 뜨거운 느낌이 들고 눈꺼풀이 무거워진다. 그리고 눈이 감기며 사장 아들놈이 경찰에게 흰색 봉투를 건네는 것이 시야에 들어왔다. 그리고 이내 시야는 어두워졌다.

정신이 몽롱하다. 머리에서 느껴지는 고통에 신음소리를 흘리며 머리에 손을 대려고 오른손을 들자, 절그럭하는 소리와 함께 왼손이 딸려 올라왔다. 수갑이었다.

'끼익-'

"뭐야? 이제 일어났냐?"

문을 열고 누군가가 들어왔다. 뚱뚱해 보이는 체격에 안경을 쓰고 있었다. 하지만 그의 입에서 나오는 목소리에는 날카로움이 있었다. 내가 그를 빤히 바라보자 그는 어이없다는 듯이 웃더니 들고 있던 서류철로 내 머리를 후려쳤다.

"지금부터 내가 하는 말에 일체 거짓말 없이 답한다. 혹시나 거짓말 할 생각은 말도록. 여기, 내가 그 자리에 있었던 사람들 증언도 다 받아 났으니까. 일단 첫 번째로, 이름!"

"장… 정일입니다."

"나이."

"19살… 입니다."

"이야, 아직 고삐리가 그런 짓도 하고 무서울 게 없나봐?"

남자는 앞에 놓여있는 타자기를 쳐서 정보를 기록하며 말했다.

"네가 오늘 아침, 공사장에서 같은 노동자를 폭행하고 그걸 말리려던 건설 회사 사장 아들을 폭행하였다는 것을 인정하나?"

그의 입에서 나온 말에 나는 부정할 수밖에 없었다.

"아, 아니에요!"

그러다 타자를 치던 손을 멈추더니 일어나 나에게로 다가오더니 내 뺨을 후려쳤다.

'짜악!'

"다시 한 번 말한다. 오늘 아침 있었던 공사장에서 같은 노동자를 폭행하고 그걸 말리려던 건설 회사 사장 아들을 폭행하였다는 사건을 인정하나?"

"아니에요!"

'퍼억-'

이번에는 주먹이었다.

"마지막으로 묻는다. 인정하나?"

그의 눈이 나를 잡아먹을 듯이 노려보았다. 그리고 나는 그 모습에 압도 되었다.

"…네."

"오케이, 그럼 끝났네. 진작에 협조 좀 하면 어디 덧나냐?"

남자는 타자기를 두들겼다. 그리고 위로 올라온 종이를 찢어 뒤에 서 있던 남자에게 건네주더니 나를 보며 말한다.

"뭐해? 나가!"

그리고 나는 그의 시선을 피한 채 취조실을 나섰다.

[…이하, 어제 아침 있었던 공사장 인부 폭행 사건의 용의자인 장정일에게 징역 1년 6개월을 선고한다.]

다음날 법정으로 끌려가다시피 한 나는 판사에게 징역 선고를 받았다.

끌려가면서 내가 걱정됐는지 찾아 온 수혁이 형과 영수 아저씨의 모습이 보였지만 차마 그들을 볼 수 없었다. 만약 그들을 보게 되면 나도 모르게 도와달라고, 소리칠 것 같았기 때문이다.

내가 배정 받은 감옥에 들어왔다. 축축하고, 어둡고, 간이침대와 변기, 세면대를 제외하고는 아무것도 없는 삭막한 공간이었다. 간수가 나를 들이밀고는 감옥의 문을 잠가버린다. 간수가 간 것을 본 나는 그대로 침대에 엉덩이를 걸쳐 앉는다.

"흑, 흐윽…."

감옥 안에서 서러운 울음소리가 울려 퍼진다.

　＊

감옥 안에 들어온 지 벌써 반년이 지났다. 간수가 감옥 앞을 지나간다. 간수가 지나간 것을 확인한 나는 변기 뒤에 숨겨둔 책 한 권을 꺼낸다. 수혁이 형이 보내준 책이었다. 원래 보내준 책은 더 많았지만 간수들이 일정 시간이 지나면 도로 가져갔기에 이렇게라도 숨겨둘 수밖에 없었다. 나는 금세 책 속의 소설에 빠져들었다. 하지만 항상 책을 다 읽고 나면 항상 기대감과 함께 허무한 느낌이 들었다. 수혁이 형에게 실례를 무릅쓰고 다음 책을 보내 달라 부탁하여 다음 책에 대한 기대감과 함께 혼자 계실 어머니 생각에 금세 기분이 침울해졌다.

'찍, 찌직.'

감옥 안에서 쥐 소리가 들렸다. 작아서 귀를 기울이지 않으면 들리지 않을 소리였지만 감옥의 특성상 작은 소리도 울려 크게 들렸기에 충분히 들을 수 있었다. 쥐는 내가 남긴 밥의 반찬들을 노리고 들어온 것이었다.

"그래, 너한테도 기다리는 가족들이 있겠지."

그리 중얼거리며 나는 나도 모르게 쥐 가족을 상상했고 나도 모르게 웃음 지었다. 그리고 동시에 어째선지 반년 전 있었던 사건이 생각났다. 나는 다 읽은 책을 다시 변기 뒤에 숨겨 놓고 침대에 누워 천장을 보며 생각에 잠겼다.

"수감번호 02314번 장정일, 앞으로 자신이 지은 죄를 반성하고 성실한 나라의 일꾼이 될 수 있도록."

꾸벅, 간수에게 고개를 숙인 나는 그를 등지고 감옥 밖으로 나왔다. 벌써 수감 기간인 1년 6개월이 지났다. 들어갈 때는 봄이었는데 나오니 가을이 되어 있었다. 사람들이 저마다 긴 옷을 입고 있었다. 어떤 이는 길가의 낙엽을 쓸고 있었다. 어떤 이는 누구를 기다리는 자신의 시계를 보고 있었다. 또 어떤 이는 자신이 사랑하는 사람과 손을 잡고 길을 걸어가고 있었다. 그러다가 공원으로 들어가 가장 가까운 벤치에 앉았다. 옆에는 누군가가 읽고 두고 간 것인지 제법 두툼한 신문 뭉치가 있었다. 시간을 때울까라는 심정으로 신문을 펼쳤다. 경제 이야기, 정치인 이야기, 구직 광고 등등 나는 빠르게 신문을 넘겼고 이내 어떤 부분에서 멈추었다.

"시… 투고… 대회?"

그 구절을 보자 나는 무언가에 맞은 듯이 잠시간 멍하니 있었다. 그리고 신문을 접으며 중얼거렸다.

"해볼까…?"

나는 마땅히 살 곳이 없었기에 영수 아저씨네 집으로 갔다. 하지만 영수 아저씨는 갑작스러운 나의 방문에 기분 나쁜 기색이라고는 찾아볼 수 없었다. 오히려 감옥 생활은 어땠는지, 어디 다친 곳은 없는지 물어보며 나를 챙겨 주셨다. 영수 아저씨가 내준 방에서 살며 나는 시를 짓기 시작했다. 내가 감옥 안에서 지내며 느낀 것들과 감옥 안에서 보았던 생쥐 그리고 내가 겪었던 일들을 하나로 모아 시로 풀어냈다.

아예 잡지 못할 것 같았으면 몽둥이 휘두르지 말 것을
그만큼 정확한 나의 겨냥 피할 수 있었다니
달아난 새앙쥐는 틀림없이 왕이 될 재목이야
어느 날 금단추 자랑하는 근위병 거느리고
눈 밖에 난 반역자를 잡으러 올 테지
황급히 구원의 수화기를 들어보지만
문명은 통화중만 알릴 뿐
점점 나는 세계와 거리 멀어지고
이제 너는 갇혔다. 상상할 수 없는 어둠 속에
그리고 이곳에서는 주사위마저 운명
가르쳐주길 망설인다. 뻔뻔스레 너는
왕에게 불경했고, 그때 이미 죽었으므로
땅 깊은 곳에서 너의 시집은 금지되고
그들의 왕이 자신에게 대적한 인간을 얼마나 자랑스럽게 벌주
는가 찬양하며
저녁 쥐들이 춤을 춘다. 장작불 곁에서
처녀쥐의 경쾌한 박자에 밟히며
꿇어앉은 나의 그림자도 춤춘다
그리고 나는 저 쥐를 안다
그는 이 구멍 속에서 제일가는 노래꾼
나는 형이상학적인 그의 고뇌도 안다
가인의 입술은 하나, 그는 무슨 재주로
사형수의 죽음 위로하며 어떻게 형장의 칼
함께 찬양할 수 있는가?
노래가 끝나고 나팔수의 볼이 찢어질 때

누군가 소리쳤다. 잔뜩 공포와 전율에 부풀어져
왕이시여 긍휼히 여기시길! 그날 제가
당신의 척추 잘못 내리친 것처럼
조금씩 다르기는 하지만 왕들은 모두 용서할 줄 안다
하여 나는 지금껏 흘려본 일 없는 진한 염분의 눈물로
죽음의 왕 발 씻겨주고
쥐를 찍어내는 주형 속에 들어가, 오늘
만물 영장이 무섭게 짓밟히실 때
불필요한 사색과 지혜는 마구 잘리며
기름진 털은 숭숭 돋아나 또다시 평민인 쥐
네 발로 다니며 하나의 창공, 여덟 개 부엌
그 높은 삶의 문턱을 넘나들겠네.
영민하게 째진 눈과 슬픈 꼬리를 달고
어머니 제가 돌아왔답니다.
그러나 예전에 그를 기습한 굵은 몽둥이로
내리치지 마세요!
놀랍게도 이 왜소한 노래꾼에게도
아버지를 기다리는 자식이 생겼답니다.

〈장정일, 쥐가 된 인간〉

이 시를 쓰는데 자그마치 3주가 걸렸다. 긴 시간이었지만 나는 웃을 수 있었다. 오랜만에 문학을 좋아하던 순수했던 어린아이로 돌아간 기분이었다. 이 시를 신문사로 보냈다. 당선되지 않아도 상관없었다. 이 시를 지으면서 예전에만 느끼던 감정을 다시 떠올릴 수 있었으니까. 그리고 며칠 뒤 신문사에서 편지가 나에게로 배달되었다. 그리고 그 편지에는 이렇게 쓰여 있었다.

'귀하의 투고에 감사드립니다. 저희 신문사가 귀하의 귀중한 시를 채택하여 저희 신문에 게재하려합니다….'

그 뒤에도 몇 구절의 말이 더 있었지만 나는 그 구절만이 눈에 들어왔다. 그리고 나는 나도 모르게 크게 소리를 질렀다.

"만세에에에~!!!!"

그 남자가 사랑하는 사람___서문호

그 여자가 사랑하는 사람___서문호

정호승

【 정호승 】 鄭浩承, 1950년 ~

시인. 경남 하동에서 출생하여 대구 대륜고등학교를 졸업하고 경희대학교를 졸업했다. 1973년 《대한일보》 신춘문예에 〈첨성대〉가 당선되어 등단하였다. 정치적 · 경제적으로 소외된 사람들에 대한 애정을 슬프고도 따뜻한 시어들로 그려냈다. 시집으로 〈슬픔이 기쁨에게〉(1979), 〈외로우니까 사람이다〉(1998), 〈포옹〉(2007) 등이 있다.

**출처 : 위키백과사전

그 남자가 사랑하는 사람

서문호

나는 그늘이 없는 사람을 사랑하지 않는다.
나는 그늘을 사랑하지 않는 사람을 사랑하지 않는다.
나는 한 그루 나무의 그늘이 된 사람을 사랑한다.
햇빛도 그늘이 있어야 맑고 눈이 부시다.
나무 그늘에 앉아,
나뭇잎 사이로 반짝이는 햇살을 바라보면
세상은 그 얼마나 아름다운가
나는 눈물이 없는 사람을 사랑하지 않는다.
나는 눈물을 사랑하지 않는 사람을 사랑하지 않는다.
나는 한방울 눈물이 된 사람을 사랑한다.
기쁨도 눈물이 없으면 기쁨이 아니다.
사랑도 눈물이 없는 사랑이 어디 있는가
나무 그늘에 앉아
다른 사람의 눈물을 닦아주는 사람의 모습은
그 얼마나 고요한 아름다움인가

〈정호승, 내가 사랑하는 사람〉

　나는 대학을 갓 졸업한 백수이다. 대학을 나오고 취직을 할 곳이 없어서 부모님께 얹혀서 산다. 엄마한테 용돈을 달라고 하면 엄마는,

　"언제까지 용돈 받아가면서 살래? 직장 어디든 안 들어가니?"

　나는 엄마가 이런 말을 할 때마다 스트레스를 받는다. 나는 결국 용돈 받기를 포기하고 잔소리를 피해 보드만 들고 나왔다. 보드 타러 갈 생각에 국채보상공원으로 향했다.

　여름이 다가오는지 햇볕이 뜨거워지고 더운 바람이 불어왔다. 나는 국채보상공원 중앙을 가로 지르며 신나게 보드를 탔다. 조금 쉴까 싶어 공원 가운데 큰 나무 아래 벤치에 외로이 앉았다. 주위를 둘러보면 데이트하는 커플들이 가득했다.

　나는 속으로 말했다.

　'나는 저 커플들이 하나도 부럽지 않아. 여자가 애교 많고 예쁘면 뭐해. 단지 내 옆에서 그늘이 되어 주면서 내 옆에 항상 서있으면 돼. 마치 한그루의 나무처럼.'

　이런 나에게 주위에 친구들은 충고한다.

　"그런 여자가 어딨냐! 그렇게 이상형만 찾다가 너 평생 연애조차 못한다."

　기분은 상하지만 이것은 현실이다.

　"아, 정말 내가 찾는 사람은 없는 걸까?"하며 나는 고민에 빠졌다. 한참 고민 하고 있던 중 나의 여자 절친인 아영이에게 전화가 왔다.

　"여보세요?"

　"여보세요, 왜?"

　"성호야, 너 어디야?"

　"나? 국채보상공원."

　"국채보상공원은 왜?"

"그냥 집에 있기 싫어서 보드 타러 나왔지."

"마침 잘 됐다. 내가 그 쪽으로 갈 테니까 동성로 가서 파스타 먹으러 가자!"

"파스타? 뭐 그러든지. 빨리 와."

통화를 끝낸 뒤 나는 아영이가 올 때까지 폰으로 노래를 들으며 SNS를 하며 기다렸다.

시간 가는 줄 모르고 SNS를 보고 있다가 시간을 보니 만나기로 한지 1시간 반이나 훌쩍 지나 있었다. 나는 참다못해 짜증이 나 있었다. 그런데 누가 내 어깨를 툭툭 찔렀다. 뒤돌아보니까 아영이었다.

"야, 오래 기다렸지? 미안."

"왜 이렇게 늦어. 1시간 반이나 지났어. 이럴 줄 알았으면 안 만나는 건데. 괜히 만나자고 했어."

나는 짜증을 냈다. 그런 나에게 화를 내기보다는 침착하게

"미안, 얼른 파스타 먹으러나 가자. 내가 잘못했으니까 내가 쏠게."

"그래? 뭐 사준다니까 너만 믿고 먹으러 가는 거다."

"그래, 나만 믿고 따라와."

우리는 그렇게 파스타 먹으러 레스토랑에 도착했다. 아영이는 주문을 하고 자리에 앉자마자 아영이에게 내가 고민하고 있었던 것을 털어놓기 시작했다.

"아영아, 정말 내 옆에 서서 그늘이 되어주는 그런 여자 없을까?"

"응? 갑자기 그건 왜 물어?"

"그냥, 친구들이 이렇게 하다가 평생 혼자 지낸다고 하길래….."

"음… 하긴… 아마 있지 않을까? 어쩌면 네 가까이에 있을 수도 있겠지?"

나는 진심으로 고민을 말하고 있는데 아영이가 하는 말이 날 놀리는 것

만 같았다. 나는 기분이 상해서

"내가 말하는 게 장난 같니? 생각해봐. 가까이에만 있었어도 이렇게 혼자가 아니었어."

이 말에 아영이도 욱해서 감정 실린 목소리로 말했다.

"아니, 난 장난으로 말한 거 아닌데, 왜 그렇게 성질내? 그리고 왜 네가 외톨이야! 내가 봤을 때 분명 네 주위에 있는 거 같은데 넌 안보이니?"

"도대체 내 주위 어디!"

나도 모르게 버럭 소리쳤다. 그 와중에 우리가 시킨 스파게티는 나왔고 우리의 정적에 그 스파게티는 점점 식어가고 있었다.

"여기 있잖아. 난 너와 친구하고부터 쭉 너와 생활하듯 했어. 그러면서 나는 너에게 친구 이상의 감정도 느꼈고 하지만 너는 날 친구로서만 봐줬잖아. 내가 너한테 고백하면 혹시라도 멀어질까봐 나의 마음을 숨겨 왔어. 이제 좀 알겠니? 너에 대한 나의 마음을…."

아영이는 얼굴은 엄청 붉어졌고 아영이 눈가에는 눈물이 고였다. 나는 아영이의 고백에 어쩔 줄 몰라 했고 답을 미루듯,

"너의 마음은 잘 알겠는데 아직 너에게 친구로서 감정밖에 못 느끼겠어. 우선 생각해볼게. 파스타 식었다. 얼른 먹고 일어나자."

나는 먹으면서도 아영이에 대해 생각해보았다. 그러다 나는 깨달았다. 내가 힘들고 지칠 때 항상 내 옆에는 아영이가 서서 그늘이 되어주었다는 것을…. 아영이가 계산하고 우리는 단골 카페에 가서 항상 앉던 자리에 앉아 마저 이야기를 나눴다.

"아영아. 내가 여기 오면서 너에 대해서 잠시 생각 해봤는데 너를 친구로 밖에 생각을 안 해봐서 네가 평소에 나에게 그런 감정을 가지고 있는지도 몰랐어. 그래서 내가 당황스럽거든? 친구 사이에 좀 아닌 거 같아."

"그래…."

아영이는 힘없이 풀죽어 있었다. 나는 말을 이어서

"그런데 아까 내 옆에서 나무처럼 서서 그늘이 되어주는 여자를 찾고 있었잖아. 근데 그게 너인 것 같아. 친구가 아닌 나의 여자로 옆에서 있어주는 건 어때?"라며 내가 다시 아영이에게 고백을 했다.

이 고백을 들은 아영이는 살짝 어두웠던 얼굴이 웃음으로 꽃피우며

"응… 그래. 받아줘서 고마워."

이렇게 우리 둘은 드라마에서 볼 듯한 친구에서 연인 관계로 발전해 나갔다. 카페에서 마시던 커피를 들고 그날 밤 나와 아영이는 강변에 가서 산책을 했다.

"너와 이렇게 산책하니까 밤공기도 맛있다."

아영이가 행복해하는 표정으로 말했다. 나는 행복해하는 아영이의 모습을 보니까 나도 덩달아 행복해지는 기분이었다. 그렇게 끝이 없어 보이는 산책로를 걷다가 전등이 꺼진 길에 들어오니까 어두컴컴해서 나와 아영이 사이에 정적이 흐르고 오묘한 감정이 서로에게 넘나들었다.

"전등이 없으니까 어둡다"고 말하는 아영이의 입술을 보고 두근거림을 느꼈다. 나도 모르게 나의 입술은 아영이의 새초롬한 입술에 다가가고 있었다. 다가가고 있는 동안 나는 아영이와 입맞출 때 기대 반, 거절하면 어쩔까하는 걱정 반이었다. 그러나 아영이는 그대로 멈춰 서서 눈 감으며 내 입술을 기다리고 있는 듯했다. 그렇게 나와 아영이의 입은 닿았고 서로의 진정한 연인임을 확인하는 계기가 되었다.

우리는 키스로 사랑을 다짐하고 그 후 아영이가 직장생활 때문에 다음 주 주말에 만나기를 기약하면서 아영이의 집 앞에서 헤어졌다. 한밤중 나는 집에 와서 씻고 달을 보면서 누워 있었다.

"달을 보니까 아영이의 얼굴이 떠오르네. 이런 게 사랑일까?"

아영이를 생각하니까 오늘 키스한 장면이 떠올랐다.

"키스를 잘한 게 맞겠지? 내가 너무 서두른 건가?"

온갖 생각을 하면서 밤을 새웠다. 이런 나의 모습을 보면서 밤이 깊어 모든 사람들의 입술들은 잠들어 있을 때, 나의 입술만 어디로 가야할지 방황하고 있는 것 같았다.

"지금 아영이도 나와 같을까?"

또 아영이를 생각하면서 갑작스러운 책임감이 몰려온다.

"내가 너를 사랑하면서 네가 흘릴 눈물과 죽음, 아픔을 내가 책임을 지고 받아들일 수 있을까?"

이런 앞선 책임의 걱정들이 서서히 몰려왔다. 그렇지만 이때는 아영이를 정말로 사랑했기 때문에 이런 책임들은 모두 감수 할 수 있다고 여겨 대수롭지 않게 넘어갔다.

어느 날 폰으로 한 통의 전화가 왔다. 그 전화는 내가 그토록 바라던 회사 통과 전화였다. 그렇게 우리 둘 다 회사를 다니게 되어 주말에 잠시 데이트 하는 정도였다. 그래서 우리는 버킷 리스트를 만들어 달마다 주말에 국내의 맛집 탐방도 가고, 나와 아영이 연차를 맞춰서 해외여행도 같이 가고 많은 데이트를 즐겼다. 그 후 몇 년 동안 우리는 다른 커플들처럼 큰 문제들이 없었다. 하지만 우리에게는 이보다 더 큰 아픔의 시련이 기다리고 있는지 우리는 꿈에도 몰랐다. 우리는 이제 연인을 넘어 결혼까지 생각하게 되었고 나는 아영이와 결혼하기로 마음먹었다. 나는 우리가 처음 만났던 학교에서 보자고 했다. 만나기로 한 시간이 다가오자 아영이는 약속시간에 딱 맞춰서 왔다.

"영아, 여기로 와."

나는 아영이를 불렀다.

아영이는 내게 와서

"학교는 왜?"

"왜긴 왜야. 너와 내가 학교에서 만나 친구가 되어 연인까지 발전하게 되었는데 옛날 생각도 할 겸 여기서 데이트하자고 불렀어. 왜? 싫어?"

"싫기는 그냥 궁금해서 물어봤어. 얼른 들어가자."

나와 아영이는 학교 건물 밖에서부터 걸어가 학교 안까지 들어갔다. 학교 안에 들어가서 우리가 같은 반이었던 곳에 점차 다가갔다. 나는 교실에 다가가 긴장되기 시작했다. 교실에 거의 왔을 때쯤 아영이를 멈추어 세웠다.

"영아, 눈 좀 감아봐."

나는 아영이 눈을 감긴 채 반에 들어섰다. 그리고는 "영아, 눈 떠봐."

"어머, 이게 뭐야?"하며 아영이 눈에 눈물이 맺혔다.

나는 눈물 흘리는 아영이를 안아 주었다. 그리고 칠판 쪽으로 가서 준비해둔 반지를 아영이에게 보여주며, "영아, 우리에게 참 많은 일이 있었지? 울고 웃고 하는 순간 우린 항상 같이 있었잖아. 앞으로도 평생 네 곁에 있고 싶어. 나랑 결혼 해줄래?"

아영이는 또다시 눈물을 보이면서 반지를 받았다. 나는 반지를 아영이 손가락에 끼워 주었다. 그리고 몇 달 뒤 양가 부모님에게 인사를 드리고 드디어 우리의 결혼식이 시작되었다. 친구들은 친구에서 부부로 발전한 우리를 축하해 주었고 결혼식이 끝나고 우리는 축하 속에서 신혼여행을 떠났다. 그리고 우리는 부부가 되었다. 그러나 지금 나는 그때의 그녀가 그립다. 지금 내 옆에는 잘린 나무뿌리만 남아있다.

나는 앞선 책임과 다르게 나조차 책임을 못 지고 있는 거 같다. 우리가 원했던 신혼 생활은 오래가지 못했다. 그녀가 회식하고 집에 오는 길에 졸음운전으로 횡단보도에서 노부부 2명을 친 것이다. 그녀는 겁에 질려 차로 도망을 치려고 했던 것이다. 그래서 뺑소니로 무기징역을 선고 받았다.

받고 나오는 그녀의 "미안하고 사랑해"라는 말에 나는 정말 무너지는 것 같았다. 그렇게 우리는 그 사건으로 인해 헤어진 것이다.

　지는 저녁 해를 바라보며
　오늘도 그대를 사랑하였습니다.
　날 저문 하늘에 별들은 보이지 않고
　잠든 세상 밖으로 새벽달 빈 길에 뜨면
　사랑과 어둠의 바닷가에 나가
　저무는 섬 하나 떠올리며 울었습니다.
　외로운 사람들은 어디론가 사라져서
　해마다 첫눈으로 내리고
　새벽보다 깊은 새벽 섬 기슭에 앉아
　오늘도 그대를 사랑하는 일보다
　기다리는 일이 더 행복하였습니다

　　　　　　　　　〈정호승, 또 기다리는 편지〉

　그녀와 나는 이별한 지금 편지를 주고받으며 소통을 하고 면회를 하러 몇 번 찾아 갔다. 그렇게 2개월의 시간이 흘렀다. 그러나 어느 순간부터 그녀의 편지가 오질 않는다. 편지가 오지 않아 면회를 가도 거부했다. 그 때부터 나의 머릿속엔 '그녀가 나를 잊었나? 아니야 바빠서 답장을 못하는거야'라면서 온갖 생각이 나의 머릿속에 가득 차있다. 그녀와의 소통이 끊기고 나는 그녀가 너무 그리웠다. 그녀가 부엌에서 밥을 차려주는 모습이 선선하고 나를 껴안고 사랑한다고 하는 모습이 눈에 밟힌다. 지는 저녁 해를 보면서 그녀 생각에 눈물이 난다. 그렇게 또 그녀를 생각하면서 심해처럼 헤어 나올 수 없는 깊은 잠에 빠진다. 나는 새벽보다 깊은 섬 기슭에 앉아 또다시 그녀의 편지를 기다린다.

정호승

그 여자가 사랑하는 사람

서문호

나에게는 좋아하는 사람이 있다. 그 사람은 내가 고등학교 올라와서 아는 친구가 없어서 쓸쓸하게 창가 쪽에 앉아 먼 산만 보고 있을 때, 그 사람은 옆에 다가와서 말을 걸어 주었다. 내가 고등학교에 올라 와서 나에게 처음으로 말 걸어준 남자이다. 나는 그 사람과 금세 친해졌고 같이 다니면서 그 사람의 친구들과 어울리게 되었고 덕분에 반 아이들과도 거리감 없이 어울려서 놀기도 하고 수다를 떨기도 했다. 그렇게 나는 그 사람과 절친이 되었고 그 사람에게 호감이 생기기 시작했다. 그런데 그 사람은 나를 친구 그 이상으로 보지 않는 것 같았다. 내가 고백이라도 하면 우리 사이가 멀어질까봐 섣불리 고백하지 못하고 11년 동안 친한 친구로 지내고 있다.

나른한 일요일 아침 나는 일어나서 평소와 다를 바 없이 TV를 보든지 SNS를 하면서 시간을 보냈다. 그러다가 SNS에서 동성로에 맛있어 보이는 레스토랑이 있어서 나는

'어, 이 레스토랑 성호랑 갔으면 좋겠다.'

문득 성호 생각이 나서 나는 성호에게 전화를 했다.

"여보세요?"

"여보세요, 왜?"

나는 그의 목소리만 들으면 여전히 설렌다.

"성호야, 너 어디야?"

"나? 국채보상공원."

"국채보상공원은 왜?"

"그냥 집에 있기 싫어서 보드 타러 나왔지."

"마침 잘 됐다. 내가 그 쪽으로 갈 테니까 동성로 가서 파스타 먹으러 가자!"

"파스타? 뭐 그러던지. 빨리 와."

나는 전화를 끊은 다음에 샤워하고 성호에게 예뻐 보이기 위해 전에 샀던 원피스를 입고 화장을 하고 준비를 했다. 시계를 보니 벌써 약속한 시간보다 30분이나 지나 있었다. 빨리 신발장으로 가서 힐을 신고 빨리 가기 위해서 택시를 탔다. 택시를 탔는데도 시내를 나가는 길이라 더 차가 막혀 1시간 정도 늦을 것 같았다.

"아저씨, 제가 급해서 그러는데 빨리 좀 가주세요."

나는 다급하게 택시 기사한테 부탁했다. 택시 기사는 감사하게도 최대한 빨리 도착하게 지름길로 가 주셨다. 나는 원피스에 힐까지 신은 채로 공원을 가로질러 달려갔다. 저기 멀리서 성호가 보인다. 나는 다가가서 성호의 어깨에 손을 얹으며 "야, 오래 기다렸지? 미안."

성호는 짜증내며 "왜 이렇게 늦어. 이럴 줄 알았으면 안 만나는 건데. 괜히 만나자고 했어."

나는 성호가 이런 날 미워할까봐 조마조마 했지만 음식으로 다독여 보려고 했다.

"자, 성호야 너, 파스타 좋아하지? 파스타 먹으러나 가자. 내가 파스타로 유명한 레스토랑 알아왔거든. 내가 잘못했으니까 내가 쏠게."

성호는 살짝 짜증이 누그러들었는지 순수한 표정으로 "뭐 그러든지. 그럼 너만 믿고 먹으러 가는 거다."

그런 어린아이 같은 모습을 보니 귀여웠다. 나는 안심하며 "그래, 나만 믿고 따라와."

나는 성호와 이야기하면서 걷는 것이 너무 설레었다. 그렇게 이야기를 하다 보니 레스토랑에 도착했다. 나와 성호는 창가 테이블에 앉았다.

"성호아, 뭐 먹을래?"

"나는 토마토 파스타 먹을게."

"그래, 그럼 파스타 두 개에 스테이크 하나 시키자."

"응."

나는 직원을 불러서 주문을 한다.

"여기요. 토마토 파스타 하나랑 크림 파스타 주시구요, 스테이크 미듐으로 주세요."

주문하고 돌아보니 성호의 표정이 좀 어두워져 있었다.

"아영아, 정말 내 옆에 서서 그늘이 되어주는 그런 여자 없을까?"

나는 성호의 그런 고민에 나의 마음을 성호에게 전달 못하고 있는 나의 소심한 모습이 너무 싫고 안타까웠다. 나는 정신과 떨리는 목소리를 가다듬고 대답을 해주었다.

"음…아마 있지 않을까? 왜 없다고 생각해? 너의 가까이에 있을 수도 있지."

그런데 갑자기 성호가 화를 내며 "내가 말하는 게 장난 같니? 생각해봐 가까이에만 있었어도 이렇게 혼자가 아니었어."

그 말에 나는 감정이 북받쳐서 "아니 난 장난으로 말한 거 아닌데 왜 그렇게 성질내? 그리고 왜 네가 외톨이야! 내가 봤을 때 분명 네 주위에 있는 거 같은데 넌 안보이니?"

"도대체 내 주위 어디!"

성호가 소리치며 말하니 주위에 식사하던 사람들의 주목을 받는다. 그 와중에 우리가 시킨 파스타와 스테이크는 나왔고 우리의 정적에 그 파스타와 스테이크는 점점 식어가고만 있었다. 나는 감정을 추스르며 말했다.

"내가 있잖아. 항상 네가 힘들 때면 내가 옆에서 널 위로해 주었고 응원 해준 난 안 보이니? 난 너와 친구하고부터 쭉 너와 생활 하듯 했어. 그러면서 나는 너에게 친구 이상의 감정도 느꼈고. 하지만 너는 날 친구로서만 봐줬잖아. 네가 나의 고백을 받으면 혹시라도 멀어질까봐 말하지도 못하고 나의 마음을 숨겨 왔어. 이제 좀 알겠니? 너에 대한 나의 마음을…."

나는 내가 이때동안 못했던 말을 속 시원하게 말했다. 하지만 성호가 어쩔 줄 몰라 했고 동시에 또다시 정적이 찾아왔다. 잠시 정적이 흐른 후 성호는 아무 일 없었다는 듯, "파스타 식었다. 얼른 먹고 일어나자."

"그래."

나는 어색하게 잘 먹히지도 않는 파스타를 쑤셔 넣고 있었다. 그러나 성호는 다 먹고 나서도 생각에 잠겨 있었다. 그러고는 성호가 말하기를,

"우리 단골 카페에 가서 다시 말하자."

나는 파스타를 다 먹지도 못하고 포크를 내려놓았다. 우리는 자리에서 일어났고 나는 카운터에 가서 계산을 하고 나왔다. 우리는 단골 카페에 가기위해 걷기 시작했지만 우리는 모르는 남처럼 서로 떨어져서 걸으며 잠시 생각하는 시간을 가졌다. 그렇게 우리는 단골 카페에 와서 마저 이야기를 시작했다.

"아영아, 내가 여기 오면서 너에 대해서 잠시 생각해 봤는데 너를 친구

로 밖에 생각을 안 해봐서 네가 평소에 나에게 그런 감정을 가지고 있는지도 몰랐어. 그래서 내가 당황스럽거든? 친구 사이에 좀 아닌거 같아."

그 말을 듣고 속상하고 창피해서 도망치고 싶었다.

"그런데 아까 내 옆에서 나무처럼 서서 그늘이 되어주는 여자를 찾고 있었잖아. 근데 그게 너인 것 같아. 친구가 아닌 나의 여자로 옆에서 있어주는 건 어때?"

성호가 갑자기 고백을 한 것이다. 난 이 고백을 듣고 근심 가득했던 얼굴이 밝게 펴지는 걸 느낄 수 있었다. 그리고 나는 부끄러워하며 말하길, "음… 그래. 받아줘서 고마워."

그날 해가 저물고 우리는 카페에서 나와 집으로 가기 위해 우린 버스를 탔다. 한순간에 사귀게 돼서 그런지 버스에서 같이 앉았지만 서로 서먹하게 있었다. 버스에 내려 우리는 집 가는 길에 신천에 가서 산책을 했다. 산책이라기보다는 데이트에 더 가까웠다. 나는 평소에 바라만 보던 성호가 나의 옆에서 친구가 아닌 남자로 있어주는 게 너무 행복했다. 나는 들뜬 목소리로 "너와 이렇게 산책하니까 밤 공기도 맛있다."

나는 나의 입에서 이런 말이 나올 줄 생각지도 못했다. 성호는 이런 나의 모습을 보고 웃는다. 나는 얼굴이 뜨겁게 달아올랐고 지금이라도 도망치고 싶었다. 그렇게 우리는 알콩달콩하게 신천을 걷다가 전등이 꺼져 어두운 다리 아래에서 우리는 알 수 없는 미묘한 감정이 생긴다. 나는 성호의 입술 밖에 보이지 않았다. 그때 성호의 입술이 서서히 나에게로 다가온다. 그래서인지 나의 심장이 터질 듯이 쿵쿵 댔다. 나는 그 분위기에 순간 눈을 감아 버렸다. 나는 그 순간 모든 시간이 멈춰있는 것만 같았다. 우리는 입을 맞추고 난 후 친구보다 여자로서의 존재감을 느꼈다. 우리는 키스를 하고 성호는 집까지 같이 데려다 준다고 했다. 가는 도중에 손이 허전해서 나는 내가 먼저 깍지를 꼈다. 내가 생각해도 너무 적극적으로 다가간 것 같다. 오붓한 시간은 나의 집 앞에서 끝났고, 나는 그렇게 헤어지는 것이 아쉬워 성호 볼에 립스틱 자국을 남겼다. 그리고 나는 바로 집에 들어갔다. 집에 들어와서 침대에 누워 이불을 걷어 차며 꿈인지 확인 차 허벅지를 꼬집어보고 아픔에 나는 기뻐서 날뛰었다. 나는 화장을 지우고 침대에 누워 창문 너머로 보이는 별을 보며 잠에 빠진다. 나는 다음날 아침에 일어나서 폰부터 확인했다. 성호가 문자를 남겼고, 나는 답장을 해줬다. 이렇게 회사 생활을 하면서 휴가를 받았을 때는 성호랑 같이 국내에 맛집을 가거나 해외로 잠시 여행을 떠나곤 했다. 이렇게 우리는 친구부터 연인으로 발전했기 때문에 서로에 대해서 잘 알고 있었다.

그후 우리는 함께 시간을 많이 보냈다. 그리고 많은 시간이 지났다. 오랜 연애 후 성호가 갑자기 데이트를 우리가 다녔던 고등학교에서 데이트를 하자고 했다. 나는 거기에 왜 가는지 의문이었지만 그래도 나가봤다. 나는 시간을 딱 맞춰서 갔는데 학교를 보니 옛날 생각이 새록새록 났다. 운동장에 성호가 있었고 나는 달려가 성호의 팔짱을 끼었다.

"왜 학교에서 보자고 했어?"

나는 성호에게 물었다.

"어제 고등학교 앨범을 보고 학교에 가보고 싶어서 옛날 생각도 나고 좋잖아? 싫어?"

나는 성호가 그렇게 묻는 말에 싫다고 할 수는 없었다.

"싫기는 그냥 궁금해서 물어 본거야. 들어가자."

나와 성호는 손잡고 학교 안으로 들어갔다.

"여기 많이 바뀌었다."

"그러게, 1학년 때 교실 가볼까?"

"그래, 가보자."

1학년 반이 다가오자 갑자기 성호가 "아영아, 눈 좀 감아봐."

"응? 왜 그러는데?"

"아 그냥 속는 셈 치고 눈감아봐."

나는 할 수 없이 눈감고 성호가 하라는 대로 했다.

그러더니 승호가 눈떠 보라는 말에 눈을 떴는데 눈앞에는 칠판에 사랑한다는 메시지와 성호가 쓴 것 같은 편지도 있었다. 나는 편지를 읽고 있었는데 승호가 반지를 보여주며

"영아, 우리에게 참 많은 일이 있었지? 친구 때부터 울고 웃고 하는 순간 우린 항상 같이 있었잖아. 앞으로도 평생 네 곁에 있고 싶어. 나랑 결혼 해줄래?"

라고 고백을 하는데 나는 눈물이 났다. 나는 승호가 내밀고 있던 반지를 받았고 우린 바로 양쪽 부모님께 인사 하러 갔다. 그리고 한 달 뒤에 상견례를 하고 몇 달 뒤 결혼식을 올렸다. 우리는 결혼식을 올리고 허니문으로 발리에 갔다. 우리는 신혼 티를 팍팍 내면서 발리 곳곳을 돌아다녔고 한국으로 돌아와서 신혼 생활을 했다. 그런데 얼마 지나지 않아 회식 날이 있었는데 나는 늦을 것 같아서 성호에게 전화해서 "여보, 나 좀 늦을 것 같아. 오늘 회식이 있거든."

"아 그래? 그럼 술도 먹어야겠네?"

"먹어야겠지. 안 먹으면 눈치 보이잖아."

"그럼 차는 어쩌고?"

"어차피 술 조금만 마실 건데 뭐."

"응. 조금만 마시고 되도록 빨리 와."

"알겠어, 사랑해."

"나도."

나는 술을 조금 마시려고 했지만 과장님이 자꾸 건네는 술을 거부하

지 못하고 받아먹는 바람에 많이 먹게 되었다. 내가 보기엔 많이 취하진 않은 것 같아서 운전대를 잡고 집에 가고 있었다. 그런데 자꾸만 눈이 건조해서 뻑뻑하게 눈이 감기고 있었다. 횡단보도를 지나가려고 하는데 어떤 노부부가 지나가는 걸 확인하지 못하고 엑셀을 계속 밟아 버렸다. 그렇게 나는 사고를 내고 말았다. 나는 그 노부부를 차가운 시멘트 바닥에 누워 있게 했고 살아 있는지 차에서 내려 확인해 보았다. 두 분 다 숨을 쉬지 않았고 나는 그 두려움 때문에 차로 다시 돌아와 도망치려고 했다. 그렇지만 도망치는 것도 한계가 있었고 나는 경찰서에 붙잡혀 왔다. 나는 두 명의 사람을 죽였기 때문에 무기 징역을 받았고 재판을 받고 교도소로 가는 도중 남편과 눈을 마주쳤다. 나는 남편의 눈을 똑바로 쳐다보지 못하고 지나치면서 남편에게, "미안하고 사랑해"라는 말을 남기고 교도소로 향했다.

교도소 생활을 하면서 남편에게 편지가 왔고 나도 답장을 하면서 서로 연락을 하며 지냈다. 그리고 달마다 면회를 왔었다. 연락을 주고받는 도중 내가 남편의 생을 방해하고 있다는 생각이 들었다. 그래서 나는 답장을 멈추고, 면회도 거부하고 교도소의 일만 집중했다. 그런데 교도소에 한 우편이 왔다. 그 우편은 남편의 사망했다는 사망 통지서였다. 나는 그 우편을 받고 슬픔에 눈물을 멈출 수 없었다. 그러다 책상 위에 결혼반지가 보였다. 결혼식 때 반지를 나누어 가지면서 했던 약속들. 언제나 첫 마음으로 돌아가자, 언제나 마음을 잃지 말자, 처음과 같이 영원하자는 이제는 지킬 수 없는 그 약속들…. 그리고 편지를 멈춘 것이 후회막급 이었다. 그 이후 나는 우리가 살던 집에 계속 남편에게 편지를 보냈다. 답장이 오지 않는 편지를….

반가워요, 본질___이상명

이인화

문학으로 인간의 길을 말하다

【이인화】 二人化, 1966년 ~

1966년 경북 안동에서 경북대학교 국문과 교수인 아버지와 간호사인 어머니 사이에서 태어나 대구에서 자랐다. 여윳돈이 생기면 책을 사 버릇하는 아버지 때문에 책에 둘러싸여 살았다. 국학(國學)을 한다는 데 유별난 자부심을 갖고 있던 부친의 영향을 받아 어려서부터 문학을 하고 싶었다.

어디든 합격이 보장되는 높은 학력고사 점수에도 불구하고 1, 2, 3지망 모두 서울대 국문학과를 적어내고 박사학위까지 받고 졸업한다. 고교 1학년 때 신춘문예 시부문 본선까지 진출한 적이 있었으나, 그 후 연거푸 낙방. 결국 평론으로 선회하여, 1988년《문학과 사회》에〈양귀자론〉이 게재되면서 문학평론가 류철균으로 활동 시작했다. 1992년 장편소설《내가 누구인지 말할 수 있는 자는 누구인가》로 제1회 작가세계문학상을 수상하면서 소설가 이인화로 등단했다.

1996년 문화체육부 선정 오늘의 젊은 작가상 수상.

2000년〈시인의 별〉로 제24회 이상문학상 수상

대표작 : 영원한 제국

　　　　1992년도 제1회 작가세계 문학상 수상작 - 내가 누구인지 말할 수 있는 자는 누구인가

　　　　시인의 별 외 - 2000년도 제24회 이상문학상 수상작품집

**출처 : 위키백과사전

반가워요, 본질

이인화 '초원을 걷는 남자'를 바탕으로

이상명

익숙한 음악 소리와 추위와 함께 잠에서 깬다. 어두침침한 공간에서 한 남자가 컵을 닦고 있다.

"누구세요?"

"왜 이렇게 늦게 오셨습니까? 기다리고 있었습니다."

인화는 그가 빼주는 의자에 얼떨결에 앉았다. 그의 피부는 창백하면서 약간의 파란색을 띄고 있었다. 손가락은 길고 말랐으며 키가 크고 앙상하게 뼈가 드러나 보이는 몸매였다.

"당신은 죽었습니다."

"제가 어떻게 죽었죠?"

"교통사고로…."

그가 말했다.

"죽은 지 얼마나 됐죠?"

"42분 정도."

"그럼, 여기가 어디죠?"

인화가 말했다.

"당신은 여기가 어디라고 생각하죠?"

그가 턱을 문지르며 물었다.

"정확히 천국은 아니라고 생각하네요."

인화가 말했다.

"네, 맞습니다. 정확히 당신이 홍콩 유학시절 자주 들르던 카페죠."

그제서야 인화는 깨닫고 주위를 한번 둘러본다. 불은 꺼져있고 둘을 제외한 아무도 없었으며 굉장히 무거운 분위기가 흐르고 있었다.

"다른 사람은 아무도 없나요?"

인화가 말했다. 그러자 그가 웃으면서, "여긴 당신만의 공간입니다. 당신이 갑작스럽게 죽기 전 무의식적으로 제일 먼저 떠올린 곳이 이곳이기 때문에 이곳으로 온 것이죠"라고 말했다.

"그건 그렇다 치고 왜 여기로 온 거죠? 천국이란 곳은 존재하지 않는 건가요?"

"아니요. 당연히 천국은 존재하고 있습니다. 이곳은 갑작스럽게 죽음을 맞이한 사람들이나 억울하게 죽음을 당한 사람들이 인생을 정리하는 곳입니다. 신이 주신 처음이자 마지막 선물이죠."

"아⋯."

인화는 드디어 자신이 처한 상황을 수긍했다.

"자, 이제 당신의 인생을 정리해 보도록 하죠. 아참! 제 이름은 본질입니다. 인화 씨 만나서 반갑군요."

"저도 반가워요⋯ 본질⋯."

인화가 혼란에 빠진 듯한 목소리로 말했다.

"그럼, 어디서부터 이야기를 해볼까요?"

"후회, 후회가 가장 먼저 떠오르네요."

인화가 말했다.

"제 인생을 가만히 돌아보니 전 수 없이 많은 기회를 놓친 것 같아요."

"흠… 구체적으로 어떤 기회를 말하는 거죠?"

본질이 물었다.

"학창시절이요…. 고등학생 때에는 매달 성적을 올릴 수 있었던 기회가 주어졌었어요. 하지만 전 시험을 치고 결과를 보고 충격을 받아 다음 시험에는 좀 더 잘해 보겠다는 생각을 그때 뿐이지 의지가 오래 지속 되진 않았죠."

"누구나 어른이 된 뒤 학창시절에 대한 후회가 남기 마련입니다."

"그 시절을 좀더 알차게 보냈다면 아마 전 완전히 다른 인생을 살았을 지도 모르죠."

인화가 말했다.

"그렇군요. 좋아요. 더 말해줘요."

본질이 기대에 찬 눈빛으로 말했다.

"대학생 때는 이 세상에 있는 책은 전부터 읽고 죽겠다고 다짐 했었는데 시간이 없다는 핑계로 한 달에 두 권 정도 읽을까 말까 했죠."

"책을 기피대상 1호로 지정하는 사람도 있습니다. 당신 정도면 대단한 거에요."

"고마워요."

인화가 말을 이어간다.

"또… 어릴 적에 할머니, 할어버지께 전화를 많이 못 해 드린 것이 많이 아쉬워요… 정말 아쉬워요… 할아버지를 뵙고 헤어질 때마다 항상 전화 자주 해달라고 저한테 말씀하시던 것이 기억나네요. 저를 정말 많이 아끼고 사랑해주셨는데… 그분이 돌아가신 날은 저에게는 정말 청천벽력 같은 소리였어요."

"그러셨군요. 걱정 마세요. 곧 만나실 수 있을 거예요."

본질이 말했다.

"그것 참 다행이군요."

"후회가 지속되면 인생을 행복하지 않은 인생으로 기억되게 만듭니다. 사람들은 지나간 시간 속에 후회를 하면서 '그때 그랬더라면…'이라고 상상 하곤 합니다. 하지만 그런 상상은 현재를 살아가는 사람들에게는 전혀 도움이 되지 않죠. 잠시 후회를 느낀 뒤 기억은 물 흐르듯 흐르게 흘려 보내는 것이 가장 현명해요."

"하… 시간이 지나면 후회할 소재도 다 떨어지겠죠 뭐."

인화가 해탈했다는 듯이 말했다.

"그런 너그러운 자세도 참 좋아요. 하하."

본질이 호탕하게 웃으면서 말했다.

"지금 생각하면 왜 그렇게 인생을 앞만 보고 달려 갔는지 모르겠어요. 가끔은 뒤도 돌아보며 지금까지 살아온 세월을 되돌아 보는 시간을 가졌으면 해요. 그러고 보니 쓸데없는 걱정이 너무 많았던 것 같기도 해요."

인화가 말했다.

"흠… 어릴 때부터 성공을 해야 한다는 부모님들의 강요에 정확한 목표 없이 성공이란 추상적인 목적을 보고 정해진 삶을 살아왔던 탓 아닐까요?"

본질이 대답했다.

인화는 커피를 한 모금 마시면서 잠시 생각에 빠진다. 그는 이승에서 허비한 시간이 생각나 다시 돌아가고 싶다는 생각에 눈시울이 붉어졌다.

"인화 씨… 낭비한 시간에 대한 후회는 더 큰 시간 낭비일 뿐이에요. 시간은 계속 흘러만 가고 있으니까요. 당신이 죽은 이 세상에도 시간은 존재 한답니다."

본질이 말했다.

"그래서 저보고 어쩌란 거죠?"

"힘내시라고요….."

"아… 네."

"본질!"

"뭐죠?"

"성공이란 것은 결혼을 한다는 가정하고 생각하는 것 아닐까요?"

"그게 무슨 말이죠?"

"만약에 결혼이란 것이 없었다면 아마 사람들은 지금처럼 힘들게 살고 있지 않을 거예요. 혼자 살면서 돈도 조금씩 모으고, 가고 싶을 때 여행도 가고, 사고 싶은 것도 마음대로 살 수 있고, 지금보다 행복지수도 훨씬 높을 거예요."

"아내와 많이 다투셨나요?"

본질이 물었다.

"네. 아내가 도박에 빠져서 금전문제로 많이 다퉜었죠. 제가 죽기 전에도 아내와 싸우고 나왔던 것 같아요. 홧김에 컵을 던져버려 아내의 발에 파편이 튄 것 같았었는데 너무 화가 나서 그냥 집 밖을 나와 버렸어요. 그때가 저의 마지막이였군요. 하… 이제야 모든 게 생각이 나요."

"용서… 나아가기 위해서는 상대방이 한 일에 대해 감정을 느끼게 된 이유와 더 이상 그런 감정을 느낄 필요가 없는 이유를 이해해야 해요."

인화는 식은 커피를 마시며 생각에 잠긴다.

인화는 풋풋했던 시절 아내와 사랑에 빠졌던 순간을 회상한다.

"들어봐. 어젯밤에 새로 작곡한 노래야!"

그녀가 말했다.

"잠깐만, 이것만 하고 들어줄게."

"치… 빨리 와!"

"알았어. 갈게~"

아내가 피아노를 치기 시작한다. 인화도 따라서 기타를 친다.

"내 손을 잡고

우리가 함께 일어날 곳을 보아요.

가장 좋은 계획은

가끔은 단지 하룻밤일 수 도 있죠.

망할 큐피트는 화살을 다시 내놓으라고 하네요.

그러니까 눈물에 취해봐요.

신이시여! 젊음이 젊음에게 낭비되는 이유가 뭔가요?"

인화는 다시는 이 노래를 들을 수 없단 생각에 마음속 깊은 곳에서 뜨거운 감정이 올라온다.

"어때?"

그녀가 말했다.

"와… 이건…. 정말… 잠깐만 나 정말 화가 나는데? 너무 좋아! 질투가 날 정도로! 정말 잘 만들었어!"

"그래? 아직 1절 밖에 없지만 이 노래 너 줄게."

"그래도 돼?" 인화가 말했다.

"괜찮아. 또 만들면 돼!"

"고마워!"

인화는 지금 눈물에 취하고 있다. 냅킨을 손에 꼭 쥔 채 흐느끼기 시작한다.

"…."

본질은 인화를 안쓰럽게 쳐다본다.

"모든 추억은 아름다워요. 슬픈 기억보다 행복했던 기억이 더 오래가기 때문이죠. 하지만 가끔은 행복했던 기억이 지금처럼 자신을 괴롭히기도 한답니다. 기억은 동반자예요. 좋든 싫든 영원히 당신을 따라다닐 거예요."

본질이 말했다.

"본질! 죽기 싫어요. 다시 살고 싶어요! 어떻게 하면 살아 나갈 수 있죠?"

인화가 격분하면서 물었다.

"다시 살 수 있는 방법은 없어요. 당신은 이미 죽었어요."

"흑흑… 젠장…."

며칠을 그렇게 울다가 인화는 창백하면서 파란색을 띤 얼굴이 되고 뼈만 앙상하게 남는다.

"당신은 여기서 절대로 나갈 수 없습니다. 여기서 평생 저와 같이 인생의 본질에 대해 생각하며 컵을 닦아요."

"죄송하지만 정확한 병명은 저도 잘 모르겠습니다. 저도 이런 경우는 처음 보는 군요. 말을 하긴 하는데 머릿속 다른 누군가와 대화하는 것 같아요. 마치 다른 사람에 의해서 영혼을 도둑 맞은 사람 같군요."

의사가 말했다.

"그럼 어떻게 해야 되죠? 계속 이렇게 살아야 하는 건가요?"

인화의 아내가 말했다.

"일단 경과를 지켜봅시다."

윤복진

동요시의 대가, 월북으로 잊혀지다

【 윤복진 】 尹福鎭, 1907년 ~ 1991년

필명으로 김수향(金水鄕) 혹은 김귀환(金貴環)을 사용하였다. 이원수(李元壽), 윤석중(尹石重)과 함께 일제
시대를 대표하는 동요시인이다. 10세 이하의 유년층을 상대로 하는 짤막한 동요시를 많이 썼다.
1907년 대구에서 이봉채의 육남매 중 장남으로 태어났다. 어려서부터 교회에 다녔다. 대구 희원보통학교
와 기독교 미션스쿨인 계성중학교를 다녔다. 일본 호세이대학 영문과를 졸업했다. 해방 이후 조선문학가동
맹에 참여하여 아동문학 분과위원의 초대 사무장을 맡았다. 그러나 곧 건강이 악화되어 대구로 낙향했고,
그곳에서 조선문화단체총연맹의 경북지부 부위원장단의 한 사람이 되었다. 정부수립 후 좌익으로 몰려 곤
란을 겪다가 6 · 25 때 월북하였다. 월북 이후 그는 남한에서는 잊혀진 동요시인이 되었지만, 북한에서는
조선작가동맹 중앙위원회 현역작가로 있으면서 꾸준히 작품 활동을 벌였다. 1991년 7월 16일 타계했다.
1926년《어린이》에 동요〈바닷가에서〉가 추천되어 창작활동을 시작했다. 윤석중(尹石重) 중심의〈기쁨사〉
회원,〈카나리아회〉회원으로 참가해 많은 동요와 동시를 발표했다. 1929년 발행된 한국 최초의 동요곡집
인《조선동요백곡집》에 그가 지은〈하모니카〉,〈고향 하늘〉,〈바닷가에서〉등 여러 편이 홍난파 작곡으로
실렸다. 박태준(朴泰俊)과 함께 동요민요작곡집《중중 때때중》과「《양양 범버궁》을 펴냈다.
1945년《조선일보》에 평론〈아동문학의 당면과제-민족문학 재건의 핵심〉등을 발표했다. 1946년 4월 창
간된 아동문학잡지《아동》의 동시와 동요 부문을 맡아 집필했다. 1949년에 천진한 동심의 세계와 토속적
해학으로 성공했던 일제시대의 작품을 주로 골라 동요시집《꽃초롱 별초롱》을 펴냈다. 월북 이후 1953년
〈아름다운 우리나라〉, 1954년〈시내물〉을 발표했다.

**출처 : 한국민족문화대백과사전

아버지와 라디오

조효준

오후 4시 50분. 5시가 약속된 시간인데 늦었다. 발걸음을 재촉해야겠다. 건물에 막 들어가니 57교통정보가 흘러나오고, 나는 PD님의 진두지휘 아래 부스 안에 앉았다.

갑자기 내 손이 부르르, 얼굴은 빨갛게 달아오른다. 시계는 약속 시간을 향해만 가고 있고, 4시 59분 57초, 58초, 59초….

'띠~!'

이에 정말로, 매우, 아주 작은 목소리로 속삭였다.

"…아버지, 보고 싶습니다."

"내 이야기를 시작하기 전에 여러분께 질문 하나 드리겠습니다. 혹시 여러분은 이 노래를 아십니까? '우리 아기 불고, 노는 하모니카는~ 옥수수를 가지고서 만들었어요~' 가끔 신이 날 때 저도 가끔 흥얼거리는 노래이기도 합니다만, 그럼 이 노래는 누가 작곡, 작사했는지 궁금하지 않으십니까?"

"작곡은 위대한 대한제국의 바이올리니스트, 홍난파 선생이 했습니다. 엄청나지 않습니까? 작사는 누가 했냐고요? 놀랍겠지만 나의 아버지가 작사하셨습니다."

"이 노래를 아는 사람들은 윤석중 작사로 알고 있을 텐데, 나의 아버지의 작품입니다. 이 유명한 노래가 왜 나의 아버지의 이름이 아닌 윤석중으로 올라있는지 궁금하신가요?"

"그럼 제 이야기를 따라와 보세요."

"여러분에게 여러 모로 꼭 소개해주고 싶어. 시보에 이어 본격적인 방송에 들어가는군요. 혹시 나와 같이 이야기를 들어보시겠어요?"

"5시를 알리는 소리, 라디오 다큐멘터리의 시작을 여러분과 함께 합니다."

디제이의 간단한 프로그램 소개 뒤, 본격적으로 부스에 앉아 있는 낯선 손님을 소개하기 시작했다.

"오늘은 어제 예고해 드렸던 대로, 대구의 향토 아동 문학가, 故 윤복진님의 따님인 윤순미 님을 초대하게 되었습니다. 반갑습니다."

디제이라 그런지 말은 참 잘하더라. 뭔가 겉만 번지르르한 게 아닌 씨알만 콕콕 골라낸다고나 할까.

"네, 안녕하십니까? 대구 시민 여러분, 저는 윤순미입니다. 라디오는 처음이라 많이 떨리는데요 저와 저희 아버지의 진솔한 이야기 잘 전해드리도록 노력하겠습니다."

깊은 우려와는 달리 첫 운을 잘 뗀 것 같다. 이제부터는 본격적으로 내 몫을 다 해야 할 때이군. 흠흠.

"애청자분들이 아동 문학가 윤복진 님을 잘 모를 것 같습니다. 간략히 소개해 주시죠."

"제 선친인 윤복진 씨는 일제강점기부터 대한민국 정부 수립 때까지 활동한 아동문학가입니다. 일제강점기에 소파 방정환 선생의 잡지 '어린이'에 '바닷가에서'가 추천되어 그때부터 본격적으로 작품 활동을 시작하셨습니다. 이참에 '바닷가에서'를 한번 들어볼까요?"

바닷가에 조그만 돌
어여뻐서 주워 보면
다른 돌이 또 좋아서
자꾸 새것 바꿉니다.

바닷가의 모래밭에
한이 없는 조그만 돌
어여뻐서 바꾸고도
주워들면 싫어져요.

바닷가의 모래밭엔
돌멩이도 많지요.
맨 처음 버린 돌을
다시 찾다 해가 져요.

"와아…. 정말 아름다운 시인데요? 마치 시인의 어린이를 사랑하는 마음이 느껴지는 것만 같은데요."

디제이는 감탄하며 말했다.

"시인은 주로 어린아이의 모습이나 행동을 자주 시의 모티프로 삼았는데요, 그는 오직 '동요는 어린이들을 위한 순수문학적 태도만을 견지해야한다'라는 원칙 하에 작품에 몰두했답니다. 앞서 말했듯이 이 작품을 통해 이름을 알리게 되었고 1929년에는 한국 최초의 동요곡집인 '조선동요백곡집'에 '하모니카', '고향 하늘', '바닷가에서' 등 여러 편이 홍난파 작곡으로 실렸습니다. 현재까지 완벽히 전해 내려오는 곡만 106곡 정도이고, 그중 절반이 박태준 작곡으로 만들어졌습니다. 윤복진과 박태준은 계성 학교 선후배 관계로 다양한 작업들을 함께 했습니다."

건너 유리창 밖으로 보이는 작가들도 경청하고 계셨거든. 뭔가 흐뭇했지. 아버지를 널리 알릴 수 있다는 사실이 믿기지도 않았어.

…지금 와서 말하는 것이지만 사실 나는 아버지를 본 적도, 아버지와 관련해 아는 것도 거의 없다.

얼마 전부터 길 건너 유리창밖에 있는 작가가 나를 계속 괴롭혀왔다. 우연히 대학 도서관에서 책을 읽다 내 아버지 관련된 동요집을 읽었다나 뭐라나. 아버지의 피붙이가 나밖에 없었기 때문에 나에게 꼭 라디오에 출연해서 '시인 윤복진'에 대해 이야기 해달라고 했다. 어릴 때부터 나는 입조심을 해야 했다. 아버지가 북쪽으로 가셨기 때문에, 애꿎은 일로 빨갱이 같은 걸로 몰릴 수도 있다고. 내가 실수 몇 번을 하는 바람에 이사도 엄청 다녔다.

이런 저런 이유로 내 기억 속에서 아버지는 비애의 상징으로 남게 되었다. 내 꽁무니를 끝까지 쫓아다니던 '빨갱이'라는 수식어는 없애서 찢어 발겨버리고 싶었다. 결국 작가의 끝없는 요청에 수락하기는 했다만 아버지는 정부수립 후 북쪽으로 가셨기 때문에 정보도 없었을 뿐만 아니라 라디오에서 함부로 말했다가는 큰 일이 날 수도 있기 때문에 앞길이 막막했다. 다짜고짜 온 도서관을 돌아다니며 자료를 모았고 몇 주안에 꽤 자세한 자료들을 수집했다.

이번 일을 통해 오랜만의 바쁨을 즐기기도 했고…

잠깐의 회상 후, 다시 본연의 임무에 돌입해야 할 때이다.

"지금 휴대전화 문자로 많은 분들의 질문들이 도착하고 있는데요, 그중 하나를 읽어드리도록 하겠습니다. 1234님이 보내주신 질문입니다. '

맨 처음에 읽어 주신 시가 정말 아름답습니다! 혹시 지금 윤복진 님의 작품들과 발자취를 보려면 어떻게 하는 것이 좋을까요?'라고 보내주셨네요."

"현재 윤복진의 모습은 찾아보기 힘듭니다. 월북했기 때문에 남아있는 자료도 몇 없을 뿐만 아니라, 대구 중구에 남아있던 집도 지금은 식당으로 사용되고 있습니다. 91년에 별세하신 후에서야 남쪽 세상에서 빛을 발하신 거죠. 충분히 그때에도 주목받을만한 좋은 작품들이 많았는데, 이런 부분에서 많이 아쉽습니다. 이 정도면 좋은 답변이 되었을지 모르겠네요."

어휴…긴장돼서 말이 코로 나오는지 입으로 나오는지 모르겠지만 유리창으로 보이는 작가들이 별 일 없는 것으로 보아 잘 말한 듯하다.

어릴 때부터 말조심하라는 말을 귀에 가시가 돋도록 듣다 보니 자꾸 내뱉은 말을 곱씹는 버릇이 생겨버렸다. 그 후로 한참의 질문들에 나름 성실히 대답한 뒤, 잠시 휴식 시간이 주어졌다. 어린 여자 작가가 나에게 다가왔다.

"수고하셨습니다! 5분 뒤에 다시 갈게요. 생각했던 것보다 말을 잘하셔서 깜짝 놀랐지 뭐예요. 이렇게만 쭉 하시면 돼요!"

어린 작가에게 격려를 받다니, 하하. 역시 오랜만의 칭찬이라 기분이 좋다. 학창시절 이후 처음 칭찬인가? 또 다시 시간은 흐르고 흘러서 이제 막바지에 다다랐다. 개인적으로도 흥미로운 경험이었지만 아버지와 함께 했다는 사실에 더욱 뜻 깊었다.

"윤순미 씨, 청취자분들께 마지막 인사 해주시죠."

"청취자 여러분들과 좋은 시간 가질 수 있어서 너무나 좋았습니다 그리고 몇 가지 알려드리려 합니다. 대구, 아니 대한민국에는 저의 아버지처럼 잊혀지거나 빛을 보지 못한 많은 작가들이 있습니다. 이유는 여러

가지이겠지만 독자에게 삶의 의미와 아름다운 글로 독자의 마음을 해소
시키는 데에는 모두 같습니다. 동요와 시를 좋아하면서도 꼭 우리 고장
의 작품들을 만나보세요. 이상입니다. 감사합니다."

　　다시 6시 시보가 울린다.

　　"뚜, 뚜, 뚜, 띠－"

일기

조효준

아름다운 기타 소리와 사람들의 발길이 끊이지 않는 곳인가 보다. 귀여운 아이들과 어버이들이 손을 마주 잡고 점방 사이를 거닌다. 꼭 시를 써보고 싶은 모습이다.

강산이 아홉 번이나 변했는데 내 고향 사일동은 대구 문화의 중심지로 자리 잡은 듯 보인다. 그 누가 사일동이 이만큼 변할 거라 생각했을까? 때마침 지나가던 길에 야채를 넣은 빈대떡을 먹는 사람들이 보인다.

배꼽시계도 울리는 참에 맛보련다. 옛날 아버지가 하시던 대로 식탁 의자에 앉아서는 "여기 빈대떡 하나랑 수정과 하나 주쇼~!"

너무 크게 말했나?

북적이는 빈대떡집에 다들 나를 쳐다보고 있다. 아무튼 음식만 잘 먹고 가면 되지. 옆자리에 앉은 소녀들은 깔깔 웃으며 빈대떡을 뜯고 있다. 냄새가 이쪽으로 풍긴다. 맛있겠다. 흐흐. 근데 벌써 빈대떡집에 앉은 지가 반 점이나 되었는데 곱상하게 생긴 주인년은 내 뒤에 온 사람들 받기에 바쁘다.

"어허이, 지금 내가 앉은 지 반 점이나 지났네. 왜 음식을 가져다 오지 않는고?"하자 그 주인이, "그럼 이 줄 서시고 자기 차례가 왔을 때 주문을 해 주세요~"

'엇, 내가 실수했구나.'

역시 2015년, 뭔가 사는 것도 고급지게 보여. 주인년의 머리카락도 노리끼리한 것이, 옛날에 다녀온 미합중국 여자들과 비슷하이. 지금 여객기는 어떨꼬? 대한제국 땐 세 번을 경유해서 나성에 갔었는데, 지금은 단번에 가는 게 있을까? 갑자기 궁금해지네. 에이, 몇 십 년이 지났는데 그런 것 하나 없겠어?

아무튼 큰 어려움 없이 주문하는 데에 성공했다. 다만 수정과를 검은색 탄산음료로 바꿔 주문했다. "탄산이 무언고?" 물어보니 그 주인이 입에서 톡 쏘는 인기 있는 음료란다. 그러곤 모두 주문하고 돌아가니, 내 뒤통수 뒤에서 그 주인 옆의 뚱뚱한 또 다른 주인에게 저 사람 뭐야? 하는 말이 오가는 걸 내가 정확하게 알아들었다.

'쯧쯧, 요망한 것들. 손님을 이런 식으로 대접하다니, 꼭 한 달 안에는 가게에서 먼지가 날리겠어.'

곧이어 노랑머리 주인이 빈대떡과 검은 음료수를 내 앞에 가져다 놓았다. 그런데 빈대떡이 요상한 것이, 허연 빈대떡이 고무줄처럼 쭉쭉 늘어나질 않나 빈대 가장자리에는 딱딱한 뻥튀기들이 둘러싸고 있지를 않은가? 이런 불량품 같은 빈대떡을 주다니, 괘씸한! 그래도 현대 문물이 익숙지 않은 나에게 갖은 설명과 친절함을 베풀지 않았나. 그런데 요것이 달콤, 고소, 매콤한 것이 이게 감히 천상의 맛이 아닐 수가 없으랴! 몇 십 년 사이에 빈대떡 맛이 이렇게 변해버렸다니, 현대문물의 발전에 대단함을 느낌과 함께, 한편으로는 옛 빈대떡의 밋밋한 맛을 느끼지 못한다는 생각에 슬프기도 하다.

삽시간에 빈대떡을 전부 해치우고 말았다.

노랑머리 주인과 뚱뚱한 주인이 다시금 수군거리기 시작했다. 5분 만에 한 판을 해치워버려서 그런가…. 나는 이상한 '구시대' 사람으로 낙인찍혔다. 화장지로 급히 내 입을 닦고는 서둘러 빈대떡 집을 나섰다. 간판을 자세히 보니 피.아이.제트.제트.에이. 영문과 나와서인지는 모르겠지만 아직 영어 실력은 녹슬지 않은 듯하다. 하하. 그런데 일본 동경에서 저런 글자를 본 적이 있는 것 같은데……. '치이즈'라고 불리던 우유 지방으로 만든 그것과 매우 비슷한 것이 위에 덮여 있었다. 그나저나 잠시 딴생각에 빠진 사이 먹구름이 끼기 시작한다.

"쿠릉…. 쿠르릉…."

우레와 같은 소리와 함께 빗방울이 하나…둘…하나…둘… 떨어진다. 점점 빗소리가 경박하고 시끄러운 소리로 변하더니 무거운 빗줄기가 내린다. 근처 구멍가게에서 우산을 하나 슥 사서는 발걸음을 재촉한다, 이번 행선지는 집이다. 내 집. 백 년 전 집이 말짱한가 궁금하기도 하고. 엇, 이 길은 전찻길이 있던 곳이고, 여긴 김 아재네 가게, 이번 사거리에서 왼쪽으로 돌면……. 내 집이 나오지. 백년이 지났건만 과거의 길목이 눈에 선하고, 길의 형태도 크게 달라지지 않았다.

옆 건널목을 보니 건너편에 있는 붉은색과 청록색 남자 그림이 그려져 있는데, 평소엔 붉은색 남자였다가 청록색 남자로 변해서 껌뻑이면, 주변 자동차들이 모두 멈추고 행인들이 건너간다. 호오, 참 신박한 발상일세. 돌아가면 꼭 박 가네 친구한테 전해줘야겠다. 마침 내가 향하는 방향 쪽 남자가 청록 빛으로 바뀌어 껌뻑인다. 건너려는 찰나, 어리고 여려 보이는 누군가가 빗속에 훌쩍이며 엄마, 엄마 하고 애타게 찾는다.

그 모습이 마치 내 딸아이 모습 같아 찡하다.

여담이지만 난 내 딸의 모습을 본 적이 없다. 집사람이 임신하자 때마침 정부 수립이 이루어 졌고, 나는 옛 동료들에게 극좌파로 점점 몰려가서는 여러 가지 탄압을 견딜 수 없어 월북하고 말았다. 내 선택이었지만, 후회가 이만저만이 아니다. 사랑하는 집사람도 못보고, 딸아이 얼굴도 보지 못하였으니…. 남편, 아버지 된 도리로서 미안하고 슬프기 그지없다.

그 아이를 두고 그냥 지나칠 수 없어 조심스럽게 말을 건넸다. 여전히 아이는 비를 흠뻑 맞으며 비인지 눈물인지 모를 것이 계속 흐르고 있었다.

"애야, 비 오는데 왜 여기 있는거야? 부모님은 어디가시고?"

"으애애앵~스읍, 스읍 으허~"

어휴, 눈물 콧물은 얼마나 흐르는지 멈출 줄을 모른다. 일단 가까운 비 피할 수 있는 곳으로 데려다 줘야겠다.

간신히 설득에 성공하여 편의점이란 곳을 들어갔다. 옛 관영 상점이나 다를 것이 없어보였기 때문에…. 아이들이 좋아할 것 같은 초코렛 하나 쥐어 주었더니 그새 울음을 그치고 초코렛을 오물거리고 있다.

진정된 기색이 보이자 나는 곧바로 어버이를 찾아주려 노력했다.

"애야, 부모님은 어디 가신 거냐? 비도 오는데 왜 홀로 서 있었는고?"

"엄마가 없떠져버려써요. 회던문 앞에 있었는데…."

자세히 알 수는 없었지만 회전문 앞이라면 큰 상점이나 백화점 같은 곳에서 길을 잃은 듯하다.

아까 빈대떡집에서 오는 길에 큰 백화점들 몇 개를 봐 놓았으니…. 어머니의 행방을 정확히 알 수는 없었지만 아이의 이름과 좋아하는 걸 찾았다.

이름은 '박세연'이었고 뽀루루? 뽀로로? 하는 펭귄 인형을 좋아한단
다. 또박또박 뽀로로가 뭔지 설명하는 모습이 얼마나 예쁘던지….

"아자씨, 뽀루루가 아니라 뽀.로.로.라구요! 남극에 사는 펭귄이요.
펭귄!"

모르는 아이를 너무 정성껏 대해주면 빈대떡집에 이어 또 '이상한 사
람'이 될 것 같아, 딱히 관심을 보이거나 하지는 않았다. 세연이 앞에서
는 시종일관 무뚝뚝한 표정으로 우두커니 서 있었다.

원래 이런 사람이 아닌데 연기하느라고 진땀을 뺐다. 점점 하늘은 개
어 가고 비는 언제 왔냐는 듯이 그쳐버렸다.

내 딸과 닮은 세연이의 초콜릿 먹는 모습을 더 보고 싶었지만 하는 수
없이 세연이의 부모님 찾기에 나섰다. 한참을 붉은색 남자와 청록색 남
자가 함께 있는 사거리에 서 있어 보았지만 비가 온 뒤라 그런지 개미
새끼 하나 지나가지 않았다. 그 많던 사람들이 밀물 썰물 빠지듯 쏙 빠
진 것이다.

정부 수립 이후 나는 좌익으로 몰려 주위 사람들에게 곤란을 겪었다.
작품 활동을 같이하는 친구들뿐만 아니라 동창들에게까지도 멀어졌다.
주위의 시선은 내 뒤통수를 조준하고 있었다.

이대로라면 가족들의 안위와 내 목숨까지도 위험할 수 있던 상황이었
기에 결국에는 월북을 결심했다. 월북한 뒤에는 조선작가동맹 중앙위원
회 현역작가를 맡았지만 나의 작품세계는 식어버렸다.

작품 활동을 같이하던 친구들, 동창들, 매일 가던 주막, 나만의 공간이
었던 사일동 작업실…. 늘 나와 함께할 줄로만 알았던 사람들과 공간이
이제 내 손에 닿지 않는다.

나의 동심과 작품들도 머릿속에서 빠져 나간다. 밀물 썰물 빠지듯….

"아자씨, 무슨 생각해요오? 우리 엄마 찾아주면 안 돼요?"

짧은 시간동안 많은 생각이 뇌리를 스쳐 지나갔다. 한동안 멍해졌다. 자꾸 세연이가 내 바짓가랑이를 잡아당긴다. 정신 차리고 백화점 방향으로 향했다.

박태준

일제의 찬서리를 녹이는 희망의 노래를 창조하다

【 박태준 】 朴泰俊, 1900년 ~ 1986년

대구 출생. 기독교계 계성학교를 거쳐 평양숭실전문학교를 졸업하였다. 숭실전문학교 재학시 서양 선교
사들에게서 성악과 작곡의 기초를 배워 〈가을밤〉, 〈골목길〉 등을 작곡하였는데, 이 곡들은 동요의 초창
기 작품으로 평가된다.

졸업 후 마산 창신학교에서 교직생활을 하며 우리나라 선구적 시인 이은상(李殷相)과 함께 〈미풍(微風)〉,
〈님과 함께〉, 〈소나기〉, 〈동무생각〉, 〈순례자〉 등의 예술가곡 형태의 노래를 작곡하였다. 작곡 형식은
1920년대 초반에는 진취적이고 시의 선택도 유절가곡에서 자유스러운 형태를 채택하여 우리나라 예술가
곡류의 효시 형태를 취하고 있다.

1924년에서 1931년까지 모교인 대구 계성중학교에 재직하면서 〈오빠생각〉, 〈오뚝이〉, 〈하얀밤〉, 〈맴맴〉
등의 우리나라 동요의 대표적인 작품들을 작곡하였으나, 이 가운데 윤복진의 작사에 곡을 붙인 50여 곡의
작품들은 윤복진의 월북관계로 1945년 이후 가사가 바뀌거나 또는 금지되기도 하였다.

1932년 이후는 그의 음악세계의 제2기로서, 미국의 더스커럼(Tusculum)대학과 웨스트민스터(Westmin-
ster)대학에서 합창 지휘를 배워 최초로 합창지휘로 석사학위를 취득하였다.

귀국한 뒤 1936년 숭실전문학교 교수로 취임하였으며, 민족 항일기 말에는 민족운동으로 옥고를 치르기
도 하였다. 1945년 전문 합창단인 한국 오라토리오합창단을 창단하여 1973년까지 지휘자로 활동하며 합
창음악 발전에 기여하였다.

1958년 연세대학교에 종교음악과를 개설하여 기독교 음악교육의 초석을 쌓고, 연세대학교 음악대학 학장
및 명예교수를 역임하였다. 1945년 이후 1973년까지 남대문교회 성가대를 지휘하고, 또한 1968년 이후 한
국음악협회 회장을 역임하면서 서울음악제를 창설하기도 하였다.

박태준 작품은 동요 등 150여 곡으로, 정돈되고 아름다우면서 격정이 내재되어 있다. 문화훈장 · 서울시문
화상 · 예술원상을 수상하였다.

**출처 : 한국민족문화대백과사전

자두소녀

권현준

"선생님 지금 빨리 교무실로 오셔야겠는데요."

수업 중 부르는 다른 선생님의 다급한 목소리에 왠지 모를 불안감이 엄습해 왔다. 그렇게 불안감을 안은 채로 전화를 받았다. 전화기 안에서 떨리는 목소리가 들려왔다.

"오빠… 큰오빠가 죽었어…."

그 소리를 들은 나는 그냥 가만히 있었다. 아무 말도 아무 행동도 하지 않은 채 수화기를 들고 가만히 있었다.

시간이 조금 흐른 뒤 다른 선생님들이 무슨 일이냐고 물어보는 질문에 대꾸도 하지 않고 뛰어나가 바로 기차역에서 대구로 가는 기차표를 샀다. 기차를 타고 난 뒤에 나는 생각에 빠졌다. 대체 형이 왜 죽었는지, 도쿄에서 무슨 일이 있었는지, 수만 가지 생각에 허우적거릴 즈음에 내 몸은 대구에 도착해 있었다.

심란한 마음으로 집에 도착하자 여러 조문객들과 부모님 그리고 동생들이 나를 보았다.

"오빠…."

"형…."

내 동생들은 날 보며 울먹거리기 시작했고 부모님은 묵묵히 조문객들을 맞이하고 있었다.

밤이 되어 어머니께 형에 대해 물어보니 형이 도쿄에서 폐결핵이 걸렸다고 이야기를 해주셨다. 방에 돌아온 나는 너무 갑작스러운 형의 죽음에 당황스러워 아무 생각이 나지 않았다.

나와 함께 음악에 대한 즐거움을 같이 공유하던 소중한 한 사람이 사라졌다는 사실에 눈물이 흘러내렸다.

나로선 멈추지 못하는 눈물을 하염없이 흘리며 하룻밤을 보냈다. 아침에 눈을 떠 보니 깨질 듯한 두통에 나는 약을 찾으려고 서랍을 뒤졌다. 구석에 예쁜 손수건 위에 말라버린 자두 꼭지를 발견했다. 이 자두 꼭지를 보며 내 마음속 간직해온 추억이 머릿속으로 흘러 들어왔다.

"노래~"

합창연습을 하던 나는 점점 여러 가지 음표들과 다섯 개의 줄 사이를 넘나들며 노는 것에 빠져들었다. 그렇게 심취하던 중에 끝에서 살며시 열리는 문소리에 나는 힐끔 쳐다봤다. 그 문소리를 낸 주인공이 희미한 꽃향기를 내면서 그녀는 단원들에게 자두를 나눠주고 있었다.

그녀가 나누어 주며 미소 짓는 모습을 보니 나는 크레셴도처럼 심장 박동이 빨라져만 갔고 얼굴은 화끈거릴 정도로 시뻘게졌다. 그녀와 나의 거리가 가까워져 감을 깨달을 쯤에 나는 더 이상 견디지 못하고 오르간 뒤로 숨으며 거친 호흡을 들이쉬고 내쉬었다. 다시 문소리가 들리고 그녀가 간 것을 확인한 후에야 나는 오르간에서 벗어날 수 있었다. 여전히 내 가슴은 쳐대고 있었고 몸은 한 여름 햇빛을 받고 있는 것처럼 뜨거웠다.

진정하고 다시 노래에 집중하려던 순간 오르골 위에 예쁜 손수건과 자두가 올려져 있었다. 그녀가 내 존재를 인식했다는 걸 알아채고 난 뒤 다시 가슴이 방금보다 더 쳐대기 시작했다.

"야! 너 얼굴이 너무 빨개. 감기 걸린 거 아니야?"

"으, 응?"

나는 얼빠진 표정으로 앞을 쳐다보았다.

"안 되겠다. 너 상태를 보니 오늘은 집에 가서 쉬어야겠어."

다른 단원들은 내가 아픈 줄 알고 합창연습을 멈추게 하고 집으로 돌려보냈다. 집에 도착해 방으로 들어가 손수건 위에 자두를 올려놓고 계속 바라보기만 했다. 그 뒤로 나는 그녀를 교회에서나 길거리에서 종종 마주치기는 했지만 그때마다 가슴만 쳐대고 얼굴만 빨개졌지 도저히 그녀 앞에서 입을 열 수가 없었다. 그리고 시간이 더 지나자 그녀가 도쿄로 유학을 갔다는 소식을 듣고 난 뒤 그녀와의 인연은 끝났다고 생각했다.

'그녀에게 이름이라도 물어볼 걸 그랬나….'

그녀의 이름조차 물어보지 못했던 사실에 내가 한심스러웠다.

"형! 옷 차려입고 빨리 교회로 와."

갑자기 들려오는 소리에 나는 정신을 차렸다.

우리 집은 제일교회 세례교인인 아버지의 영향으로 모든 가족이 다 기독교 신자였기 때문에 나는 자연스럽게 교회에 가게 되었고 처음으로 거기서 오르간을 보게 되었다. 그것이 내가 음악을 처음 접하게 된 계기이다. 나에게 음악과 설렘을 알게 된 곳에서 형의 장례식 때문에 가야된다는 사실에 울적했다.

감정을 추스르고 교회로 갈 준비를 했다. 예전과 변한 게 없는 교회에 다다르자 나는 현재의 감정과 과거의 감정이 뒤엉키면서 알 수 없는 감정으로 교회 안에 들어갔다. 교회에는 사람들이 꽉 차있었다. 주위를 둘

러보니 마산 창신학교의 동료교사이자 내 친구인 이은상이 학교에서 소
식을 들었는지 교회에 와 있었다.

"태준, 자네 어디 있다 온 건가? 계속 찾고 있었다네."

뒤섞인 감정에서 이은상에 대한 고마움이 더해진 나는 아무 말 없이
가만히 있었다.

내 기분을 눈치 챘는지 이은상은 가족석 맨 앞자리에 나를 앉히고 자
기는 뒤에 가서 앉았다. 앞에 목사님이 나오시더니 먼저 기도를 하셨다.
나는 고개를 숙이며 하나님께 기도하였다.

"하나님! 이 감정을 어떻게 해야 하나요? 실타래처럼 엉켜버렸습니다.
저로선 저에게 떠나가 버린 두 사람의 실들을 없애버리지도 풀어버리지
도 못 할 것 같습니다."

기도에 열중하고 있는 도중에 잊지 못할 희미한 꽃향기가 내 코를 스치
고 지나갔다. 나는 갑자기 꽃향기에 눈을 떠 주위를 둘러보기 시작했다.

'설마 그녀인가?'

나는 희미하게 퍼져있는 꽃향기를 맡으면서 사람들이 기도하고 있는
중에 주위를 둘러보며 그녀가 있는지 찾아보았다. 하지만 교회 안 그 어
디에서도 그녀를 찾지 못했다.

'역시… 내가 너무 예민해진 거 같아.'

내심 기대했던 마음을 추스르며 자기 위안을 했다.

내가 그녀를 찾는데 열중하는 동안에 벌써 설교는 끝나고 언덕 위로
관을 묻으러 간다고 했다. 언덕 위에 올라가니 벌써 관을 넣을 구덩이가
파져있었다. 그 안에 형의 관을 넣고 그 위로 모래를 쌓았다.

'이제 형을 볼 수 없구나.'

이런 생각이 나서 눈물이 났다. 하지만 다른 사람들도 많았기 때문에
나는 눈물을 참기 위해 필사적으로 노력했다. 그렇게 형의 장례식이 끝

나고 하나 둘씩 언덕 아래로 내려갔다.

"태준아 안 내려갈 거니?"

"조금만 더 있다가 내려갈게요. 먼저 내려가 계세요."

마지막으로 부모님까지 내려가고 나는 형이 묻힌 무덤을 보며 형에게 고민을 털어놓기 시작했다.

'형 덕분인지, 때문인지는 몰라도 대구에 와서 그녀가 생각났어…. 그때 이후로 마음속에 담아두고 있었는데 지금 꺼내어 보니 다시 담을 수 없게 됐어. 형, 이런 말하긴 그렇지만 그녀가 보고 싶어.'

나는 형 무덤을 보면서 죄책감이 느껴졌다.

형의 죽음이 내 마음을 아프게는 하지만 내 마음 깊숙히에는 그녀만을 위한 자리 밖에 없었다. 점점 꼬여지는 머리와 뜨거워지는 마음을 해결하기 위해 무덤 옆에 놓여져 있는 술병을 집어 들었다.

한 병을 마시니 그녀밖에 생각나지 않았다.

두 병째는 머리가 아파지기 시작했고, 세 병째를 입에 털어 넣으니 정신이 몽롱해지기 시작했다. 빈 병을 가지고 비틀거리며 언덕을 내려가서 내 몸 같지 않은 내 몸을 제어시키기 위해 교회 안으로 들어갔다. 교회 안으로 들어가니 햇빛이 사그라져서 달빛이 차고 있었다. 교회 창으로 비치는 밝은 달빛을 바라보고 있었다.

'덜컥'

갑자기 앞에서 들려오는 문소리에 내 시선은 앞으로 향했다.

그다음 내 시선이 멈춘 곳은 어떤 여자였다.

그녀는 너무 하얀 피부가 달빛을 받아 그녀는 더욱 환하게 보였다. 그녀가 내 앞으로 터벅터벅 걸어오더니 내 앞자리에 앉았다.

그녀가 가까워질수록 백합 향이 점점 짙어져만 갔고 그녀는 뒤로 돌아보며 손을 내밀었다. 나는 뭘 하려는지 몰라 가만히 있었고 멍하니 그녀를 바라보니 그녀는 웃으며 내 손을 잡아서 위로 올렸다. 그리고는 자두 하나를 내손에 쥐어주고 미소를 지었다.

그녀는 그저 나를 바라보기만 하였다. 그녀의 백합 향과 자두는 나의 마비된 감각과 멈춰져 있는 머리회전을 다시 되돌려주는 그런 역할을 했다.

'설마 그녀는 아니겠지….'

그리고는 고개를 절레절레 흔들었다.

아무리 내 마음속에서 그녀를 애타게 불러냈지만 이렇게 갑자기 나타나는 건 당황스러웠다. 또 나는 그녀의 이름조차 몰랐기 때문에 이 사람이 내 마음속에 있는 그녀라고 단정짓기에도 다소 무리가 있었다.

나는 혹시 몰라 힘을 내서 물어보기로 했다. 그 때를 다시 반복하긴 싫어서.

"저… 당신은 여기 살았던 분이신가요?"

질문에 대한 대답도 없이 여전히 미소를 지으며 나를 바라보았다.

계속 맡았던 그녀한테서 나오는 백합 향은 다시 정신을 몽롱하게 만들었다. 그녀와 같이 있으면 있을수록 강해지는 백합 향에 나는 정신을 잃고 말았다.

누군가 나를 흔들어 깨웠다. 창을 보니 벌써 햇빛은 교회를 채우고 있었다. 나를 깨운 사람을 보니 이은상이었다.

"태준, 여기서 잔거야? 아무리 봄이 오고 있다고 해도 아직 밤공기는 쌀쌀해."

"아… 그런가 여기서 잠든 건가…."

나는 어제 있었던 일이 진짜 나에게 일어난 일인지 아님 그냥 꿈속에서의 내 마음을 달래주기 위한 하나의 영상이었는지 헷갈리기 시작했다. 그렇게 어제와 마찬가지로 머릿속과 마음속의 혼란은 계속 지속된 채로 교회에서 하루를 시작했다. 나와 이은상은 교회를 나와 집으로 갔다. 아버지와 어머니는 어디에 있었냐며, 어디서 잤냐며, 걱정을 하셨다.

나는 걱정할 일이 일어나지 않았다며 부모님을 안심시켜 놓고 밥을 달라고 했다.

어머니가 차려주신 밥을 이은상과 같이 먹으며 역시 엄마의 밥이 세상에서 가장 맛있다며 다시 한번 생각하게 되었다.

"어머니 밥이 너무 맛있네요. 역시 집밥이 최고인 거 같아요."

엄마는 웃으시며 많이 먹으라고 은상이 밥그릇에 밥을 더 퍼주셨다. 우리는 밥을 다 먹고 마당에 나와 학교에 관한 이야기를 나누었다.

이은상은 담배를 물고 라이터를 꺼내며 나에게도 필거냐며 물어 보았다. 나는 괜찮다고 말했다. 그리고 나서 이은상이 말하기를

"학교에서 연락이 왔는데 내일쯤에 돌아가야 할 것 같아. 이제 곧 시험도 있고 자네 학생들 실기평가도 봐야 되지 않아?"

"그렇긴 하지. 내일 간다고 연락 해야겠다."

"내일 나랑 같이 기차타고 올라가자. 내가 오늘 가서 기차표 예약하고 올게."

나는 고개를 끄덕였다. 이은상은 담배를 밟아서 끄고 나의 부모님께 인사를 하고 대문을 나섰다. 나는 담배꽁초를 쓰레기통에 버리고 집에 들어왔다. 집에 들어오니 온 가족이 앨범을 보고 있었다.

'아직은 형을 잊을 수 없겠지'라는 생각이 들었다.

나는 더 이상 슬퍼지기 싫어 앨범을 안 보려고 노력했다.

사실은 어제 본 그 기억이 자꾸 떠올라서 더 머리가 복잡해지기 싫은 마음에서 그랬다. 내 방에 들어가려고 걸음을 옮기며 앨범을 슬쩍 보니 한 사진이 내 발을 잡았다.

나는 그 사진을 더욱 가까이 보기위해 가족들 사이에 꼈다. 자세히 보

니 교회를 배경으로 찍은 교회 사람들 사진이었다.

사람들 사이에서 찍힌 여자가 내가 좋아했던 자두 소녀라는 걸 단번에 깨달았다. 그녀는 그 사진 속에서도 하얗고 예뻤다.

"엄마 이 사진은 언제 찍은 사진이에요?"

엄마는 형 사진을 보다 말고 내 질문에 대답하기 위해 생각하셨다.

"좀 된 거 같은데. 아마 작년 여름이었을 거야."

엄마는 대답을 하시고는 다시 형의 사진을 들여다보았다.

작년에 그녀가 왔다고는 생각을 못했다. 그때 나는 학교에서 아이들이랑 여름 음악회를 하느라 바빠 고향에 오지 못했었다. 나는 다시 어머니께 물어봤다.

"이 사람 어디 갔는지 아세요?"

"아마 도쿄로 다시 떠났다는 이야기를 들었는데…."

"아… 그래요? 다시 갔군요."

엄마는 문득 생각났다는 듯이 이야기를 했다.

"아… 그래 어제 들은 이야긴데 얘도 몇 달전에 폐병으로 세상을 떠났다고 하더라…."

나는 그 말을 듣고 가슴이 철렁 내려앉았다.

나는 멍한 상태로 방에 들어와 어제의 일을 정리하기 시작했다.

'역시 그녀는 아니네….'

나는 한숨을 쉬었다.

내심 그녀였기를 바라는 내 기대가 사라졌기 때문일 것이다. 그렇게 그녀와 다시 만날 수 없다는 걸 깨달았지만 그녀가 예전에 준 자두 꼭지를 계속 매만지고 있었다. 매만질 때마다 가슴이 먹먹해졌다.

이때까지 그녀와 이야기를 나누지도, 만나지도 않았지만 그녀가 이 세상에 없어졌다는 이유로 나는 가슴이 너무 아팠다. 형의 죽음만큼 오히려 보다 더 마음이 아팠다. 이렇게 누구를 좋아한다는 감정이 불가항력 이라는 생각이 들면서 사진 속 그녀의 모습이 자꾸 생각났다.

'그녀를 다시 봤으면 좋겠는데…. 하늘은 무심하게도 제일 예쁜 꽃을 꺾어 가 버렸네….'

그녀를 자꾸 생각하며 내 마음을 후벼파고 있을 때 이은상이 방에 들 어왔다. 나는 자두 꼭지를 손수건으로 포개서 주머니에 넣고 마음을 달 래고 난 뒤 이은상이랑 이야기했다.

이은상은 조금 당황한 듯 나에게 이야기를 했다.

"이거 표를 보니 오늘 마산으로 갈 기차는 없고 아마 내일 새벽에 가 야될 거 같아."

그 말을 듣고 나는 알겠다고 했다.

이은상은 자기 짐을 꾸린다고 자기가 묵고 있는 여관에 가려고 일어났 다. 그리고 방문을 나서려는 순간 나에게 말했다.

"내일 새벽에 일어나려면 일찍 자는 게 좋지 않아?"

나는 그 말에 동의하고 가족에게 일찍 자고 내일 새벽에 학교로 돌아 가야 된다고 이야기를 했다. 부모님은 내색은 안 했지만 내심 안 가기를 바라셨던 거 같다.

아마 형의 빈자리를 채워주길 바랬던 걸 꺼다. 나는 방에 들어가 이부 자리를 펴고 잠을 잤다.

백합 향기, 주위에 둘러싸인 흰 백합들, 그리고 내 반대편에 그녀, 그 녀는 어제 본 교회의 여자와 똑같은 웃음을 지었다. 나는 그녀를 향해 가려 했지만 그녀와 나와의 거리는 좁혀지지 않았다. 계속 걷다가 나는 잠이 깨버렸다.

'하… 그녀의 생각이 떨쳐지지 않네….'

나는 곰곰이 꿈에 대해 생각해 보았다. 되돌려보니 그녀의 미소가 어젯밤 교회에서 만난 그녀의 웃음과 너무 비슷했기 때문에 나는 더욱 심란해졌다. 그리고 더욱 교회에서 본 그녀의 정체가 궁금해지기 시작했다. 나는 그래서 교회에 가기로 마음을 먹었고 옷을 갈아입고 교회로 나섰다. 교회에 들어가자 창에는 달빛이 비추고 있었고 창 앞에 그녀는 달을 바라보고 있었다. 나는 점점 그녀를 향해 다가갔다. 하지만 그녀는 나를 자각하지 못하고 계속 창문만 바라보고 있었다.

그녀를 향해 한 발짝, 한 발짝 내딛는데 가까워지면 가까워질수록 사진 속 그녀와, 어젯밤 꿈에서 만난 그녀와 너무 비슷하게 생긴 거 같았다. 어제는 술을 마셔 제대로 인지하지 못했지만 오늘은 교회의 그녀가 자두소녀라는 걸 알게 됐을 때, 나는 혼란에 빠지기 시작했다.

그녀가 죽었다는 엄마의 말, 하지만 그녀의 모습과 너무 비슷하게 생긴 교회 여자의 존재에 혼란에 빠졌다. 한참동안 생각해보니 어젯밤은 꿈이 아니라 현실이었다는 걸 깨달았다. 하지만 저 여자의 정체는 알지 못했다. 숨을 한번 내쉬고 나는 소리쳤다.

"당신은 대체 누구죠? 혹시 제가 생각하는 그분 맞나요?"

그녀는 달에서 시선을 거두고 나를 보며 다가왔다. 그리고 내 앞에 서서 어제처럼 다시 내 손을 잡았다. 그리고 내 손 위에 손수건과 자두를 올려놓고 다시 내 얼굴을 바라보며 고개를 끄덕였다.

나는 그녀의 존재에 대해 혼란이 왔다. 그리고 이때까지 마음속에 담아둔 그녀가 갑자기 몇 년 뒤에 나타나니 어떻게 해야 할지 감이 안 왔다. 나는 그녀와 이야기를 해봐야겠다는 생각에 그녀를 자리에 앉히고 그 옆자리에 앉았다. 그리고 그녀에게 궁금한 것들을 물어봤다. 나는 당신이 살아있는 건지, 죽어있는 건지에 대해, 그리고 왜 밤에만 교회에 나타나는 건지에 대해 물어봤다. 그녀는 하나하나 내 질문에 대답을 해주었다.

"저는 작년 도쿄에서 폐결핵이 걸렸다는 걸 의사한테 진단을 받았어요. 그래서 투병을 하는 도중 잠이 들었죠. 그리고 하얀 방에 들어갔어요. 그때 저는 제가 죽은 거라고 생각했어요. 그렇게 혼자 있다가 갑자기 당신이 생각났어요. 신기하죠? 우린 서로 이야기 한 적도 없는데. 하지만 전 알고 있었어요. 그때 제가 자두를 주고 나서 당신이 나를 계속 봐왔다는걸요. 하지만 당신은 그냥 저를 지켜보기만 할 뿐이었죠. 그저 지켜보기만 하는 당신을 저도 항상 지켜보았어요. 하지만 제가 당신에게 먼저 말을 걸기에도 제겐 용기가 없었죠…."

그녀는 이야기를 할 때마다 은은한 백합 향기를 내고 있었다.

"그렇게 당신 생각을 하다가 갑자기 눈을 떠보니 교회에 와있었어요. 나와 보니 당신이 앉아 있었구요."

나는 그 말을 듣고 얼굴이 빨개졌다. 그녀가 자신을 지켜보는 내 존재를 알아차렸으리라는 생각을 못했기 때문이다. 이런 부끄러움도 잠시 나는 그녀에게 나의 지금 이 순간의 감정을 이야기했다.

"사실 전 그날부터 당신이 계속 생각났어요. 하지만 제가 당신에게 말할 용기는 없었어요.

그저 바라보고 지켜보기만 할 뿐…. 그렇게 시간이 지나자 점점 묻혀가는 듯 했지만 여기에 오고 나서 다시 당신이 생각나더라구요. 사실 당신을 만날 때부터 당신을 좋아했던 것 같아요."

그녀는 깍지 낀 내 손에 손을 얹으며 나를 보더니 미소를 지었다. 그리고 이야기했다.

"저도 그때부터 당신을 마음 속에 담았나 봐요."

우리는 그렇게 서로의 마음을 확인했다. 내 마음속에 꼬였던 실타래들이 풀리기 시작했다. 비록 어렸을 땐 용기가 없어서 서로의 사랑을 확인하지 못했지만 결국 우리는 서로를 생각했다는 것에 나는 기분이 좋았다. 나는 그녀에게 제일 궁금한 걸 이제야 물어봤다.

"근데 당신은 이름이 뭐죠? 항상 제가 이름을 못 물어봤다는 게 마음에 남았어요."

"제 이름은 나리예요."

"이름이 참 예쁘네요."

우리는 서로 침묵에 잠겼다. 침묵 중에서도 그녀에게서 향기는 계속 나고 있었다. 나는 다시 이야기를 꺼냈다.

"나리씨는 항상 밤에만 나올 수 있나요?"

"그런 거 같아요. 사실 저도 잘 모르겠어요. 혼란스러워요. 이 상황이…."

나는 갑자기 몇 시간 뒤에 마산으로 내려가야 된다는 걸 깨달았다. 나는 서로를 제대로 바라보게 되자마자 서로 헤어져야 된다는 상황에 침울했다. 내가 학교에 대해 말해주자 그녀는 괜찮다며 학교로 가라고 했고 또 주말에만 만나도 행복할 거 같다고 이야기를 해주었다.

나는 그녀를 만나 다시 용기를 낼 기회를 준 하늘이 감사하기도 했지만 너무 빨리 헤어진다는 것에 하늘이 원망스러워졌다. 하지만 주말에 만날 것을 기약하며 나는 그녀를 교회에 남겨두고 새벽 기차에 올라탔다. 나는 마산에 가는 기차에서도 이게 꿈인지 현실인지 구분이 안가 볼을 꼬집기도 했다. 하지만 이건 현실이었다. 내가 그녀를 다시 만날 수 있게 된 현실. 내심 그녀가 갑자기 사라지지는 않을까 걱정도 되었다.

5일이 지나고 토요일 저녁에 대구로 가는 기차를 탔다. 기차에 타는 동안 밤이 되었고 나는 기차에서 내리자마자 바로 교회로 갔다. 그녀가 있기를 바라며 나는 열심히 뛰어갔다. 교회에 도착하자 백합 향이 내 코를 자극했다. 나는 그녀가 있다는 걸 확신하고 교회 문을 열었다. 그녀는 창 앞에서 책을 읽고 있었다. 나는 그녀가 집중을 계속할 수 있도록 살금 살금 걸어가 멀찍이 앉았다. 그녀가 읽고 있던 책은 '이생규장전'이었다. 아마 그 책에 나온 최 여인과 자신의 상황이 비슷해 읽지 않겠나 라는 생각이 들었다. 그녀는 고개를 들더니 나와 눈이 마주치고 미소를 지었다.

"태준 씨는 남이 뭐하는지 훔쳐보는 게 취미인가 봐요."

나는 당황해 하며 이야기를 했다.

"아녜요, 나리 씨가 너무 집중하시면서 보시길래 방해하고 싶지 않아서…."

얼굴이 빨개지며 말하는 나를 보고 그녀는 피식 웃었다. 그리고 내 앞으로 와서 이야기를 했다.

"오늘, 뭐 하시고 싶어요?"

"시내 한 바퀴 산책하실까요?"

그녀는 좋다는 듯 고개를 끄덕이며 둘이서 나란히 걷기 시작했다. 한밤중이라 거리에는 사람이 없었다. 그래서 나와 그녀만의 거리가 되었다. 달빛은 조명처럼 우리를 비추고 있었다. 마치 지금 이 시간에 거리에 우리 둘이만 무대 위의 주인공이 된 듯했다. 밤이 점점 더 깊어지자 날씨는 추워지고 바람은 점점 더 세차게 불었다. 그녀가 추운지 손을 비비며 입김을 불어대기 시작했다. 나는 그걸 보고 그녀의 손을 잡아줄까 그냥 갈까 갈등했다.

'아직 그렇게 오래 만나지도 않았는데 손을 덥석 잡는 건 민폐 아닐까?' 라는 생각이 들었다. 그 상태로 계속 걷다보니 그녀의 손은 새빨개졌고 나는 손을 보며 깜짝 놀라 움켜쥐고 있는 그녀의 손을 내 손으로 포갰다. 그렇게 그녀와 나는 서로 얼굴을 가까이 마주하며 서로 눈을 마주보기 시작했다. 그녀를 그렇게 가까이서 본건 처음이었다. 가까이서 보니 백합 향이 은은하게 나는 게 너무 기분이 좋았다. 오랫동안 그런 상태로 있었다. 그녀와 나는 얼굴이 달궈지며 서로 포갰던 손을 뺐다. 그리고 다시 걷기 시작했다. 나는 걷고 있는 도중에 자연스럽게 그녀의 손을 잡았다. 우리는 서로 그 손을 통해 서로의 열을 공유하기 시작했다.

"태준 씨는 손이 참 따뜻하네요." 그녀가 말을 했다.

"그런가요?"

나는 쑥스러운 듯이 이야기 했다. 그렇게 시내를 한 바퀴 돌고 교회에 도착하자 그녀는 이제 시간이 다 됐으니 마산으로 돌아가라고 했다. 나는 너무 아쉬워서 조금 더 있고 싶었지만 기차 시간은 점점 다가오고 있었다. 나는 그녀에게 다음 주에도 또 오겠다고 말하며 기차역으로 향했다. 그 후에 몇 주 동안 그런 만남을 지속했다. 어떨 때는 식물원에 가기도 했고 새벽에 군고구마를 사서 서로 나눠먹기도 했다. 또 내 피아노 연주를 들려주기도 했다. 그때 그녀는 나에게 이렇게 말했다.

"태준 씨가 만든 노래 듣고 싶어요."

나는 그 말을 듣고 학교에서 어떻게 곡을 만들어야 될지 고민되기 시작했다. 학교에서 수업이 없을 때는 음악실에서 계속 피아노를 치며 그녀를 위한 노래가 뭐가 좋을지 생각했다.

다시 주말에 다가와 대구로 가는 기차를 탔다.

기차 안에서 오늘은 그녀에게 내가 다녔던 학교를 보여주고 싶었다. 교회에 다다르니 그녀가 교회 문 앞에서 날 기다리고 있었다.

"오셨네요."

그녀는 항상 그렇듯 내게 미소를 지었다.

나는 그 말에 미소를 지으면서 말했다.

"오늘은 저랑 같이 갈 때가 있어요"하며 그녀의 손을 덥석 잡아 계성 학교로 가기 시작했다.

"태준 씨 어디로 가는 거에요?"

그녀가 궁금해 했다.

"제가 다녔던 중·고등학교인데 나리 씨는 한 번도 안 가봤죠? 계성학교, 사실 그 학교를 다니면서 나리 씨를 많이 만났는데 그때는 학생이어서 그런지 말을 못 건넸네요."

"그땐 저도 그랬는데요 뭐…."

"제가 나리 씨한테 보여주고 싶은 건요, 청라언덕인데 건물과 담쟁이 넝쿨이 진짜 이뻐요."

그녀는 웃으며 이야기했다.

"태준씨가 그렇게 활짝 웃으며 이야기하니 저도 기대가 되네요."

그녀와 함께 계성학교에 도착하자 아름다운 건물들이 우리를 맞이했다. 나는 그녀에게 넝쿨이 있는 곳을 보여주었다.

"너무 아름다운 거 같아요. 여기에 데리고 와줘서 정말 고마워요."

그녀는 건물의 아름다움과 담쟁이 넝쿨의 조화가 너무 아름다워 계속 쳐다보고 있었다.

그걸 보며 나는 그녀가 청라언덕 위에 피는 백합같이 보였다.

나는 넝쿨을 보는 그녀를 보며 덩달아 기분이 좋아졌다. 그녀가 잎을 만지려고 손을 내밀자 나는 가슴이 철렁 내려앉았다. 달빛이 그녀의 손에서 통과가 되는 것이다. 나는 일단 침착하게 그녀의 손을 보며 이야기했다.

"나리 씨, 이거 왜 이렇죠?"

그녀 또한 차분하게 대답했다.

"사실 시간이 지나면 지날수록 이렇게 희미해지고 있어요. 저는 여기에 남고 싶지만 이건 사람의 힘으론 어쩔 수 없는 일 인거 같아요. 태준씨 우리 이제 헤어질 준비를 해야 될 거 같아요."

그녀의 말에 충격을 받은 나는 가만히 있었다. 하지만 그녀는 담담히 자신의 운명을 받아 들이는 듯 달을 올려다보고 있었다. 나는 그녀를 등지고 이야기를 꺼냈다.

"저는 당신과 함께 여름에는 바다도 가보고 싶었고, 가을에는 단풍도 보고, 낙엽지는 거리도 같이 보고, 싶고 겨울에는 눈 내리는 날 같이 다니고도 싶어요."

그녀는 나를 돌려서 두 손을 내 뺨에 대고 그녀를 쳐다보게 했다.

"태준 씨, 사실은 저도 그러고 싶어요… 당신과 함께하고 싶어요. 하지만 이건 저희의 힘으로 어쩔 수 없는 거잖아요? 처음부터 우리는 끝이 정해져 있었어요. 단지 우리가 외면했을 뿐… 우리 이렇게 만나서 잠시나마 함께 있었다는 것 만으로도 감사히 여겨요."

우리는 가만히 앉아 있다가 시간이 다 되었다는 걸 알고 교회로 돌아갔다. 그녀는 날 보고 미소를 지으며 인사했다. 하지만 그 미소는 전에 지었던 것과는 사뭇 달랐다.

"태준씨, 다음 주에 봐요."

"나리씨… 다음 주에 꼭 봐요."

우리는 서로 서먹한 인사만 나눈 채 서로 헤어졌다.

대구에서 기차를 타고 마산으로 내려가 창신 학교에 도착했다. 교무실에 멍하니 앉아 있으니 뒤에서 누군가 어깨를 탁 쳤다.

"태준 이렇게 이른 시간에 왜 학교에 있어?"

나는 멍 때리며 그냥 아무것도 아니라고 중얼거렸다.

"무슨 일이 있는거야? 그리고 요즘 주말에는 왜 이렇게 집에 없는 거야?"

나는 이 먹먹한 상황을 다른 사람에게 말해야만 내 마음이 조금이라도 덜 먹먹해질 것 같아 이은상에게 이때까지 내게 벌어진 일들을 이야기하기 시작했다.

"사실 안 믿을지도 모르겠지만 예전에 내가 고등학교 다닐 때 짝사랑하던 여자애가 있었는데 그녀가 작년에 폐병으로 죽었어. 근데 그때 형

장례식 때부터 그녀가 나에게 나타나기 시작했어. 아직도 얼떨떨하고 그런데 이제 곧 못 만날지도 모르겠어."

이은상은 내 말에 대해 생각하는 듯 침묵 뿐이었다.

"그녀와 함께 밤거리도 거닐고, 수목원에도 다니고, 군고구마도 먹고, 청라언덕도 같이 다니면서 정말 행복한 날들이었어. 하지만 나는 그녀와 함께 여름에 바다에도, 가을에도 단풍과 낙엽을, 겨울에는 눈 내리는 날같이 있고 싶어. 근데 이제 곧 그녀와 함께 할 수 없다는 게 너무 가슴이 아프다."

이은상은 진지하게 나의 이야기에 대해서 들어주고 있었다.

"만약 떠나기 전에 그녀가 원하는 거 하나는 들어 줘야 되지 않을까?"

"은상이 너는 이 말을 혹시 이 말을 믿는 거니? 솔직히 나로서도 그냥 지켜보기만 하다가 헤어지는 건 싫은 거 같아."

나는 생각이 난 듯 소리를 쳤다.

"아 맞다."

"내가 예전에 그녀에게 피아노를 쳐준 적이 있는데 그녀는 내게 내가 직접 만든 곡을 들려달라고 했어."

"하지만 며칠 만에 작곡을 할 수 있을지 고민이네…."

"태준아 내가 너를 위해 도와줄게. 우리 같이 한번 해보면 며칠 안에 될 거 같아."

나는 이렇게 터무니없는 이야기에도 귀 기울여 주고 진심으로 대해 주는 이은상한테 너무 고마웠다.

"그럼, 가사 좀 부탁해도 되겠어?"

"오늘부터 시간이 빠듯하겠네."

우리는 그날부터 곡을 쓰는 데만 집중을 하기 시작했다.

나는 하루 종일 피아노 앞에만 앉아있었고 이은상은 책상에서 계속 가사만 쓰고 있었다. 우리는 짬이 날 때마다 가사와 곡을 맞추며 그녀를 위한 곡을 만드는 것에 최선을 다했다.

며칠 지나고 하나의 곡을 완성해 냈다.

"이 곡 이름은 뭘로 하는 게 좋을까?" 이은상이 나에게 물어봤다.

"내가 그녀를 위해 만든 노래니깐 '사우(思友)' 어때?"

"그거 괜찮은 거 같아. 내일이면 토요일이지? 내일 일찍 가봐야 되지 않아?"

"아니 오늘 가 볼 거야. 그리고 이 곡을 꼭 지금 들려주고 싶어."

그리고 나는 바로 기차역으로 가서 대구로 가는 기차표를 샀다.

대구로 가는 기차에서 나는 기도를 했다.

'이 곡을 들려주기 전까진 제발 그녀를 데려가지 말아주세요….'

교회 앞에 도착해 문을 열었다. 하지만 나를 반기는 나리 씨의 모습은 어디에도 보이지 않았다.

"나리 씨!"

"나리 씨!"

애타게 불러봤지만 그녀는 내 목소리에 답해 주지 않았다.

나는 교회를 헤집고 다니며 그녀를 찾아 다녔다.

찾다 지쳐 교회 예배당에 앉아 있었다.

"태준 씨, 나 찾았어요?"

뒤에서 들리는 소리에 나는 소리 나는 쪽으로 돌아봤다.

희미해지는 그녀의 모습이 보였다.

"다행이야…있어줘서….”

나는 그녀를 꼭 안았다.

백합 향은 계속 그녀에게서 나오고 있었다. 나는 그녀를 피아노 앞까지 데려가 내 옆에 앉혔다. 시간이 갈수록 더욱 희미해지는 그녀를 보며 나는 조급해지기 시작했다.

"나리 씨… 나리 씨가 저번에 제가 만든 곡 듣고 싶다고 했죠? 제가 당신을 위해서 만들었어요."

그 말을 듣고 그녀는 날 보며 미소를 지었다.

그 미소를 보면서 나는 더욱 마음이 미어졌다. 피아노 건반을 누르자 음이 교회 전체를 채웠다. 그 다음 음이 또 그 다음, 다음 음이 계속 이어져 가면서 그녀를 위한 노래가 시작되었다.

봄의 교향 악이 울려퍼지는
청라 언덕 위에 백합 필 적에
나는 흰나리꽃 향기 맡으며
너를 위해 노래 노래 부른다.
청라 언덕과 같은 내 맘에 백합 같은 내 동무야.
네가 내게서 피어날 적에 모든 슬픔이 사라진다.

노래를 다 부르니 백합 향이 사라진 것을 느꼈다. 옆을 보니 그녀는 이미 사라지고 난 뒤였다. 교회에는 햇빛이 점점 차오르기 시작했다. 피아노 위에는 예쁜 손수건과 그 위에 자두가 올려져 있었다.

나는 자두를 먹기 시작했다. 먹으면서 저절로 눈물이 흘러내렸다.

자두의 맛은 달콤하기도 했지만 쌉싸름했다. 눈물이 계속 흘러내리고 감정은 북받쳤다. 다시는 볼 수 없는 그녀의 마지막 미소가 내 가슴을 더욱 후벼팠다.

학교에 돌아와 다 먹은 씨를 씻었다. 그리고 바람 잘 통하는 창가에 말리기 시작했다. 그리고 나서 이때까지 그녀에게 받은 것들을 나무 상자에 집어넣기 시작했다.

　자두 꼭지, 자두 씨앗, 그녀의 손수건들… 그리고 마지막으로 백합까지 모두 다 집어넣고 서랍 깊숙한 곳에 집어넣었다. 잃어버릴 수는 있지만 절대 잊어버리지는 않게 하기 위해….

박태준

어머니

권현준

　3년 동안 계속됐던 기나긴 전쟁이 드디어 중단됐다. 그 소식을 접한 뒤 몇몇의 사람들은 하나 둘씩 자신의 고향에 가려 짐을 싸고 있는 모습이 보였다. 그들의 얼굴에는 안심한 듯 보였지만 아직 슬픔이 서려있었다. '아마 가족이나 생계 걱정을 하는 거겠지'라고 생각하면서 슬슬 나도 고향에 돌아갈 채비를 시작했다. 고향에 가려면 기차를 타는 게 더 빨리 가겠지만 꽉 끼는 기차 안에서 몇 시간이나 있긴 싫었다. 그래서 부산에서 대구까지의 대장정을 대비해서 몇 시간 동안만이라도 푹 쉬기로 했다. 앉아서 피난소 주위를 둘러보니 여러 사람들이 보였다. 아직도 떨어진 가족을 찾지 못해 다른 사람들에게 수소문하는 사람, 피난처에서 생계 물품을 파는 사람, 그냥 가만히 앉아있는 사람 등 모두 행동하는 건 다르지만 각자의 사연이 있을 것이다. 여기까지 피난해 오는데 사연이 생길 수밖에 없을 것이다. 비단 나도 우리 가족과 혼자 떨어져 이곳에 오게 되었다. 이제 휴전이 되어 곧 고향에서 가족을 만날 것이다. 계속 여기에서 다른 사람들을 지켜보자니 마음이 미어져서 지금 당장 고향에 돌아가기로 결정했다. 걸어서 부산에서 대구로 가려면 한 2~3일은 걸릴 것이다. 이 생각을 하니 기차역으로 돌아가고 싶다는 생각이 들었지만 사람들이 바구니 안에 있는 콩나물처럼 차 있을 거 같아 마음을 다잡고 출발했다. 피난처를 벗어나니 앙상한 나무들 폐허가 된 집들이 쭉 늘어졌다. 무슨 망자의 마을 길을 걷는 듯이 스산했다. 나는 분위기 전환을 위해 멜로디를 흥얼거렸다. 하지만 내 멜로디는 분위기를 압도하지 못했다. 몇 시간이 지난 후 나는 지쳐가기 시작했다. 하늘도 점점 어두운 색으로 채워지기 시작했다.

'이제 잠 잘 거처를 알아봐야겠군.'

하지만 내 주변에는 폐허가 된 초가집과 을씨년스러운 나무들뿐 도저히 이곳에서 잘 엄두가 나지 않았다.

'조금만 더 걷다 보면 더 나은 집이 나오겠지.'

나는 힘을 내며 걷기로 했다. 하지만 곧 있다가 어둠이 하늘을 채우고 알지 못하는 새들이 울어대기 시작했다. 나는 점점 무서워지기 시작했다. 그런데도 내 바람과 달리 주인 잃은 폐가뿐 내가 원하는 곳은 나오지 않았다.

'하… 그냥 폐가에서 자야 되는 건가.'

이 생각을 하던 찰나 저기 저 멀리에서 불빛이 나오는 쪽으로 뛰기 시작했다. 근데 그때 뒤에서 남자 한 명이 나타나더니 내 뒤를 같이 뛰기 시작했다. 나는 나를 따라오는 거 같아 더 빨리 뛰었다.

'저 집이 아마 도와줄 거야.'

그렇게 열심히 달려 불빛에 다다랐을 때 나는 그것을 보고 다리가 풀려 주저앉았다. 그리고 뒤를 돌아보니 그 사람은 계속 나를 향해 달려오고 있는 중이었다.

'내가 반딧불이랑 전등이랑 헷갈리다니….'

뒤를 돌아보니 그 사람은 계속 나를 향해 달려오고 있는 중이었다.

'저 사람은 대체 나에게 무슨 이득을 보려고 저렇게 득달같이 뛰어오는 거야?'

그런 의문에 그 사람이 달려오는 걸 그냥 가만히 지켜보고 있었다. 그 사람이 나에게 다다랐을 때 그는 내 손목을 잡고 반대쪽으로 냅다 달리기 시작했다. 나는 얼이 빠진 채로 달려가는 대로 그냥 따라 달렸다. 몇 분쯤 달리고 나서 허름한 초가집으로 들어가고 나서야 달리기가 멈춰졌다.

계속 달린 탓에 그 사람과 나는 몇 분 동안 계속해서 숨을 헐떡였다. 나는 가까스로 호흡을 진정하며 그 사람을 쳐다봤다. 그 사람은 키는 보통에 조금 비실비실하게 생긴 사람이었다.

'이럴 때가 아니지.'

나는 그 사람을 쳐다보며 이야기를 했다.

"당신 대체 뭐하는 사람이오?"

그도 숨을 고르며 나를 쳐다보더니 씩 웃었다. 나는 순간 소름이 끼쳐 한 발짝 뒤로 물러서며 경계하는 태세를 취했다.

"아 너무 긴장하지 마시오. 그리고 당신의 생명의 은인한테 너무 의심하는 거 아니오?"

"생명의 은인?"

나는 어리둥절했다.

"당신 그쪽으로 계속 갔으면 죽은 목숨이오. 당신 보아하니 피난소에서만 있어서 바깥 상황을 잘 모르나 본데 밤에 돌아다니면 빨갱이한테 잡혀갈 수 있다는 걸 명심하시오."

그는 그렇게 말하면서 대청마루에 앉아 하늘을 바라보았다. 나도 뒤따라 그의 옆에 앉으며 말했다.

"고맙소. 난 또, 당신이 수상해 보이는 사람같이 의심하였소."

그는 폭소를 터뜨리며

"허, 이 사람 좀 보게 나처럼 이렇게 순한 인상의 사람은 생전에 본 적이 없을 터인데…."

그러다가 내가 아무 반응이 없으니 머쓱했는지 다시 하늘을 보았다. 그렇게 밝은 달을 본지 몇 분 후 그는 다시 내게 말을 하였다.

"당신 고향이 어디요?"

"대구인데 당신은 어디요?"

"내 고향은 상주이올시다. 참외가 아주 꿀맛이지."

그리고 나서 몇 분의 침묵이 흐르고 침묵을 깬 건 다름 아닌 내 뱃소리였다.

그는 웃으며,

"배고픈가 보오. 이 집에 먹을 게 있나 한번 찾아보겠소."

그는 주방에 들어가 뒤적거리더니만 김치와 술 여러 병을 작은 상위에 올려 가져왔다.

"당신, 술은 할 줄 아시오?"

나는 그가 날 무시하는 발언에 화가 나 큰소리로 이야기했다.

"당연하오!"

그는 씩 웃더니 상을 놓고 앉았다.

"좋소, 오랜만에 술동무와 함께 술을 먹는군."

그가 먼저 내 술잔에 술을 따라주었다. 나는 그 잔을 바로 원샷하고 그 남자에게 술을 따라 주었다. 그도 원샷 하더니 다시 나에게 술을 따라주었다. 이렇게 계속 릴레이가 반복되면서 나는 취기가 올라 그에게 스스럼없이 말을 하게 되었다.

"고맙소, 당신이 아니었더라면 내가 어떻게 됐을지…."

"아… 그런 거라면 고마워하지 않아도 되오. 대신 나중에 술이나 사주시오."

　그러면서도 계속 서로의 술잔은 채워졌다 비워졌다를 반복하며 빈 술병만 늘어나고 있었다. 나는 달을 쳐다보면서 술을 마시니 감정이 울적해졌다.

　'가족들은 무사히 잘 있는 것일까….'

　가족 생각을 하니 더더욱 울적해져 눈물이 나려 했다. 그 낌새를 알아챘는지 그는 나에게 물었다.

　"가족은 잘 계시오?"

　"솔직히 잘 모르겠소. 피난길에 나 혼자 떨어져 다른 피난처로 왔는데 소식은 접하지 못했소. 아마 잘 지내고 있을 것이오."

　그는 고개를 끄덕이며 내 마음을 안심시키려는지 다시 말했다.

　"암, 잘 있을 것이오. 그렇게 믿어야지."

　하면서 다시 술잔을 기울였다. 그러면서 그가 다시 나한테 묻기를

　"이렇게 된 것도 인연인데 당신 이름이 뭐요?"

　"박태준이오. 당신은?"

　"나는 이태선이오."

　나는 이름을 듣고 나서 술을 마시다 갑자기 호기심이 생겨서 물어봤다.

　"당신 가족은 어디 있는지 행방을 아시오?"

　그는 술을 마시다가 술잔을 내려놓더니 쓸쓸한 눈으로 하늘을 보며 말했다.

　"아버지와 동생들은 나와 다른 데로 피난 갔고 어머니는 오래전에 돌아가셨소."

　그렇게 말하면서 계속 하늘을 쳐다보았다.

　"미안하오. 나 때문에 좋지 않은 경험을 생각하게 만들었소."

　"괜찮소. 뭐 이미 오래전 일이고 가족도 아마 상주로 출발했을 것이오."

그 말을 듣고 나는 또 쓸데없이 호기심이 생겨 물어봤다.

"어떻게 하다가 돌아가시게 되었소?"

"우리 어머니는 과로사로 돌아가셨소. 아버지가 돈을 워낙 적게 벌어오다 보니 우리 어머니께서 항상 바느질을 하여 시장에 나가 팔았소. 그러던 중 어머니께서 늘 시름시름 앓으셨는데 그때도 무리하면서 시장에 나가셨다가 시장에서 쓰러지셨소."

"우리는 몸이 많이 쇠약해져있는 어머니를 손쓸 새도 없이 보내야만 했소."

그도 말하면서 눈에 눈물이 일렁이기 시작했다. 그는 어머니가 이야기의 화제가 되자 술에 취해 옛날이야기를 나에게 해주었다.

"참으로 상냥하신 분이었지. 아버지가 돈을 못 벌어도 나와 동생이 떼를 써도 힘든 내색을 한 번도 안 하셨던 분이었소…. 하지만 나는 어린 마음에 어머니께서 시장에서 늦게 들어오시는 걸 좋아하진 않았지…. 하지만 어머니는 토라진 날 보며 항상 날 안으며 사랑한다고 하시고 안방에 들어가셨소. 참으로 훌륭한 어머니였지…. 사실 그때 나는 어머니가 늦게 들어와 삐져 있을 줄만 알았지 어머니 입장은 한번도 생각을 안 했소…. 참으로 불효자지…. 그때 어머니가 아프셨을 때 내가 시장에 나가지 말라고 했었으면 그런 일은 없었을 텐데… 그리고 다시 한번 만날 기회만 된다면 꼭 고맙다고 말씀드리고 싶소."

그러면서 그는 눈물을 훔쳤다. 묵묵히 듣고 있었던 나는 위로한다며 말을 꺼냈다.

"비록 그땐 어려서 그랬으니 어머니가 다 이해했을 거요. 어머니는 항상 자식을 사랑하셨던 분임이 틀림없을 것이오."

그는 고맙고 위로가 되었다고 말했다. 나는 그렇게 말하면서 자신의 어머니를 생각하며 '나는 과연 부모님께 떳떳한 자식이었을까'라는 회의 감이 들었다. 그렇게 그와 몇 잔을 더 마신 뒤에야 우리는 곯아떨어졌다. 나는 방 안에까지 들어온 빛 때문에 잠에서 깼다. 어제 이태선과 너무 술을 많이 마신 나머지 숙취 때문에 한동안은 정신 차리지 못했다. 주위를 둘러보니 이태선은 가고 없었다. 그러고는 조금 지나서 정신을 차리고 고향으로 돌아가려는 채비를 하는 도중에 대청마루에 쪽지 한 개가 남겨져 있었다.

'어제 같이 한 술자리는 재미있었소. 내 이야기를 들어주어 고맙고 다시 한 번 당신과 술자리를 갖고 싶소. 만약 당신도 그럴 생각이 있다면 상주로 오시오. 내가 한번 거하게 대접할 터이니….'

이렇게 말하고 난 뒤 아래에 이태선의 주소가 적혀 있었다.

나는 다음번에 이태선과 술을 먹기로 기약하며 그 쪽지를 안주머니에 넣었다. 그 초가집을 나와 다시 대구로 가기 위해 발걸음을 재촉했다. 나는 걷다가 어제 한 이야기를 곰곰이 생각했다. 그러면서 나의 어머니에 대해서도 생각했다. 솔직히 나는 내 어머니께 살갑게 대하지는 못해 항상 무뚝뚝하게 이야기하는 편이다. 그래서 나는 어머니 앞에서 웃어본 적이 별로 없다.

'어머니는 항상 나에게 웃어주시며 이야기를 해주셨는데….'

어머니를 생각하니 어머니가 보고 싶었다. 전쟁 난리 통에서 어머니는 건강하게 살아 계실지 혹시나 어디 다친 데는 없으신지 혹시… 나는 고개를 저으며 그 이상 생각을 안 하기로 했다. 부디 내가 어머니께 효도를 할 수 있기를 바라며 대구로 가는 발걸음을 더욱 빠르게 움직였다. 그렇게 걷다가 밤이 되면 주인 없는 집에서 자거나 아님 주인이 살고 있는 집에 하룻밤 묵기도 하였다. 가는 도중에는 종종 가족 잃은 슬픔에 울고 있는 사람들도 보였다.

'제발 나에게는 저런 일이 일어나지 않기를….'

하늘에게 빌며 걷고 또 걸었다.

3일이 더 지난 후에야 나는 대구에 도착했다. 이제 곧 가족을 만날 생각에 기쁘면서도 또 한편으로는 예기치 못한 상황이 벌어질까 두렵기도 하였다. 그렇게 집으로 가는 길에 앞에서 어떤 아줌마가 주위에 지나가는 사람들을 한 명씩 붙잡아 사진을 보여주며 수소문하고 있는 게 보였다. 전쟁이 끝난 후 너무 많이 본 상황이라서 이젠 아무렇지도 않게 걸어갔다. 점점 아줌마와 가까워질수록 자꾸 그 얼굴에서 어머니의 얼굴과 겹쳐졌다. 그리고 둘이 육안으로 서로의 얼굴을 확인할 수 있을 때 즈음 둘 다 직감했다. 저 아줌마는 나의 어머니란 걸, 저 청년은 나의 아들이란 걸 직감한 후에 두 사람은 서로를 향해 달려갔다. 그리고 서로 부둥켜 안으며 울기 시작했다.

"아이고, 태준아, 드디어 널 만났구나. 내가 널 얼마나 찾은 줄 아느냐."

어머니는 목이 멘 목소리로 나에게 말했다. 나는 기쁨과 예전에 어머니께 했던 행동에 대한 미안함 때문에 말을 하지 못하고 끌어안고 울기만 했다. 어머니와 난 한동안 그렇게 울다가 서로의 얼굴을 마주 보았다.

어머니는 내 얼굴을 쓰다듬으면서 "우리 잘생긴 아들 얼굴이 많이 상했네"라며 걱정하셨다.

어머니도 많이 힘들었을 텐데 날 보자마자 내 걱정을 하는 어머니를 보면서 나는 계속 눈물만 흘려댔다. 어머니는 그런 날 그냥 꼭 껴안아 주셨다. 진정이 되고 눈물을 그치자 어머니와 나는 제대로 이야기할 수 있었다.

"태준아, 많이 힘들었지? 네가 다른 데로 가고 나서 얼마나 걱정했는지 모른다. 그래도 네가 이렇게 돌아와서 천만다행이다."

어머니는 미소를 지으셨다.

"어머니, 저는 잘 지냈습니다. 어머니가 이렇게 건강하시니 다행입니다. 다른 가족들은 다 잘 있습니까?"

"그래, 모두 건강하게 잘 지냈다. 모두 집에 있어."

나와 어머니는 집으로 돌아갔다.

"형!"

"오빠!"

집에 들어가자 동생들이 나를 반겼다. 나는 아버지한테 인사를 드리고 다 같이 밥을 먹었다. 밥을 먹으면서 나는 부산에서 대구로 오는 여정을 가족에게 들려주었다. 우리 가족은 화기애애하게 식사를 마쳤다. 그리고 나서 모두 각자의 시간을 보낼 때 나는 어머니가 있는 부엌으로 갔다. 어머니는 저녁을 먹고 난후 설거지를 할 준비를 하셨다. 나는 주방으로 들어가서 어머니 옆에 섰다.

"설거지는 제가 할게요."

어머니는 손사래를 치며

"괜찮다. 너는 오늘 집에 도착해 많이 힘들 테니 방에 들어가서 푹 쉬거라."

어머니의 만류에도 불구하고 나는 어머니의 손을 잡으며 안방으로 데려가 앉혔다.

"제가 하고 싶어서 그래요. 예전에는 어머니께 아무것도 해드린 게 없는 거 같아서요. 이제부터라도 효도하게 해주세요."

이 말을 듣고 나서 어머니는 미소를 지으며 "우리 아들 철들었네"라고 하셨다.

그 옆에서 신문을 보시던 아버지는 헛기침을 하시더니 "네 눈에는 어머니 밖에 안 보이느냐?"라고 툴툴대셨다.

"아버지, 아버지에게 항상 제가 효도하려고 노력하지요."

아버지는 이 말을 들으시더니 웃으시며 마음이 풀리신 것 같았다. 나는 다시 주방으로 돌아가 쌓여있는 설거지거리를 보았다.

'어머니는 항상 이런 힘든 일을 하셨구나'하며 수세미로 그릇을 박박 닦기 시작했다. 쪼그려서 설거지를 하려니 다리도 저리고 생각보다 많은 양의 땀을 흘렸다. 다시 닦았던 그릇을 물로 씻고 제자리에 갖다 놓고 나서야 설거지가 끝이 났다. 쉽다면 쉬울 수 있겠지만 고된 일을 묵묵하게 해오신 어머니에게 존경심이 생겼다.

"태준아, 다 끝냈니?"

어머니가 주방으로 들어오시며 물으셨다.

나는 다 끝냈다고 말하며 자리에서 일어났다. 어머니가 나에게 다가오시더니 손에 물 묻히고 있으면 손 틀 수도 있다고 로션을 발라주셨다. 항상 자식을 먼저 챙기는 어머니를 보며 어머니의 숭고함이 느껴졌다. 나는 방으로 돌아와 옷을 갈아입는데 안주머니에 있는 쪽지를 확인했다. 지금쯤이면 이태선이 상주에 도착했을 것이다. 나는 이태선과 다시 한 번 이야기를 나누어 보고 싶다는 생각이 들었다. 나는 이태선이 적어준 주소를 보며 내일 바로 가기로 결심했다.

"태준아, 밥 먹으러 오렴."

어머니의 소리가 들렸다.

"오늘 상주에 갔다 와야 될 거 같아요."

나는 소리치며 대답했다.

"웬 상주니? 무슨 일 있니?"

어머니는 의아해하며 나에게 물었다.

"제 친구가 거기서 사는데 초대를 받았거든요."

어머니는 며칠 있느냐고 물어보시고는 조심히 다녀오라고 하셨다. 나는 다시 그 먼 거리를 걸어가기 힘들어 기차를 타고 가기로 했다. 기차역에 도착하니 아니나 다를까 사람들이 바글바글거렸다. 거기서도 아직 가족을 못 찾은 사람들이 수두룩했다.

'가족을 만난 나는 복을 받았구나'라고 생각하며 하늘에 감사했다. 기차가 도착하고 꽉 끼는 곳에 타서 몇 시간 지나니 상주에서 제일 가까운 역에서 내렸다. 그리고 도보로 몇 시간 정도 걸어서야 이태선의 고향에 도착했다.

'드디어 도착했군.'

나는 본격적으로 이태선을 찾기로 했다. 일단 사람들에게 이 주소를 물어보았다.

"혹시 여기 사는 이태선이란 사람 어디 사시는지 아십니까?"

"아~ 이태선 시인을 말씀하시는 건가요?"

"시인이라뇨? 그건 잘 모르겠고 키는 보통 수준에 약간 비실비실하게 생겼습니다."

그들은 나에게 이 주소로 가 이태선 씨의 동생을 만나보라고 하였다. 마을 사람이 알려준 대로 가고 있는 중에 나는 그가 시인이라는 사실에 조금 의외라고 생각했다.

'아무리 봐도 시인 같진 않던데….'

이렇게 이태선의 직업에 대해 의아해할 동안 마을 주민이 알려준 집에 도착했다.

"저기 아무도 안 계십니까?"

대문 앞에서 소리치자 어떤 여자 한 명이 나와 날 보았다.

"무슨 용건이시죠?"

"그 댁 오빠에게 받을 것도 있고 갚을 것도 있어 찾아왔습니다. 어디 있는지 아십니까?"

그녀는 갸우뚱하며 나에게 말했다.

"저희 오빠는 저 뒤 언덕에 있는 어머니 산소에 갔어요. 지금 방금 갔으니 돌아오려면 좀 걸릴 거 같은데 집에서 기다리실래요?"

나는 외간 여자와 한 집에 있을 만큼의 그런 숫기가 있지 않아 그냥 이태선을 만나러 가기로 했다. 산소에 가는 도중 근처 가게에 들러 술과 안주를 샀다. 가게 뒷길을 따라 그의 동생이 가르쳐주는 대로 뒤 언덕에 올라가는데 언덕이라고 하기에는 경사가 꽤 크고 지형이 험했다.

'생각보다 꽤 힘드네.'

몇 분을 더 걷고 언덕의 중상부의 올라가니 들판이 펼쳐져 있었다. 그리고 여러 줄의 묘비가 쭉 이어져 있었다. 나는 한 줄씩 한 줄씩 이태선을 찾기로 했다. 꽤 규모가 큰 공동묘지라서 찾는데 시간이 걸렸다. 중간쯤에서 살펴보니 이태선이 하늘을 바라보고 있었다.

'뭐 저리 하늘만 바라보는지….'

나는 이태선 옆에 앉아 술을 따라 이태선에게 건넸다.

"아 왔소? 꽤 일찍 왔구먼."

그는 술잔을 받아 한 잔 쭉 들이켰다. 그러고는 나한테서 술병을 가져가며 나에게도 한 잔 건네며 이야기했다.

"당신 가족들은 모두 무사하오?"

"모두 건강하게 돌아왔소, 당신이 걱정해준 덕분이오."

이태선은 피식 웃었다.

"뭘 그런 거 가지고 별로 한 것도 없구먼."

나는 고개를 절레절레 저었다.

"아니오. 당신 어머니의 이야기를 듣고 나도 반성할 수 있는 계기가 되고 깨달음을 얻을 수 있었소 참으로 고맙소."

그는 연신 내가 고맙다고 하는 말에 멋쩍어하며 술을 들이켰다.

"당신은 만날 때마다 하늘을 보고 있는 거 같소."

그는 쓸쓸히 웃었다.

"하늘을 보면 따뜻하고 넓은 게 꼭 어린 시절에 항상 안아주시던 어머니 품 같은 느낌이 들어서 하늘을 보는 게 습관이 되었소."

그는 또 한 잔 들이켰다. 잠깐의 침묵이 흐르고 나는 이야기를 꺼냈다.

"아, 오는 도중에 들었는데 당신 시인이었소?"

"그렇소만…."

그는 멋쩍게 웃으며 나의 술잔을 채웠다.

"처음에 만날 때에 너무 경황이 없어서 뭐 하는 사람인지도 몰랐소. 그런데 마을 주민한테 시인이라는 소리를 듣고 깜짝 놀랐소. 그리고 동네 주민들은 다 알고 있던데 꽤 유명한 시인인가 보오?"

"그냥 동네에서 조금 알아줄 뿐이요. 그러고 보니 당신은 무슨 일을 하시오?"

나는 술을 한 잔 들이켜고 질문에 대답했다.

"나는 작곡을 하는 사람이오. 전쟁이 터지기 전에는 노래 몇 곡도 만들기도 했소."

그는 내가 작곡을 한다는 말에 눈빛이 달라졌다. 그러면서 내가 작곡한 노래들이 무엇이 있는지를 물어봤다.

"사우(동무생각)랑 또…."

"진심이오? 당신이 그 곡을 작곡한 사람이란 말이오?"

그는 내 말이 끝나기도 전에 놀라며 소리쳤다.

"그렇소. 무슨 일 있소?"

그는 살짝 흥분하며 이야기를 했다.

"그 노래를 처음 듣고 계속 그 노래만 계속 들어왔소. 그런데 그 노래의 작곡가를 만나다니 영광이오."

나는 쑥스러워하며 술을 마시기를 계속했다. 그는 아랑곳하지 않고 계속 이야기를 했다.

"내가 그때 친구의 권유로 들었는데 얼마나 좋던지 그 박태준이 이 박태준이라고는 상상도 못했소. 등잔 밑이 어둡다더니 그 말이 맞나 보오. 근데⋯."

그는 갑자기 말투를 낮추면서 이야기했다.

"혹시 노래 한 곡만 만들어 줄 수 있소?"

나는 갑작스러운 부탁에 조금 당황했다.

"작곡이야 해보면 되지만 너무 갑작스러워 당황스럽소. 무슨 연유로 부탁하는지 물어봐도 되오?"

그는 안주머니에 종이 쪽지를 나에게 건네더니 그 종이에 대해 이야기를 시작했다.

"사실 그게 내 처음 쓴 시인데 한 번 노래로 만들어 보고 싶다는 생각을 했소. 근데 내가 훌륭한 작곡가 친구가 생겨서 이런 부탁을 하는 거요."

나는 연필이 번진 종이 쪽지를 봤다. 그 종이 안에는 어린아이가 쓴 걸로 보이는 삐뚤빼뚤한 글이 써져 있었다.

가을밤 외로운 밤 벌레우는 밤
초가집 뒷 산길 어두워 질 때
엄마 품이 그리워 눈물나오면
마루 끝에 나와 앉아 별만 셉니다.

가을밤 고요한밤 잠 안 오는 밤
기러기 울음소리 높고 낮을 때
엄마 품이 그리워 눈물나오면
마루 끝에 나와 앉아 별만 셉니다.

"이거 혹시?"

"맞소. 그 시는 어머니가 돌아가시고 난 뒤 어머니가 생각나서 썼던 시오, 이 시를 꼭 노래로 만들고 싶소. 부탁드리오."

그는 나에게 고개를 숙이며 정중하게 부탁을 했다.

나는 갑작스러운 부탁에 당황스럽긴 했지만 이런 시를 가사로 노래를 만든다는 것에 한편으로 설레기도 했다.

"알겠소. 이 시를 가사로 꼭 멋진 곡을 만들어 보겠소."

그는 나에게 연신 고맙다고 말하며 나에게 종이를 가지고 있어도 된다고 했다. 그렇게 내가 부탁을 승낙하고 난 뒤 우리는 만들 노래에 대해서 이야기를 하면서 술을 계속 마셨다.

"꼬끼오~~~"

쓸데없이 우렁찬 닭소리에 깼다. 정신을 차려보니 방안에 있었다. 어제 저녁 노래에 대해서 이야기한 것까지는 기억이 났다. 아마도 어제 술을 너무 많이 마셔 만취해서 비틀거리면서 이태선 집에 도착했을 것이라고 예상하면서 집 밖으로 나왔다. 밖에 나와 주위를 둘러보니 전쟁 직후라서 그런지 삭막했다. 더 걷다 보니 여기 주민으로 보이는 여자가 이쪽으로 걸어오고 있었다.

나는 지나가는 그 여자를 불러 물었다.

"여기 혹시 피아노 있는 곳 아시오?"

"음… 피아노라… 도시 상태가 지금 좋지 않아서 피아노가 성한 곳이 없을 건데…."

그녀는 골똘히 생각하더니 손바닥을 치며 내게 말했다.

"아! 아마 저기 마을 교회에 가면 있을 거예요. 선교사가 가져온 피아노인데 교회는 부서진 곳이 없으니 쓸 수 있을 거예요."

나는 웃으며 감사하다는 인사를 하며 교회로 갔다.

교회는 생각보다 더 컸다. 안에 들어가 보니 선교사 한두 명 빼고 사람이 없었다. 큰 예배실로 들어가 보니 앞에 피아노 한 대가 있었다.

"두 유 마인드 이프 아이 유즈 더 피아노?"("Do you mind if I use the piano?")

"Sure."

선교사는 웃으며 내게 피아노 사용하는 걸 허락해 줬다.

연단에 올라 피아노 앞에 앉았더니 오랜만에 피아노 앞에 앉아서 가슴이 설레기 시작했다. 그러고는 피아노 뚜껑을 열어서 음을 한 개씩 쳐 보았다. 피아노 소리를 들어보니 내가 생각했던 소리보다 훨씬 더 좋은 소리가 나왔다.

"듀링 워, 벗 잇 디드 낫 디터리오레이트."("During war, but it did not deteriorate.")

"Because God is giving to keep this place."

그렇게 대화를 주고받고는 선교사는 밖으로 나갔다.

나는 안주머니에 가사 종이를 피아노 앞에 고정시키고 골똘히 생각했다.

'작곡을 한다고 약속을 했지만 막상 쓰려니 막막하네.'

나는 연단에서 내려와 긴 의자에 앉아서 예수상을 바라봤다.

'전쟁 탓에 예배 드린 지도 오래 됐네.'

나는 예수님을 향하여 고개를 숙이며 두 손을 모아 기도했다. 기도를 하고 있는 중에 갑자기 머릿속에 어렴풋한 멜로디가 흘러 들어왔다.

'이 멜로디는….'

어렴풋이 들려오는 멜로디를 기억해 내려고 했지만 쉽지는 않았다. 계속 멜로디를 되새기며 이 멜로디의 어디서부터 내 머릿속에 들어왔는지 생각해 내려 했다. 그러다 어떤 기억으로 빨려 들어갔는데 마치 극장에 와서 영상을 보고 있는 느낌이 들었다. 교회 안에 피아노 앞에서 어머니와 어린 시절의 내가 앉아 있는 모습이 보였다. 어머니는 나를 향해 고개를 돌리며 나에게 말했다.

"태준아, 엄마가 피아노 치다가 만든 곡이 있는데 한번 들어볼래?"

나는 웃으며 고개를 끄덕였다. 어머니는 옛날에 고왔던 손으로 피아노를 치기 시작했다. 나는 그 소리를 눈 감으면서 듣고 있었다. 다 듣고 나서 어머니에게 말하려고 하는 찰나 어떤 손이 나를 극장 밖으로 꺼냈다. 나는 눈을 떠서 내 어깨 위에 있는 손의 주인을 보려 뒤로 돌아봤다. 내 뒤에 이태선이 날 보고 있었다.

"태준, 내가 자네에게 너무 무리한 부탁을 한 거 같네. 어제 말했던 부탁은 철회하겠네."

나는 고개를 내저으며 말했다.

"아닐세. 방금 하나님을 통해 어머니께 노래를 받았다네. 잠시만 기다려 주시게."

그는 영문을 모르겠다는 표정을 지으며 피아노 앞에 가서 앉은 내 모습을 바라보았다. 나는 숨을 가다듬고 어머니가 어릴 때 나에게 쳐주었던 그 소리를 떠올렸다. 그리고 내 머릿속에서 악보를 그려가기 시작했다. 머릿속에서 악보를 다 썼을 즈음 나는 건반 위에 손을 얹고 치기 시작했다.

그는 그 노래를 다 듣고 손뼉을 쳤다. 손뼉을 치는 그의 모습에는 눈물이 고여 있었다.

"정말 고맙네. 어려운 부탁인데 너무 멋지게 만들어 주어서 정말 고맙네. 자네를 만난 건 내 인생에 크나큰 행운이야."

나는 그의 어깨 위에 손을 올리며 토닥였다.

"아닐세, 자네의 어머니를 향한 사랑이 나에게 큰 영감을 주었네. 또

한 자네를 만나 큰 가르침을 받았어. 오히려 내가 자네에게 더 고마워
해야 되네."

그는 내 두 손을 꽉 잡으며 고맙다고 다시 한번 말하면서 악보를 그려
달라고 말했다. 나는 그가 악보를 영원히 간직할 수 있도록 그가 쓴 시
뒤에 악보를 그려주었다. 그리고 다시 한번 치며 어떻게 치는 거까지 가
르쳐 주었다. 그는 몇 번 따라 쳐보더니 피아노에 소질이 있는지 곧잘
따라쳤다. 그리고 그는 갑자기 기도를 하더니 몇 분 뒤에 피아노를 치며
노래를 부르기 시작했다. 그리고 그가 다 쳤을 때 그는 쑥스러운 표정의
지으며 나를 쳐다봤다.

"방금 어머니께 노래를 불러 들렸다네. 어머니께서 들으셨겠지?"

나는 미소를 지으며 말했다.

"응 당연히 듣고 계셨을 것이야."

그리고 그는 다시 기도를 했다.

그렇게 그를 쳐다보는 동안 나는 창문도 안 열린 교회 안에서 산뜻한
바람을 느꼈다.

나는 처음에 의아해 했다가 잠시 뒤 그 바람의 존재를 느낄 수 있었다.

나는 그렇게 모자의 오랜만의 만남을 위해 조용히 자리를 비켜주었다.

오빠와 나

'오빠 생각'을 중심으로

권현준

〈최순애〉

산뜻한 바람, 살랑거리는 풀 저기 언덕 위로 누군가가 부르고 있다.

'순애야~'

나는 그 음성에 이끌려 언덕 위로 달려간다. 올라가면 갈수록 차오르는 숨. 하지만 언덕 위에 날 부른 사람은 아직 보이지가 않는다.

'순애야~'

계속 들려오는 그 사람이 날 부르는 소리 다시 일어나 올라가기 시작한다. 꼭대기에 다다르자 그 사람은 날 보며 말한다.

"우리 순애 잘 올라오네~"

하며 내 머리를 쓰다듬어준다. 나는 위로 올려다보며 "오빠 올라오는데 엄청 힘들었어"라며 어리광을 부린다. 오빠는 싱긋 웃으며 언덕 위 나무에 손을 대더니, "이젠 헤어질 시간이네"라면서 뒤돌아서서 걸어가기 시작한다.

나는 뒤따라 가려 발을 떼는 순간 나무에 있던 꽃이 나를 감싸더니 조금 있다가 흩어졌다. 주위를 둘러보니 아무도 없고 나 혼자 덩그러니 남아있었다.

"순애야, 일어나라. 아침밥 먹어야지."

나는 엄마의 목소리에 꿈에서 벗어날 수 있었다. 나는 아침을 먹기 전 머리를 단정하게 빗고 오빠가 예전에 돌아왔을 때 선물로 준 댕기를 하고 밥상으로 갔다. 아버지는 항상 언니들과 나 엄마와 따로 밥을 드셨다. 원래라면 두 사람이 앉아야 될 밥상이지만 어째서인지 요즘은 항상 한 명만이 그 자리를 채우고 있었다. 나는 밥을 먹으면서 아버지 눈치를 보다 아버지가 나가시자마자 엄마에게 물어보았다.

"엄마, 오빠는 언제 와요?"

엄마의 표정이 약간 일그러지더니 이야기하셨다.

"순애야 오빠는 공부하러 갔잖니."

나는 엄마 말이 끝나자마자 말대꾸를 했다.

"하지만 오빠 도쿄에서 돌아온 지 꽤 됐는걸… 그리고 오빠가 돌아올 때 비단구두 사주기로 약속했는 걸."

그때 내 머리 위로 손이 올라오더니,

"순애야 밥 먹는데 이제 그만 이야기 해야지?"

라며 상냥하게 첫째 언니가 말했다. 나는 뽀루퉁한 표정을 지으며 알겠다며 밥을 다 먹었다. 밥을 다 먹고 아버지는 일하러, 엄마는 부엌에 언니들은 학교에, 그리고 막내동생은 방에서 곤히 자고 있었다. 나는 집 밖으로 나가 마을의 큰 나무에 갔다. 거기에는 마을 아이들이 놀고 있었다.

"얘들아 같이 놀자"라고 소리쳤다.

아이들은 날 보더니 내가 있던 반대쪽으로 도망치며 나에게 소리쳤다.

"엄마가 너랑 놀지 마래!"

나는 그걸 듣고 한동안 가만히 거기에 서 있다가 집으로 뛰어가기 시작했다. 나는 집에 도착하자마자 부엌에 있는 엄마에게 가서 안겼다.

나는 엄마 치마에 얼굴을 파묻고 이야기했다.

"엄마! 동네 애들이 나랑 안 놀려고 해요. 자기들 엄마가 나랑 놀지 말라고 했대요."

엄마는 뒤로 돌며 들러붙어 있는 나를 떼어내고 눈을 마주치며 이야기했다.

"우리 순애가 잘못이 있어서 그런 게 아니야 절대 주눅 들 필요 없어. 다음부터는 엄마랑 같이 놀자 알았지?"

나는 고개를 끄덕였다. 그리고 다시 물어보았다.

"엄마, 오빤 언제 와요?"

엄마는 내 어깨 위에 손을 얹고 말했다.

"오빠는 지금 많이 바빠 하지만 순애를 엄청 보고 싶어할 거야. 지금도 순애 보고 싶어할 걸?"

나는 그 말에 미소 지으며,

"나도 지금 오빠 엄청 엄청 보고 싶은데… 빨리 집에 왔으면 좋겠다."

엄마는 일어나면서,

"그래, 나도 순애가 빨리 오빠 만나는 걸 보고 싶구나. 엄만 지금 설거지를 해야되니까 방에 가서 동생이랑 놀고 있으렴."

나는 주방에서 나와 동생이 자고 있는 방에 들어가 댕기를 풀며 선반 위에 고이 두고 동생 옆에서 누워 같이 잠에 빠져들었다.

〈박태준〉
'따르릉 따르릉'

경쾌한 전화 벨소리가 내 귀를 파고 들어왔다.

"여보세요?"

"태준! 잘 지냈나? 나 박재혁일세!"

나는 예상치 못한 사람이 전화해 당황하면서 말을 했다.

"어, 오랜만이야, 창신고등학교 이후로 처음 연락하는거 같군 갑자기 전화는 무슨 일로?"

"아, 그게 사실은 당신을 만나고 싶어하는 사람이 있더군. 한 번 만나볼텐가? 이름은 최영주고 동화책을 쓰는 사람인데 꽤 괜찮은 사람일세."

나는 갑자기 전화가 왔음에도 불구하고 흔쾌히 알겠다고 말했다. 그리고는 오늘 한 시간 뒤 근처 다방에서 만나기로 약속을 하고 전화를 끊었다.

'동화책을 쓰는 사람이라….'

나는 그 사람을 상상해봤다. 뭔가 친근해 보이고 잘 웃을 것 같은 그런 모습이 떠올려졌다.

한 시간 동안 나갈 채비를 하고 근처 다방에 도착했다.

'아직 아무도 안 왔군.'

나는 자리를 하나 잡아 커피를 시키고 이번에 쓸 악보를 바라보고 있었다.

'음… 어떤 가사를 써야될 지 고민이 되는군….'

골똘히 생각하고 있는 와중에 어떤 남자가 와서 내게 물었다.

"혹시 박태준 씨?"

나는 고개를 올려 쳐다보니 내가 생각했던 사람과는 사뭇 다른 사람이 날 쳐다보고 있었다. 부리부리한 눈, 오똑한 코, 강단이 있어 보이는 입 등 잘생긴 사람이었다.

"네. 제가 박태준 맞습니다."

그는 내가 박태준이라는 것을 밝히자 환하게 웃더니 내게 이야기했다.

"저는 최영주라고 합니다. 실제로 뵈니 반갑습니다. 저는 당신의 팬입니다."

그는 나의 팬이라고 하며 내게 악수를 건넸다.

그는 자리에 앉더니 나에게 자기가 쓴 동화책을 몇 권 펼쳐 보이며 나에게 이야기했다.

"이게 이때까지 제가 쓴 책들입니다. 그렇게 잘 쓴 건 아니지만 한번 봐주세요."

나는 그 사람이 쓴 동화책을 하나하나 찬찬히 읽어보았다. 글도 잘 썼지만 거기에 나오는 그림이 아주 인상적이었다.

"아주 좋은 책들이네요. 근데 여기에 나온 그림들 다 누가 그렸죠?"

그는 쑥스러워 하더니 말했다.

"제가 그렸습니다."

"정말 잘 그리시네요, 글도 좋지만 그림과 같이 어우러져서 특히 더욱 내용에 집중할 수 있었습니다."

나는 책 한 권을 들고 소녀가 그려진 페이지를 펴며 그에게 물어봤다.

"이 소녀가 특히 인상적이었습니다."

그는 그 소리를 듣더니 안쪽 주머니에서 사진을 꺼내더니 나에게 어떤 한 여자아이를 가리키며 이야기했다.

"제 가족 사진인데 여기 이 소녀입니다. 저의 넷째 동생 순애라고 해요. 아주 귀엽죠? 항상 제가 선물해준 빨간색 비단 댕기를 하고 다녀요."

나는 고개를 끄덕이며 이야기했다.

"가족이랑은 같이 사시지 않으십니까?"

그는 조금 슬픈 표정을 지으며 말했다.

"네. 여건상 안 되고 거기에 있으면 가족에게 득이 되지 않거든요."

"혹시 그 이유를 물어봐도 될까요?"

나는 조심스레 물어보았다.

"사실 출판사에서 들었는데 제 책이 출판법에 걸리나봐요. 제 책이 아이들의 정서의 해가 된다면서….."

"하긴 요즘 그런 게 많이 단속되고 있긴 하죠….."

"그래서 가족이 저와 가까이 있으면 같이 해를 볼까봐 최대한 멀리 떨어져 삽니다."

나는 고개를 끄덕이며,

"그 마음 충분히 이해갑니다. 하지만 가족이 많이 보고 싶겠군요."

"네. 그렇습니다. 연락도 그렇게 쉽게 되지 않는 세상이다 보니 걱정도 많이 되고 사실 넷째 동생에게 비단 구두를 사준다고 하고 나왔거든요. 제 동생이 기다릴텐데….."

"넷째 동생을 많이 챙기시네요."

"네. 많이 정이 갑니다. 첫째랑, 둘째, 셋째는 벌써 자기 앞가림을 할수 있고 막내는 아직 갓난애여서 어머니의 손이 많이 갑니다. 그래서 상대적으로 넷째는 어머니의 손을 덜 탔지요. 그래서 제가 챙겨주려고 노력합니다."

그는 책을 가방 안에 넣으면서 말했다.

"더 오래 있으면 의심을 받을 것 같으니 이만 일어나겠습니다. 다음에 연락드리겠습니다."

"네. 알겠습니다. 다음에 뵙죠."

우리는 서로 악수를 하고 다음 만남을 기약하며 서로 헤어졌다.

〈최순애〉

"순애야, 오늘은 아빠 논에 같이 갈까?"

엄마는 동생을 등에 업고 내 손을 잡고 다른 손에는 아버지에게 줄 새참을 들고 우리 집 논으로 갔다. 우리 집 논에는 아빠 혼자서 일하고 계셨고 논 몇 군데에는 새 몇 마리가 서로 떠다니고 있었다. 옆 논을 지켜보니 옆 논, 만철이네 논은 사람들이 많이 도와주고 있었다.

"엄마, 왜 우리 집은 아무도 안 도와줘요?"

"아, 그건 우리 집 논이 그렇게 크지 않아서 그래 자 저기 풀밭에서 동생이랑 놀고 있으렴."

나는 동생을 들쳐업고 길위로 올라가면서 옆집이랑 우리 집이랑 논 크기를 비교했다.

'우리집이랑 크기가 비슷한 거 같은데….'

나는 동생을 땅에 내려두고 같이 쎄쎄쎄를 했다. 그 놀이도 지겨워질 무렵 엄마 옆으로 와서 엄마가 하는 모습을 지켜보았다.

"엄마 도와줄까요?"

"그래? 그러면 이 잡초를 뽑는 거야 알았지?"

"네."

나는 엄마를 따라 잡초를 뽑기 시작했다. 30분 정도 지난 즈음 나는 잡초를 뽑으려 다시 허리를 숙이던 순간 새가 유유히 내 옆을 지나갔다.

"엄마, 저 새는 대체 무슨 새에요?"

"저 새는 뜸뿍새야."

"왜 뜸북새에요?"

"뜸북뜸북 하고 울어서 그래."

"엄마, 나 저 새랑 놀아도 되요?"

엄마는 알겠다며 고개를 끄덕거렸다. 나는 잡초 뽑는걸 그만두고 뜸북뜸북 소리를 내며 그 새를 쫓아다녔다. 그 새는 나를 피하면서 속도를 점

점 내며 도망치다가 결국 날아가 다른 논으로 갔다. 따라가려 하는 찰나
에 등 뒤에서 엄마의 말이 들여왔다.

"순애야, 새참 먹으러 오렴."

"네!"

엄마가 보자기에서 꺼낸 것은 국수였다. 나는 아버지가 국수를 한 입
드시기 전까지 기다렸다가 드시자마자 바로 국수를 한 젓가락 집어 먹었
다. 정말 맛있는 한 입이었다.

"순애야, 이거 다 먹고 산에 도토리 따러 갈까?"

"네"

나는 입에 있는 국수도 다 씹지 않은 채로 대답했다.

"엄마 언제까지 가야 돼요?"

나는 숨을 헥헥거렸다.

엄마는 내 손을 잡으며 대답했다.

"조금만 더 가면 나올꺼야."

'뻐국 뻐국'

새 소리가 맑게 산에 울려퍼졌다.

"엄마 새소리가 참 예뻐요."

엄마는 빙그레 웃으며 대답했다.

"그렇지? 엄마도 그렇게 생각한단다"

엄마는 큰 나무를 가리키며 이야기했다.

"저기 참나무가 있구나"

엄마와 나는 나무 아래 떨어져있는 도토리를 바구니에 주워 담았다.
나는 도토리를 줍는 중간중간 뻐꾸기 소리를 따라하며 주웠다.

"엄마, 도토리를 오빠가 좋아하는 거 맞지?"

엄마는 도토리를 주으면서 대답했다.

"응, 맞아. 오빠가 도토리 요리를 참 좋아했지."

"오빠가 빨리 집에 왔으면 좋겠다. 그렇지?"

"응, 엄마도 그렇게 생각해."

엄마와 난 그 대화 이후로 계속 도토리만 줍다가 바구니가 다 채워져서야 산을 내려왔다.

〈최영주〉

"영주, 오늘 기분이 좋아 보이는구나. 오늘 기분 좋은 일 있니?"

길가는 도중 시장 아저씨가 나에게 물어봤다.

"아저씨 안녕하세요? 이제 곧 고향으로 내려가요. 가족을 볼 생각하니 기분이 좋네요."

나는 아저씨에게 꾸벅 인사를 하고 신발 가게로 갔다.

"아주머니 이 비단신 얼마에요?"

"3원이야."

"아주머니 너무 비싼데요. 조금만 깎아주세요~"

나는 능청스럽게 아주머니와 흥정에 들어갔다. 아주머니는 곤란한 표정으로 대답했다.

"음… 곤란한데, 비단구두가 원체 비싸서….”

"제 동생 사줄건데 제가 돈이 별로 없어서 그래요. 아주머니 조금만 깎아주세요”

아주머니와 비단구두의 가격흥정으로 옥신각신하다가 결국 아주머니의 양보로 이 싸움은 끝이 났다.

"자, 여기."

아주머니가 내민 비단구두를 받으려고 하는 순간 갑자기 호루라기소리가 시장내를 채웠다.

'삐~~~~~~~~'

나는 소리가 나는 곳으로 고개를 돌렸다. 일본 순사 두 명이 내 쪽으로 달려오고 있었다.

비단구두를 들고 가려고 하는 순간 일본순사는 나를 체포했다. 그리고 나는 이유도 모른 채 경찰서로 끌려가 어느 지하에 묶였다. 그리고 한 시간쯤 흘렀을 때 일본순사 두 명이 밀실에 들어왔다.

"최영주, 자네는 여기 왜 들어온 줄 아나?"

그 일본 순사는 험악한 얼굴을 하고 물어봤다.

"잘 모르겠는데요."

나는 고개를 들고 일본순사를 보며 대답했다.

"이 조센징이 고개를 쳐들고 이야기하네."

그는 내 뺨을 한 대 후려치며 말했다.

"최영주, 너 아주 재미있는 책을 출판하려고 하더군. 하지만 이제 너가 쓴 책따위 아무도 읽을 수 없다는 걸 인지하고 있지 못하나보군."

나는 다시 고개를 쳐 들어올리며,

"그게 다 당신들이 우리를 탄압하고 억압해서 그런 거겠지."

그는 고개를 흔들며 뒤에 서있는 순사에게 말했다.

"시작해!"

그 말을 들은 일본 순사는 잠깐 밖으로 나가더니 무언가를 가지고 들어왔다. 그는 벌겋게 달궈진 인두를 들고 내 가슴팍 쪽으로 갖다 대기 시작했다.

"으아아아아아아"

나는 그 뒤로 의식과 무의식의 경계를 표류하며 나를 잃어가기 시작했다. 그리고 보이는 것은 가족들과 해맑게 웃으며 나를 부르는 순애….

〈최순애〉

'오빠는 언제 오는 거지…'

나는 혼자서 방안에 오빠가 선물로 준 댕기를 보며 생각했다.

"순애야, 뭐 하니?"

밖에서 큰언니 목소리가 들렸다.

나는 벌떡 일어나 마당에 나가며 언니를 웃으며 반겼다.

"언니! 왜 이렇게 일찍 왔어?"

"오늘 학교가 일찍 마쳤어."

언니는 집을 둘러보다가 아무도 없다는 걸 깨닫고 나한테 물어봤다.

"집에 엄마 안 계셔?"

"시장에 나가셨어."

언니는 내 머리를 쓰다듬으며 말했다.

"우리 순애 혼자서 심심했겠구나. 오늘 언니가 재미있는 거 가르쳐줄까?"

나는 언니 손을 잡고 깡충깡충 뛰면서 좋다고 했다.

언니는 언니 책상에서 종이랑 연필을 가지고 내 앞에 앉았다.

"순애야, 시라는 걸 아니?"

"아니 몰라."

언니는 종이에 무언가를 쓰기 시작했다.

밤이도다.

봄이다.

밤만도 애달픈데

봄만도 생각인데

날은 빠르다.
봄은 간다.

깊은 생각은 아득이는데
저 바람에 새가 슬피 운다.

검은 내 떠돈다.
종소리 빗긴다.

말도 없는 밤의 설움
소리 없는 봄의 가슴

꽃은 떨어진다.
님은 탄식한다.

〈 김억-봄은 간다 〉

"이건 김억 시인이 쓴 '봄은 간다'라는 시야. 참 아름답지?"
나는 글자 하나하나를 보면서 이야기했다.
"정말 아름답다."
언니는 내 엉덩이를 툭툭치며 이야기했다.
"오구, 우리 동생 글자도 가르쳐주니까 금방 배우더니 이제 시의 아름
다움도 알아보네."
언니는 내 손에 연필을 쥐어주었다.
"자 이제 니가 한번 써봐."
나는 연필을 쥐고 조금 생각하다가 적기 시작했다.

해가 지면 별애기 놀러 나와도
울 애기는 엄마 품에 잠이 들지요

해가 뜨면 울 애기 놀러 나와도
별애기는 눈 감고 잠이 들지요

애기하고 별하고 서로 만나서
함께 웃고 노는 게 보고 싶어요

〈최순애, 애기와 별〉

언니는 내가 쓴 시를 보고 조금 놀라더니 잘했다며 손을 볼에 대고 흔들었다.

"순애, 엄청 잘 쓰네. 언니보다 훨씬 더 잘하는 거 같아. 이건 어떤 시야?"

"애기와 별이라는 시야."

나는 그렇게 언니와 내가 쓴 시에 대해 시간가는 줄도 모르고 서로 이야기했다.

〈박태준〉

나는 갑작스럽게 받은 연락과 충격적인 소식에 놀라 재빨리 병원에 뛰어갔다. 병실 안에는 최영주가 누워 있었고, 거의 눈이 반쯤 풀린 상태로 중얼대고 있었다. 그 옆에 있던 박재혁이 나를 불러 밖에서 이야기했다.

"영주 책이 출판법에 걸려서 저렇게 된 거 같은데 아마 영주 성격에 고분고분히 대답하진 않았을 거야. 출판 예정이라서 저 정도로 그쳤지, 출판하고 난 뒤였으면 영주는 벌써 저 세상으로 갔어."

나는 그 말을 듣고 충격을 받고 다시 안으로 들어갔다. 최영주는 어느 정도 정신을 차렸는지 똑바로 천장을 바라보고 있었다.

"영주, 내 말 들리나?"

그는 고개를 조금 돌려 나를 보더니 고개를 끄덕거렸다.

"그래도 목숨을 부지해서 다행이야."

그는 부르튼 손으로 내 손을 힘겹게 잡으며 조그만 목소리로 이야기했다.

"순애… 비단구두 줘야 되는데… 박태준씨가 좀….""

나는 희미하게 들리는 목소리에 다시 반문했다.

"비단구두를 뭐라고?"

그는 안쪽 주머니에서 사진을 꺼내더니 순애를 가리켰다. 그리고는 시장에 있는 신발 가게를 가르쳐 주었다.

"부탁해요…."

그는 한줄기 눈물을 흘리며 내 손을 꽉 잡았다. 그리고 다시 말했다.

"만약 부모님께서 오신다고 하면… 절대 못 오시게 해줘요… 이런 모습으로 만날 수 없으니까…."

나는 알겠다며 고개를 끄덕거리고는 밖으로 나와 순애를 만나러 가기로 했다. 나는 시장에 도착해서 신발 가게로 갔다.

"아주머니, 며칠 전에 비단 구두를 사려고 했던 청년 기억하세요?"

아주머니는 화들짝 놀라며 물었다.

"그 청년은 무사한가?"

나는 고개를 끄덕이며 대답했다.

"다행히도 목숨은 건졌어요."

그 아주머니는 안도의 한숨을 쉬며 말했다.

"다행일세, 그 청년 참 착해보이던데 딱하네…."

그 말을 하고 나서 나에게 비단구두를 건네 주었다. 나는 인사를 하고 바로 기차역으로 가 순애가 있는 곳, 최영주 고향으로 가는 기차를 탔다.

'이 근처인 것 같은데….'

나는 최영주가 힘겹게 그려준 약도를 보며 집 찾기를 나섰다. 그러던 중 큰 연못가에 앉아 있는 어린 소녀를 봤다.

"저기, 혹시 이 집을 아니?"

그 소녀는 나를 쳐다보며 대답했다.

"여긴 우리 집인데 무슨 일이신데요?"

나는 소녀의 머리를 보자 빨간 비단댕기를 하고 있었다는 걸 찾을 수 있었다.

"사실 내가 너네 오빠의 친구인데… 니가 혹시 순애니?"

순애는 오빠라는 소리에 벌떡 일어나 대답했다.

"네. 제가 순애 맞아요! 우리 오빠도 같이 왔어요?"

그러면서 내 주변을 살펴보기 시작했다.

"잠깐만, 여기 앉아서 나랑 이야기 할래?"

순애는 알겠다며 내 옆에 앉았다.

"순애야! 자 이거 오빠가 선물로 주겠다고 약속한 비단구두."

순애는 얼떨떨하게 받더니 나에게 물어보았다.

"이걸 왜 오빠가 줘요? 우리 오빠는 어디 갔는데요?"

나는 그 질문에 잠깐 생각했다. 진실을 말할 것인지 아님 선의의 거짓말을 할 것인지….

하지만 나는 있는 그대로 말하는 게 맞다고 생각하여 솔직하게 털어놓았다.

"사실 순애 친오빠가 많이 아파. 그래서 오빠가 대신 온 거야."

순애는 그 말을 듣고 적잖이 충격을 받아 큰 눈으로 날 쳐다봤다.

"우리 오빠가 왜요?"

"우리 오빠가 어디가 아픈데요?"

"왜, 아픈데요?"

"많이 아파요?"

"그래서 못 온 거예요?"

순애는 나에게 질문을 연달아 묻더니 나의 손을 잡고 끌며 자기네 집
으로 들어갔다.

"엄마! 오빠 친구 왔어!"

주방에 뛰쳐나오신 순애 어머니는 날 보시더니 물어보셨다.

"우리 영주는 어디 있죠?"

"일단 아버님하고 같이 말씀드려야 될 것 같습니다."

그렇게 말하자 어머니는 영주의 아버지가 있는 방으로 날 부르셨다.
그리고 나는 조심스럽게 어머니께 그간의 자초지종을 다 말했다.

영주 부모님은 충격을 받으셨는지 한동안 말씀이 없으셨다. 조금 지난
뒤 아버님께서 말씀을 꺼내셨다.

"그래서 영주는 어디 있는 거죠? 제가 한번 가봐야 될 것 같은데….."

"사실 영주가 제게 이런 부탁을 했습니다."

영주의 부탁을 말하고는 다시 말을 이었다.

"자기가 이런 모습을 보이긴 싫다고….."

부모님은 눈물을 흘리시더니 알겠다고 말했다. 내가 문밖으로 나가려
고 하던 찰나 어머니께서 나를 주방으로 부르시더니 도토리묵을 두 모
싸주셨다.

"사실 영주가 도토리묵을 좋아하거든요. 꼭 이거 먹고 회복해서 빨리
나으라고 전해주세요."

나는 알겠다며 주방을 나가려고 하는데 거기서 순애가 날 막았다. 그

리고는 종이를 내게 건네며 이것도 전해달라고 부탁했다. 부탁하는 그 눈에는 눈물이 맺혀 있었다. 그리고는 바로 자기 방으로 뛰어갔다. 다시 서울로 올라가는 기차를 타고 가는 도중에 나는 순애가 건네준 종이를 펼쳐보았다. 거기에는 시가 적혀져 있었다.

뜸북뜸북 뜸북새 논에서 울고
뻐꾹뻐꾹 뻐꾹새 숲에서 울 제
우리 오빠 말 타고 서울 가시며
비단구두 사가지고 오신다더니

기럭기럭 기러기 북에서 오고
귀뚤귀뚤 귀뚜라미 슬피 울건만
서울 가신 오빠는 소식도 없고
나뭇잎만 우수수 떨어집니다

나는 그 시를 읽고 한동안 계속 눈물을 흘렸다. 순애가 준 종이를 다 적실 만큼 눈물이 계속 나왔다. 나는 기차 안에서 그 시에 멜로디를 붙였다. 예전에 내가 만든 곡을 조금 고치고 난 뒤에야 순애의 시와 나의 곡이 하나가 되었다. 서울에 도착하고 난 뒤 바로 병원으로 달려갔다.

그리고 영주에게 어머니가 만들어주신 도토리묵을 건네주었다. 그는 겨우 일어나서 도토리묵을 한입 한입씩 먹기 시작했다. 그의 눈에는 눈물이 계속 흘러내렸다. 영주가 도토리묵을 다 먹고 난 뒤에 나는 순애가 써준 시가 적힌 종이를 건네주었다. 그리고 이야기했다.

"사실 내가 서울로 올라오면서 기차에서 곡을 한번 붙여봤어. 한번 들어 봐줄래?"

최영주는 살짝 미소를 지으며 고개를 끄덕였다. 나는 최영주 앞에서 노래를 불렀다. 부르는 도중에 나는 눈물을 멈출 수 없었다. 그걸 듣고 있는 최영주는 그 종이를 껴안으면서 내 노래를 들었다. 그리고 다시 눕더니 내게 고맙다고 이야기하고는 눈을 감고 그 뒤로는 다신 눈을 뜨지 못했다.

⟨최순애⟩

오늘 오빠 친구에게서 그 소식을 듣고 엄마, 아빠는 계속 이야기만 하고 있고 언니들은 줄곧 우울한 표정으로 일관했다. 그리고 나랑 눈이 마주치면 살짝 미소를 짓곤 했다. 나는 오빠가 준 댕기를 품에 꼭 껴안고 비단구두를 내 머리맡에 놔두고 잠이 들었다.

"순애야!"

"순애야!"

다시 들려오는 오빠의 목소리에 나는 주위를 둘러보았다.

"오빠?"

"오빠! 어디 있어?"

나는 소리쳤다.

"순애야! 여기야 여기!"

오빠는 길 위에 저 멀리서 나에게 손짓을 하면서 불렀다.

나는 오빠를 향해서 계속 달렸다. 오빠에게 가까이 가면 갈수록 알 수 없는 불안함이 계속 들었다.

"오빠, 왜 없어졌어? 계속 찾았잖아."

오빠는 나를 꼭 앉으며 말했다.

"순애야 미안해. 오빠가 미안해."

나는 오빠를 쳐다보았다. 오빠는 눈물을 계속 흘렸다.

나는 오빠에게 괜찮다며 이야기했다.

"아니야 다시 날 불러줬으니까 괜찮아."

오빠는 내가 한 말에 눈물을 주르륵 흘리면서도 미소를 지었다. 그리고는 내 손을 잡고 길을 걷기 시작했다. 걷고 있는 도중에도 오빠는 계속 눈물을 흘렸다.

"오빠 왜 자꾸 울어 울지마….."

"알았어. 이제 안 울게."

그렇게 말하고는 멈춰서더니 한쪽 무릎을 꿇고는 비단구두를 꺼냈다.

"순애야, 이젠 이 비단구두 신자."

나는 오빠가 신겨주는 비단구두를 신고 좋아했다.

"순애야, 이제 이 비단구두가 너와 같이 갈 거야."

그렇게 말하고는 오빠가 나를 꼭 안았다.

나는 오빠의 말을 이해 못 한 채로 오빠를 꼭 안았다. 그런데 점점 팔 안이 비워져 갔다.

"오빠?"

오빠의 눈에는 눈물이 흐른 채로 나를 보며 미소를 지었다. 그리고 들려오는 희미한 소리…

"미안해, 안녕….."

그 말을 듣고 난 뒤에 나는 꿈에서 깼다. 그리고는 울었다. 우리 집에 있는 사람이 다 들릴 만큼… 아주 큰소리로 울었다.

김광석

영 원 한 가 객 , 시 대 를 노 래 하 다

【 김광석 】 金光石, 1964년 ~ 1996년

경상북도 대구시 대봉동 방천시장 번개전업사에서 3남 2녀 중 막내로 태어났다. 초등학교 입학 전에 서울특별시 동대문구 창신동(현재는 종로구 관할)으로 이주하여 창신초등학교, 경희중학교, 대광고등학교를 나왔으며, 중학교 시절 현악부 활동을 하였고 이때 선배들로부터 바이올린을 다루고 악보를 보는 법을 배웠다. 대광고등학교 시절 합창부로 활동을 하면서 음악적 감성을 키웠다.

1982년에 명지대학교 경영학과에 입학하였고, 이후 대학연합 동아리에 가입하면서 민중가요를 부르고 선배들과 함께 소극장에서 공연을 시작하였다. 1984년 12월 노래를 찾는 사람들 1집에 참여하여 활동하였다. 1985년 1월 입대하였으나 군 생활 중 큰형(김광동)이 사망함으로 인해 6개월 단기사병(방위병)으로 복무를 마치고 제대하였다. 복학해 다시 노래를 찾는 사람들에 합류하여 1, 2회 정기공연에 참여한다. 1987년 학창시절 친구들과 함께 동물원을 결성해 동물원 1집과 2집을 녹음하였다.

1989년 10월 솔로로 데뷔하여 첫 음반을 내놓았으며, 이후 1991년에 2집, 1992년에 3집을 발표하였고, 1994년에 마지막 정규 음반인 4집을 발표하였다. 정규 음반 외에 리메이크 앨범인 다시부르기 1집과 2집을 1993년과 1995년에 각각 발표하였다. 1991년부터 꾸준히 학전 등의 소극장을 중심으로 공연하였으며, 1995년 8월에는 1000회 공연의 기록을 세웠다.

1996년 1월 6일 새벽 자택에서 유명을 달리하였다.

**출처 : 위키백과사전

인정받은 아티스트

박성환

　나는 원래 가수 김광석을 잘 알지 못했다. 그저 익숙한 노래가 흘러나올 때마다 편안한 마음으로 그의 목소리에 귀를 기울이고 듣고 느낄 뿐이었다. 그러던 어느 날 김광석 특집 음악방송을 보았고 이제껏 들어온 노래가 그의 노래였으며 그는 내가 태어나고 자라난 고장인 대구 출신의 가수임을 알게 되었다. 이후 그의 노래를 자주 듣다보니 나도 모르게 흥얼거리기도 하고 자연스레 김광석의 노래를 더 찾아서 들었다. 내가 태어나기도 전에 많은 명곡을 남기며 대중들의 마음을 사로잡은 가수 김광석. 그의 노래는 여전히 대중들에게 사랑받고 있다. 그는 살아 생전 어떤 가수였으며, 또 어떤 사람이었을까? 우연한 기회에 내가 좋아하고 많은 사람들에게 사랑받는 가수에 대해 글을 쓸 수 있어서 너무 기쁘다. 지금부터는 가수 김광석과, 그의 삶과, 노래를 이야기 해 보려 한다.

김광석, 그가 걸어온 길

　김광석은 1964년 경상북도 대구시 대봉동에서 3남 2녀 중 막내로 태어났다. 그는 창신초등학교, 경희중학교, 대광고등학교, 명지대학교를 졸업했다. 어릴 적부터 음악에 관심이 많았기에 중학교 시절에는 관현악부로 활동하면서 악보 보는 방법을 배우고 바이올린을 연주했다. 고등학교 시절에는 합창부에서의 활동을 비롯해 음악적 감성과 꿈을 키웠다. 이후 대학교시절에는 연합 동아리에 가입하면서 민중가요를 부르고 선배들과 함께 소극장에서 공연을 시작했다. 이렇게 김광석은 노래와 관련된 활동들을 꾸준히 해오면서 가수로서의 자질을 갖추었다.

마침내 그는 1989년 솔로로 데뷔하여 첫 음반을 발표한다. 1집 활동을 시작으로 마지막 정규음반인 4집을 발표했으며 정규 음반 외에 리메이크앨범인 다시 부르기 1집과 2집을 발표했다. 그는 1991년부터 꾸준히 대학로에 위치한 소극장을 중심으로 공연하였으며, 1995년 8월에는 1,000회 공연의 기록을 세웠다. 점차 활동범위를 넓혀간 김광석은 머지않아 자신만의 색깔이 독특한 대한민국의 싱어송라이터로 인정받으며 대중들에게 많은 사랑을 받았다. 하지만 자신만의 음악세계를 펼쳐가던 그가 1996년 1월 6일 생을 마감했다.

김광석의 음악활동

1989 ◑ [김광석1st]

'너에게', '기다려줘', '안녕 친구여',

'그대 웃음소리'

1991 ◑ [김광석 2nd]

'사랑했지만', '사랑이라는 이유로',

'그날들', '꽃'…

1992 ◑ 김광석 3집 [나의 노래]

'나의 노래', '잊어야 한다는 마음으로',

'나무', '외사랑'…

1993 ◑ [김광석 다시 부르기 Ⅰ]

'이등병의 편지', '거리에서',

'흐린 가을 하늘에 편지를 써'…

1994 ◑ [김광석 네 번째]

'일어나', '너무 아픈 사랑은 사랑이 아니었음을',

'서른 즈음에', '바람이 불어오는 곳'…

1995 ◑ [김광석 다시부르기 Ⅱ]

'그녀가 처음 울던 날', '잊혀지는 것',

'어느 60대 노부부 이야기', '변해가네'…

♬ 사랑했지만

어제는 하루 종일 비가 내렸어
자욱하게 내려앉은 먼지 사이로
귓가에 은은하게 울려 퍼지는
그대 음성 빗속으로 사라져버려

때론 눈물도 흐르겠지 그리움으로
때론 가슴도 저리겠지 외로움으로

사랑했지만 그대를 사랑했지만
그저 이렇게 멀리서 바라볼 뿐 다가 설 수 없어
지친 그대 곁에 머물고 싶지만 떠날 수밖에

그대를 사랑했지만

♪ 일화

어느 날 김광석은 식당에서 식사를 하던 중 72세의 할머니 한 분이 다가와 고개를 숙이며 너무 감사하다고 인사를 했다. 그는 영문도 모른 채 인사를 받았고 할머니는 김광석의 팬이라면서 그의 노래 중에서 '사랑했지만'을 가장 좋아한다고 하셨다.

할머니는 느린 걸음으로 외출 후에 집으로 돌아오고 있었다. 그때, 어느 가게의 라디오에서 할머니의 발걸음을 붙잡는 한 노래가 흘러나오고 있었다. 때마침 빗방울이 조금씩 떨어지기 시작해서 얼른 집으로 돌아가야 했는데 할머니는 그냥 아무생각 없이 가게 앞에 멈춰서 계셨다. 곧 빗방울은 더욱 굵어져 소나기가 되었고 노래는 계속되었다. 할머니는 온 몸으로 비를 맞으며 거리에서 꼼짝하지 않고 숨도 멈춘 채 귀를 기울이고 있었다. 이내 노래가 끝이 났지만 할머니의 귓가에는 여전히 노래가 맴돌고 있었다. 집으로 돌아 온 할머니는 방송국에 전화를 해서 이 노래가 김광석의 '사랑했지만'이라는 것을 알아내었다.

−1995년 '학전 소극장' 1,000 회 공연 中

♪ 나의 한마디

72세의 나이에도 마음 한 구석에 꽁꽁 숨어있던 그리움과 안타까움의 감정이 한순간 할머니의 가슴을 팍 찌르는 것처럼 김광석의 '사랑했지만'에서는 애절함이 정말 잘 느껴진다. 특히 사랑하는 사람과의 이별이라든지 사랑하지만 더 이상 다가갈 수 없는 상황이 머릿속에 떠올랐다. 모든 사람들에게는 한때 사랑하는 사람과 함께했던 행복한 기억이 존재할 것이다. 저마다의 기억에는 특별한 차이가 있을 수 있지만, 그 속의 본질적인 의미는 예나 지금이나 변함이 없다고 생각한다. 그렇기에 '사랑했지만' 이 노래가 지금까지 많은 사람들이 공감하고 또 많은 사람들에게 사랑받는 이유인 듯하다.

나는 이 노래를 들으면서 사랑하는 사람과 어쩔 수 없이 이별해야 할 때가 있다고 생각했다. 나는 어릴 때부터 부모님의 맞벌이로 인해 친할머니의 보살핌 아래에서 컸다. 그러다가 할머니께서 많이 편찮으셨고 한 번의 큰 수술을 하셨다. 다행히도 수술이 잘 되어 예전처럼 건강을 되찾으셨다. 그렇게 시간이 지나면서 자연스레 할머니와 떨어져 지내게 되었다. 나는 평소와 다름없이 학교에서 수업을 듣고 있었는데 수업 중, 담임선생님께서 나를 찾아오셨고 할머니가 돌아가셨음을 알렸다. 나는 그 당시 겨우 열다섯 밖에 안 되는 중학생이었다. 선생님께 그 말을 듣고 나서는 그저 어리둥절하기만 했다. 아마 그 상황을 받아들인다는 게 쉽지는 않았던 것 같다. 시간이 많이 지났음에도 불구하고 아직도 내게 큰 사랑을 주신 할머니가 많이 그립다. 영원히 사랑할 수 있다면 좋겠지만 때로는 이별을 받아들여야 할 수 밖에 없는 상황이 찾아온다. 그렇기에 이 글을 읽는 모두가 후회하지 않을 만큼 사랑하고 행복하기를 바란다.

♬ 잊어야한다는 마음으로

잊어야 한다는 마음으로
내 텅 빈 방문을 닫은 채로
아직도 남아 있는 너의 향기
내 텅 빈 방안에 가득 한데

이렇게 홀로 누워 천정을 보니
눈앞에 글썽이는 너의 모습
잊으려 돌아누운 내 눈가에
말없이 흐르는 이슬방울들

지나간 시간은 추억 속에
묻히면 그만인 것을
나는 왜 이렇게 긴긴 밤을
또 잊지 못해 새울까

창틈에 기다리던 새벽이 오면
어제보다 커진 내 방안에
하얗게 밝아온 유리창에
썼다 지운다 널 사랑해

밤하늘에 빛나는 수많은 별들
저마다 아름답지만
내 맘속에 빛나는 별 하나
오직 너만 있을 뿐이야

창틈에 기다리던 새벽이 오면
어제보다 커진 내 방안에
하얗게 밝아온 유리창에
썼다 지운다 널 사랑해

하얗게 밝아온 유리창에
썼다 지운다 널 사랑해

♪ 일화

나는 김광석의 자작곡 '잊어야한다는 마음으로'에 굉장히 애착이 크다. 나는 광석이가 세상을 떠나던 몇 시간 전 함께 있었다. 과천의 한 방송 프로그램에 출연했다가 서울로 같이 올라오는 길이었다.

차 안에서 다음 조인트 공연을 어떻게 할지 한참을 논의했다. 서울에 도착한 후 광석이가 '술 한 잔 하고 가자'라고 했는데, 나는 다른 연습이 있어 '다음에 하자' 하고 헤어졌다.

그렇게 헤어지고 난 몇 시간 후에 그의 비보를 듣게 되었고 오랫동안 힘들었다. 그래서 몇 년 동안 김광석의 노래를 들을 수가 없었다. 3년 후 대학로에서 우연히 흘러나온 '서른즈음에'의 '매일 이별하며 살고 있구나'라는 가사를 들은 뒤 김광석의 노래를 다시 들을 수 있었다.

−박학기

♪ 나의 한마디

이 노래를 들으면 어딘가 허전하고 마음 한쪽이 텅 빈 느낌이 든다. 별다른 생각 없이 들으면 대부분 그저 평범한 이별노래라고 생각할 것이다. 하지만 몇 번이고 들으며 느꼈던 내 감정은 그게 아니었다. 이별 후 혼자가 된 상황에서 슬픔과 그리움을 노래하는 것인지, 사랑하는 누군가를 묵묵히 기다리고 있는 것인지 두 가지 상황이 머릿속에 그려졌다. 또 개인에 따라서는 이 노래가 이별 후 상처받은 마음을 위로하는 노래가 될 수도 있고, 아직 이별을 경험하지 못한 사람들에게는 이별의 감정을 알려주는 노래가 될 수도 있다고 생각했다.

'잊어야한다는 마음으로'는 김광석의 노래 중 내가 가장 좋아하는 곡이다. 한 번은 침대에 혼자 누워 이 노래를 들었는데 조용한 방안에 울려 퍼지는 김광석의 목소리는 정말 애절하게 느껴졌다. 또 듣고 나서는 항상 여운이 남아서 더 감정이입이 되는 곡 같다. 그 애절함이 가사에서도 그대로 느껴지는데, '하얗게 밝아온 유리창에 썼다 지운다. 널 사랑해' 하는 부분에서는 이별의 슬픔과 그리움 등의 감정이 그의 애절한 목소리에 묻어나 여운을 남긴다.

나에게 '잊어야한다는 마음으로'라는 곡은 시간이 지나서 또다시 들으면 어떤 느낌이 들지 궁금한 곡이다.

♬ 이등병의 편지

집 떠나와 열차타고 훈련소로 가는 날
부모님께 큰절하고 대문 밖을 나설 때
가슴 속에 무엇인가 아쉬움이 남지만
풀 한포기 친구 얼굴 모든 것이 새롭다
이제 다시 시작이다 젊은 날의 생이여

친구들아 군대 가면 편지 꼭 해다오
그대들과 즐거웠던 날들을 잊지 않게
열차시간 다가올 때 두 손잡던 뜨거움
기적소리 멀어지면 작아지는 모습들
이제 다시 시작이다 젊은 날의 꿈이여

짧게 잘린 내 머리가 처음에는 우습다가
거울 속에 비친 내 모습이 굳어진다 마음까지
뒷동산에 올라서면 우리 마을 보일런지
나팔소리 고요하게 밤하늘에 퍼지면
이등병의 편지 한 장 고이 접어 보내오

이제 다시 시작이다 젊은 날의 꿈이여

♪ **일화**

① 김광석의 노래로 잘 알려져 있지만 사실 '이등병의 편지'를 처음 부른 사람은 윤도현이었습니다. 그룹 종이연의 리더 김현성이 작곡한 곡을 멤버였던 윤도현이 불렀습니다. 김현성 씨는 입대하는 친구를 서울역까지 배웅해 주고 집으로 돌아오는 버스 안에서 영감을 얻어 이 곡을 썼다고 합니다.

이후 이 노래는 '한겨레' 신문이 창간 2주년을 맞이해 주최한 노래 공모에 당선되어 1990년 7월 서울음반이 제작한 '겨레의 노래 1'에 수록됩니다.

'겨레의 노래'는 전국을 돌면서 공연을 했는데 원래 공연에서 '이등병의 편지'를 부르던 전인권이 갑자기 사정이 생겨 노래를 부를 수 없게 되자 김광석이 대신 이 노래를 불렀습니다. 이후 1993년 김광석은 리메이크 곡으로만 구성된 '다시 부르기 1' 음반에 '이등병의 편지'를 수록했고, 이 음반은 '경향신문'이 선정한 '가요 100대 명반'에 그 이름을 올렸습니다.

－국군사상자 유가족연대 게시판

② 김광석은 생전에 이 노래에 대해 각별한 애정을 가지고 있었다. 다음은 김광석이 방송에 출연해 털어놓은 이야기이다.

"이 노래가 나오고 제가 꼭 불러야겠다고 생각을 했는데, 왜냐하면 저는 평생 이등병이거든요. 6개월 다녀왔습니다. 남들은 뭐 다들 잘 갔다 오고 그러는데 왜 저만 못가나 싶기도… 하지는 않았어요.(웃음) 왜냐하면 큰 형님이 군에서 돌아가셨어요. 그래서 제가 혜택을 받게 되어서 6개월 다녀왔습니다. 제가 초등학교 5학년 때 형님이 처음 군에 가셨었는데 일주일쯤 지난 후에 훈련소에서 누런 봉투에 형님이 입고 가셨던 옷가지들을 집으로 보내주더군요. 그 옷을 빨래하며 우시던 어머님도 생각나고 그럽니다. 그래서 이 노래는 제 훈련소 시절 생각보다는 어머님, 형님 생각에 노래를 부르면서도 울먹거린 적이 여러 번 있었습니다."

－ 1994년 KBS '기쁜 우리 젊은 날' 中

♪ 나의 한마디

나는 글을 쓰면서 김광석이라는 사람이 어떠한 삶을 살아왔는지 계속해서 알아보고 여기저기에서 많은 것들을 알게 되었다. 내가 본 김광석은 정말 음악을 사랑하고 열정적인 사람이었다. 하지만 말할 수 없었던 자신만의 아픔도 있었던 것 같다.

사실 '이등병의 편지'는 워낙 유명한 곡이라 많은 사람들이 알고 있는 노래 중 하나 일 것이다. 하지만 이 노래에는 슬픈 사연이 있다. 김광석에게는 어릴 적부터 의지하던 11살 위 큰형이 있었는데 군에서 안타깝게 돌아가셨다. 큰형의 죽음으로 어머니는 크게 충격을 받으셨고 이후에 김광석은 무대에서 "큰형님 돌아가신 후로 김치 맛이 변할 정도로 맘상하신 어머님께 나의 노래를 드리고 싶다"라고 말하며 사람들에게 감동을 주기도 했다.

어린 나이에 감당하기 힘든 일을 겪고 얼마나 힘들었을까? 이런 사연을 알고 나서 노래를 들으니 슬프기도 했다. 특히 노래가사의 상황이 눈에 아른거렸다. 사랑하는 가족과 친구들을 뒤로하고 훈련소로 떠나는 날, 가슴속에 무엇인가 아쉬움이 남는 것처럼 말하지 않아도 알 수 있는 착잡함이 느껴졌다. 또한 젊은 날의 끝이 아닌 시작이라는 면에서 가슴이 뛰기도 했다. 하지만 김광석에게는 착잡함과 설렘이라는 감정 그 이상의 의미가 있는 노래가 아닐까 생각한다. 김광석은 자신이 느꼈던 아픔을 노래로 표현하는 모습이 너무 멋있는 가수이다.

♫ 일어나

검은 밤의 가운데 서 있어

한치 앞도 보이질 않아

어디로 가야하나 어디에 있을까

둘러봐도 소용없었지

인생이란 강물 위를 뜻 없이 부초처럼 떠다니다가

어느 고요한 호숫가에 닿으면 물과 함께 썩어가겠지

일어나 일어나 다시 한 번 해보는 거야

일어나 일어나 봄의 새싹들처럼
끝이 없는 날들 속에 나와 너는 지쳐가고
또 다른 행동으로 또 다른 말들로
스스로를 안심시키지
인정함이 많을수록 새로움은 점점 더 멀어지고
그저 왔다갔다 시계추와 같이
매일매일 흔들리겠지

일어나 일어나 다시 한 번 해보는 거야
일어나 일어나 봄의 새싹들처럼

가볍게 산다는 건 결국은 스스로를 얽어매고
세상이 외면해도 나는 어차피 살아 살아있는걸
아름다운 꽃일수록 빨리 시들어 가고
햇살이 비추면 투명하던 이슬도 한순간에 말라버리지

일어나 일어나 다시 한 번 해보는 거야
일어나 일어나 봄의 새싹들처럼

일어나 일어나 다시 한 번 해보는 거야
일어나 일어나 봄의 새싹들처럼

♪ 나의 한마디

이 곡은 김광석의 지인들이 말하기에 '가장 김광석다운 곡'이라고 한다. 그는 그 누구보다 의지가 강하고 적극적인 사람이었다고 한다. 그래서인지 이곡에는 그의 강한 의지나 긍정적인 생각이 잘 드러나고 가사를 읽어보면 그런 것들이 특히 더 잘 느껴진다. '검은 밤', '물과 함께 썩어가겠지'와 같은 삶에서 한 번쯤 겪게되는 힘든 현실. 또 '아름다운 꽃일수록 빨리 시들어 가고' 와 '햇살이 비치면 투명하던 이슬도 한순간에 말라 버리지'에서는 삶에서의 허무함이 느껴진다. 이런 아픔과 상처, 삶에서의 허무함을 '봄의 새싹들'처럼 다시 한번 일어나 떨쳐내고 극복하자는 메시지를 전하고 있다.

나에게 '일어나' 이 곡은 김광석의 노래 중에서도 가장 익숙한 노래라고 할 수 있다. 어릴 때부터 아빠와 차를 타고 어딘가에 갈 때엔 어김없이 이 노래가 흘러나왔다. 그때는 아빠가 왜 이 노래를 좋아하시는지 몰랐다. 어린 내가 듣기에는 그저 신나는 노래였을 뿐이었지만 지금은 어느 정도 이해가 된다. 아빠가 이 노래를 들으시면서 스트레스를 풀고 마음속 작은 위안으로 삼지 않았을까 생각했다. 그래서 '일어나'는 스쳐 지나가면서 듣기만 해도 아빠 생각이 난다.

어릴 때부터 자주 들었고, 또 많이 따라 불렀기에 이 곡을 참 좋아한다. 기분이 좋지 않을 때 이 노래를 듣고 있으면 누군가가 옆에서 힘차게 위로해주는 느낌이 들어서 나쁜 기분을 떨쳐낼 수 있었다. 그래서 김광석의 '일어나'는 힘든 일을 겪고 자신감을 잃은 이들에게 위로하며 들려주고 싶다.

♫ 서른 즈음에

또 하루 멀어져 간다
내뿜은 담배 연기처럼
작기 만한 내 기억 속에
무얼 채워 살고 있는지

점점 더 멀어져 간다
머물러 있는 청춘인 줄 알았는데
비어가는 내 가슴 속엔
더 아무 것도 찾을 수 없네

계절은 다시 돌아 오지만
떠나간 내 사랑은 어디에
내가 떠나 보낸 것도 아닌데
내가 떠나 온 것도 아닌데

조금씩 잊혀져 간다
머물러 있는 사랑인 줄 알았는데
또 하루 멀어져 간다

매일 이별하며 살고 있구나
매일 이별하며 살고 있구나

♪ 일화

서른이 되면 이십대의 가능성들은 대부분 좌절되고 자신의 한계를 인정해야만 합니다. 이제는 주변에 일어나는 일들도 재미있거나 신기하지 않습니다. 얼마 전 갓 서른이 된 후배를 만났습니다.

"형, 답답해."

"뭐가?"

"재미없어."

"아, 글쎄 뭐가?"

그 친구 키가 180cm입니다.

"형이 언제 나만 해봤어?"

"그래 나 164다. 숏다리에 휜 다리다."

나도 서른을 넘어설 무렵 심한 상실감에 빠졌습니다. 이십대에 가졌던 기대나 가능성이나 이런 것들이 많이 없어지고, 삶에 대한 근본적인 허무가 몰려왔습니다. 정말 견디기 힘들었습니다. 서른은 인생의 전환점이자 처음으로 자신의 삶에 대한 성찰을 하게 되는 때가 아닌가 합니다.

이 노래를 부를 때마다 내적으로 늘 서른 즈음인 것처럼 묘한 느낌에 사로잡힙니다. 스스로 하고 있는 일에 만족하며 살아야지 다독이면서도 스스로 한계들을 느끼면 다시 답답해집니다. 답답한 느낌이 들 때마다 이 노래를 부르게 됩니다.

−김광석 에세이 '미처 다 하지 못한' 中

♪ 나의 한마디

겨우 1년 전 내가 고1일 때 처음 이 노래를 알게 되었다. 방송프로그램에서 한창 김광석을 소개할 때 우연히 '서른즈음에'를 들었다. 곡 전체에서 느껴지는 분위기나 기타반주, 그의 목소리에는 우울한 느낌이 들었다.

가사 중에서 '내뿜은 담배 연기처럼'은 20대의 날들이 담배연기처럼 순식간에 지나가고, 어느덧 서른이 되었음을 뜻한다. 나는 아직 서른이 되려면 멀었지만 내가 생각하기에 어른들이 이 노래를 듣고 공감하는 이유에는 무언가가 있는 것 같다. 나는 아직 그 무언가를 모르기 때문에 '세월이 흘러감에 따른 삶의 무기력함' 정도로 짐작하고 있다.

김광석의 '서른즈음에'는 아름답던 청춘이 지나가고 기억과 추억이 점점 사라져가는 삶의 무기력함을 담아놓은 곡 같다. 이 곡이 대중들로 하여금 공감을 이끌어낼 수 있었던 것은 김광석이 자신의 '서른'을 꾸밈없이 표현했기 때문이라고 생각한다.

♫ 어느 60대 노부부 이야기

곱고 희던 그 손으로 넥타이를 매어주던 때
어렴풋이 생각나오 여보 그때를 기억하오

막내아들 대학 시험 뜬 눈으로 지내던 밤들
어렴풋이 생각나오 여보 그때를 기억하오

세월은 그렇게 흘러 여기까지 왔는데
인생은 그렇게 흘러 황혼에 기우는데

큰 딸아이 결혼식 날 흘리던 눈물방울이 이제는 모두 말라
여보 그 눈물을 기억하오

세월이 흘러감에 흰 머리가 늘어가네
모두가 떠난다고 여보 내 손을 꼭 잡았소
세월은 그렇게 흘러 여기까지 왔는데
인생은 그렇게 흘러 황혼에 기우는데
다시못올 그 먼 길을 어찌 혼자가려하오
여기 날 홀로 두고 여보 왜 한마디 말이 없소

여보 안녕히 잘 가시게

여보 안녕히 잘 가시게
여보 안녕히 잘 가시게

♪ 나의 한마디

'어느 60대 노부부 이야기'의 원곡자는 블루스 기타리스트 김목경이다. 김광석이 버스를 타고 가던 중, 라디오에서 나오는 김목경의 노래를 듣고서는 그 자리에서 울음을 터뜨렸다. 그 후에 이 노래를 부르게 되었다는 일화가 유명하다. 한 번 듣고서 울음을 터뜨린 김광석은 어떤 기분이었을까? 내가 김광석이었다면 부모님의 모습이 가장 먼저 떠올랐을 것 같다. 자신을 키워주신 부모님이 세월이 지나면서 나이 들어가는 모습을 보면 어느 누구라도 마음이 좋지만은 않다.

하지만 이 곡에서, 이 노래를 부르는 사람은 60대의 할아버지. 시간이 흐르면서 많은 일들을 겪었던 할아버지는 지나간 '막내아들 대학시험', '큰딸아이 결혼식'을 떠올린다. 자식들이 하나 둘씩 노부부의 곁을 떠나면서 할머니와 할아버지는 서로의 손을 잡으며 의지한다. 그러다가 인생의 동반자가 되어 평생을 함께했던 할머니의 죽음으로 할아버지는 할머니를 그리워하고 있다. 가사를 보면 할아버지의 마음이 그대로 나타난다. '여기 날 홀로 두고 여보 왜 한마디 말이 없소' 부분과 '여보 안녕히 잘 가시게' 부분에서는 가슴이 찢어질듯이 슬프지만 애써 참으며 할머니의 마지막 모습을 마주하고 작별하는 느낌이 든다. 흘러가는 세월 속 노부부의 사랑과 추억은 가치를 따질 수 없고 그만큼 큰 의미가 있는 것 같다.

김광석의 노래는 들을 때보다 듣고 난 후의 여운이 오랫동안 머무르는 곡이 많다. 그 가운데서도 '어느 60대 노부부 이야기'는 그 여운이 강하게 머무르는 노래이다.

그의 길을 따라서

박성환

　대구에는 '김광석 다시 그리기 길' 흔히 '김광석 길'이라고 불리는 벽화가 그려진 길이 있다. '김광석 다시 그리기 길'은 방천시장 문전성시 프로젝트의 일환으로 김광석이 대봉동에서 태어났다는 사실을 기초하여 만들어졌다. '김광석 다시 그리기 길'의 명칭은 김광석이 발표한 음반 '다시부르기'에서 착안하여 지어졌으며 '그리기'는 김광석을 그리워하면서(Miss) 그린다(Draw)는 중의적인 의미를 담고 있다. 2010년 11월 20일 90m 구간으로 처음 문을 열었으며 이후 계속해서 작품의 수를 늘려가 현재는 350m 구간으로 조성되었고 2014년 전면 새 단장을 했다.

　현재는 전국에서 관광객들이 찾아오고 있으며 대구를 대표하는 명소로 자리매김하고 있다. 또한 대구 근대골목투어 네 번째 코스인 '삼덕봉산문화길'에 포함되어 둘러볼 수 있다.

나는 대구에서 태어났고 18년 동안 대구에서 살아가고 있다. 그런데 김광석 길은 말로만 들었지 직접 가보지는 못했다. 평소에는 가고 싶어도 시간이 잘 나지 않아서 아쉽기만 했다. 이번에는 추석연휴도 있고 가보고 싶기도해서 무작정 버스를 타고 방천시장으로 향했다. 가는 동안에도 김광석 길에 대한 기대를 멈출 수 없었다.

버스를 타고 방천시장에서 내려서 조금만 걷다보면 첫 번째 사진과 같이 김광석이 기타를 치는 모습의 동상이 보인다. 나도 그의 옆자리에 앉아 사진을 찍었다. 그의 얼굴을 보면서 '김광석을 실제로 보면 어떨까'라는 생각을 했다. 한편으론 아쉬운 마음이 들었지만 벽화를 보기위해 입구로 향했다.

입구에 들어선 순간 사람들이 너무 많아서 놀랐다. 추석연휴라 그런지 모두가 '김광석 길'을 구경하러 온 것 같았다. 나중에 인터넷 검색으로 알아보니 주말에는 평균 5,000명 이상의 관광객들이 전국에서 찾아오고 있다고 한다. 그만큼 '김광석 길'의 인기는 대단했다. 입구를 따라 걸으면 김광석의 소개와 그의 음반, 방천시장 소개, '김광석 다시 그리기 길'의 유래가 적힌 안내판이 붙어있고 입구를 지나서 조금 들어오면 김광석의 모습을 그려낸 벽화가 하나, 둘씩 눈에 띄기 시작한다. 이때 어딘가에서 김광석의 노래가 들려와 두리번거렸더니 벽에 설치된 스피커에서 나오는 소리였다. 눈으로는 벽화를 보고 귀로는 김광석의 노래를 들으며 길을 걷는다는 아이디어가 참신하다고 생각했다. 김광석의 노래가 흘러나오니까 분위기가 여유롭고 낭만적이었다.

많은 작가들이 참여한 만큼 벽화가 아주 다양하고 멋있었다. 대부분의 벽화는 김광석의 얼굴을 묘사해놓은 벽화였는데, 김광석을 그리워하며 그림을 그린다는 취지에서 그의 웃는 모습이 그려진 벽화가 특히나 많았다. 몇몇 벽화는 사진을 그대로 붙여놓은 것처럼 실제모습과 똑같이 그

려져 있었다. 그래서 알록달록한 색감과 재치 있는 그림이 더 돋보였다. 다른 벽화에는 김광석의 노래 '사랑했지만', '어느 60대 노부부 이야기'의 가사를 모티브로 그림을 그리고 그 옆에는 노래가사를 손으로 써 놓은 벽화도 여럿 있었다. 그런 벽화 주위에는 관광객이나 시민들이 사진을 찍을 수 있게 의자나 소품도 함께 비치되어있었는데, 의자와 기타가 붙어있어 실제로 기타를 치는 것처럼 생동감 넘치는 사진을 찍을 수 있다. 또 다른 벽화를 보다가 '서른즈음에'와 관련된 일화를 적어놓고 그림을 그린 벽화를 보았다. 그 일화는 내가 책에서 읽었던 내용이라서 그렇게 작품으로 표현해놓으니 새로운 느낌이었고 신선했다.

벽화 반대편에서는 추억의 문방구, 액세서리 샵, 음식점, 카페 등 각종 가게들이 자리하고 있다. 노래가사를 손으로 적은 편지지나 나무를 깎아 만든 미니기타 열쇠고리, 팔찌와 반지, 도자기 등 여러 가지 기념품이 많았다. 또 '추억의 문방구'라는 곳에서는 초등학교 때 많이 먹었던 쫀득이 같은 형형색색의 불량식품이 모여 있었다. 김광석 길 저 멀리서부터 풍기던 달고나 향기의 종착지는 이곳이었다. 어릴 때 동네에서 많이 만들어 먹었던 기억이 떠올라 친구와 함께 국자에 설탕을 받아 나무의자에 쪼그려 앉았다. 한 손에는 국자를, 또 한 손에는 나무젓가락을 쥐고 연탄불에 국자를 올렸다. 젓가락으로 휘저어 설탕이 어느 정도 녹으면 문방구에 계시는 할머니께서 소다를 넣어주신다. 부풀어진 달고나를 할머니께 건네면 판에 탁 치면서 동그랗게 부어 그 위에 별모양, 하트모양으로 모양을 찍어주신다. 잊고 지내던 형형색색의 불량식품과 달고나를 이곳에서 오랜만에 만나 너무 반가웠다. 기회가 된다면 꼭 이곳에 들러보기를 추천한다. 길의 중간지점쯤에는 김광석이 기타를 어깨에 메고 연주하는 모습의 동상이 서 있는데 이곳에서도 많은 사람들이 사진도 찍고 앉아서 쉬어간다. 기타를 치는 그의 표정은 밝았고 동상 옆에서 사진을 찍는 사람들 또한 표정이 밝았다. 그 앞에는 작은 야외 소극장이 있고 이곳에서는 가끔 공연을 하는 것 같았다. 기회가 된다면 공연기간에 와서 많은 사람들의 공연을 관람하는 것도 좋을 것 같다.

　나는 '김광석 다시 그리기 길'의 입구에서부터 끝까지 그의 모습이 그려진 벽화를 보면서 사진으로 담아냈다. 김광석은 짧은 생을 살았지만 많은 사람들의 마음을 읽었고 대중들에게 큰사랑과 공감을 받았다. 한 인물을 그리워하면서 그의 벽화를 그리고 그의 이름을 따서 길을 조성한다는 것에는 의미가 크다. 하지만 한편으로는 원래의 본질과 너무 동떨어지고 상업적이라 눈살이 찌푸려진다는 입장을 내보이는 사람들도 있다. 나는 관광지가 유명해지면 가게가 늘어나는 것이 당연하다고 생각한다. 하지만 그것이 도가 지나쳐 '김광석 길'의 의미를 퇴색시키지 않았으면 하는 바람이 있다. 대구 방천시장에 위치하여 어른들에게는 옛 추억을 불러일으키고 아이들에게는 새로운 경험이 되게 하는 '김광석 다시 그리기 길', 나도 그의 길을 따라서 걸어보았다.

김광석과 형

박성환

　나는 기타치고 노래 부르기를 좋아하는 혈기왕성한 열일곱 고등학생이다. 내 꿈은 사람들에게 노래를 들려주는 것. 내 감정을 꾸밈없는 목소리에 진심을 담아 사람들에게 들려주는 것이 목표다. 그게 바로 내가 하고 싶은 일이다. 올해 고등학생이 된 나는 좋아하는 일을 더 많이 할 수 있게 되어 너무 기쁘다. 합창부에서 형들과 노래를 부르는 일은 아직 서투르지만 기타를 치는 것조차도 설레고 사람들 앞에서 노래를 부르면 가슴이 요동친다. 이제 곧 무대에 올라가야한다. 심호흡을 하고 마이크 앞에 다가가 선다. 무대 위에서 노래를 부르는 짧은 시간동안 내 목소리는 공기를 타고 저 멀리 날아간다. 저 멀리 끝에서 살며시 내려와 사람들의 귓속을 파고든다. 노래가 끝나고 감은 눈을 떴다. 사람들의 박수갈채가 쏟아졌다. 지금까지 수도 없이 노래를 불러왔지만 이런 기분은 처음이었다. 아직까지도 무대에서의 여운이 내 몸을 감돌고 있는 것 같다.

　"역시. 내 목소리에 빠져들었어. 허헛."

　나는 무대를 내려와 관객석을 살피며 혼자 속삭였다.

　"광석아!"

등 뒤에서 익숙한 목소리가 들렸다.

"형! 어쩐 일이야. 오늘 못 온다고 하지 않았어?"

광동이형이었다.

"내 동생이 노래 부른다는데 당연히 와야지. 안 그래?"

큰형이 으스대며 말했다.

"그래. 고오~맙다."

"아니 그건 그렇고. 이야~ 우리 광석이 다 컸어. 이렇게 혼자서도 잘 하고."

큰형은 내가 무슨 대단한 일이라도 했다는 듯이 내 머리를 쓰다듬으며 말했다.

"아, 뭐야. 나 배고파. 맛있는 거 사줘."

왠지 모를 쑥스러움에 붉어진 얼굴로 말했다.

"말만해. 이 형이 다 사줄 테니까."

"음… 짜장면!"

"그래! 가자."

나는 중국집으로 향하는 동안 형에게 무대에서 있었던 일과 사람들의 표정을 흉내 내면서 이야기했다. 언제나 그랬듯이 형은 맞장구를 치면서 웃어주었다. 나도 언제나 그랬듯이 형과 이야기 하는 게 너무 즐거웠다. 얼마 지나지 않아 중국집에 다다랐다. 이곳은 어릴 때부터 우리 가족이 자주 외식을 하던 곳이다. 그래서 지금까지도 자주 들러 사장님과는 가족 같은 사이가 되었다.

'드르륵….'

"어서 오세요… 어 이게 누구신가? 광석이랑 광동이구면!"

"네. 사장님. 오늘은 광석이랑 저 둘만 왔어요."

형의 표정은 무척이나 신나 보였다. 형은 조금 후에 앉아서는, 곧바로 주문을 했다.

"여기 짜장면 두 그릇에 탕수육 하나 주세요. 아참, 사이다 한 병 주시구요."

"그래. 조금만 기다려라."

얼마 후 음식이 나왔고 나는 못 먹은 애 마냥 허겁지겁 먹어치웠다. 고개를 들고 광동이 형의 표정을 보았다. 큰형은 입가에 미소를 띠우며 나를 보고 있었다. 그때 광동이형이 갑작스레 물음을 던졌다.

"광석아, 형 잠시 안 보여도 잘 할 수 있지?"

"뭐라고? 그게 무슨 소리야. 형 어디가?"

나는 형의 예상치 못한 질문에 꽤나 당황했다.

"광석아. 형 곧 군대 가야하잖아. 하하하-."

"아… 형! 난 또 어디 멀리 가는 줄 알고 걱정했잖아. 걱정 마~ 작은형이랑, 누나들이랑 잘 지내고 있을 테니까."

"귀여운 자식. 조금만 기다려 금방 올 테니까."

광동이 형이 나의 양쪽 볼을 꼬집으며 말했다. 나는 안도의 한숨을 쉬었다. 형은 내년 1월에 28사단에서 군 복무를 시작한다고 말했다. 1월 달이 되기까지는 한 달 남짓한 시간이 남아있었다. 겉으로는 덤덤하게 굴었지만 속으로는 형이 군대에 가버리면 어떻게 지낼 수 있을지 걱정을 많이 했다. 광동이형은 부모님 다음으로 내가 제일 많이 기대고 의지했기 때문에 떨어져서 지내기가 싫었다. 하지만 군에 입대하는 형에게 걱정을 끼치고 어린애마냥 철없는 동생이 되고 싶지는 않았다. 언제까지나 같이 지낼 수는 없으니 나도 받아들여야 했다. 집으로 향하는 길에서 큰형에게 말했다.

"형! 나 형 많이 좋아하는 거 알지?"

"그럼. 알다마다."

"형, 군대 조심히 갔다 와야 해. 그리고 얼른 와야 해. 알았지?"

"에구~ 우리 광석이 많이 컸네. 많이 컸어… 너는 형 걱정하지 말고 노래연습 열심히 해서 꼭 좋은 가수가 되어야해. 알겠지?"

"응. 알았어. 근데 형 군대 한 달 남은 거 알아? 마음준비 단단히 해라~ 풉!"

"이 자식~ 까불면 혼난다?"

나는 그렇게 큰형에게 장난과 진심이 섞인 마음으로 하고 싶은 말을 털어놓았다. 마음속에 있었던 큰 짐을 내려놓은 것처럼 가뿐했다. 큰형과의 짓궂은 장난 덕분에 예전보다 더 가까워진 기분이었다.

그렇게 한 달이 지났다. 올해 1월에 큰형인 광동이형이 군대에 입대했다. 나는 그 때 큰형과의 대화 이후 큰형을 믿고 더 이상 형에 대한 걱정을 하지 않기로 했다. 점점 더 고등학교 생활에 적응해 갈수록 하고 싶은 일들이 많아졌다. 그중 한 가지로는 학교 동아리활동으로 밴드부를 결성했다. 나는 밴드부에서 보컬 담당이었고, 내 친구 학기는 드럼과 보컬을 담당했다. 학기는 고등학교에서 만난 친구인데 옆으로 길쭉하게 찢어진 눈매에 큰 키로 뿜어내는 카리스마가 장난이 아니었다. 게다가 성격이 어른스러운 면이 있어서 노래를 부르면 뿜어져 나오는 감정이 뛰어나다고 관객들에게 인기가 많았다. 그렇게 실력자인 학기를 비롯해 몇 명의 친구들과 함께 밴드부로 활동을 했다. 밴드부는 학교에서 뿐만 아니라 밖에서도 기타를 치고 노래를 불렀다. 어떤 날은 요양원에 봉사활동을 가서 할머니, 할아버지들께 노래를 불러드렸고, 또 어떤 날은 유치원으로 봉사활동을 가서 귀여운 아이들에게 어울리는 노래를 불러주기도 했다. 많은 사람들이 내가 부르는 노래를 좋아해줘서 고맙고 뿌듯했다. 나에게 밴드부는 그냥 단순한 '밴드부'라고 하기에는 너무 소중하고 가치를 매길 수 없는 존재였다. 밴드부 중에서도 나와 학기는 꿈이 가수로 같았고 노래 부르는 것을 제일 좋아했다. 서로 추구하고 좋아하는 노래장르가 비슷해서 잘 통했다. 그러던 중 학기가 나에게 제안했다.

"광석아. 너 진짜로 가수가 되고 싶어?"

"응. 당연하지."

나는 학기가 왜 이리 당연한 걸 묻나 생각하고는 우물쭈물 하고 있는 학기의 표정을 살피고 있었다.

"그럼… 우리 전국노래자랑 나가자!"

학기는 천진난만한 얼굴을 하고서는 나를 쳐다봤다.

"뭐-어? 전국노래자랑? 갑자기 왜 그래?"

"아~ 이번에 전국노래자랑이 우리 동네에서 열린다고 하던데? 우리 둘 다 노래 부르는 거 좋아하잖아!"

학기의 얼굴엔 짓궂은 미소가 퍼지고 있었다.

"음….."

나는 속으로 생각했다.

'내가 노래 부르는걸 좋아하긴 하지만 전국노래자랑은 무대 앞에 관객이 너무 많은데… 생각만 해도 떨려. 아니야. 괜찮을까? 어떡하지…'

"광석아! 무슨 생각을 하는 거야. 나가기 싫으면 나 혼자 할게."

"응? 아니. 아니 나도 나갈게. 같이 나가자."

학기가 간절히 나가자고 하는 바람에 홧김에 나가겠다고 말했다. 아니. 그냥 내가 나가고 싶어서 그랬을지도 모른다. 그동안의 내 노래실력이 어떤지 궁금하기도 했고 사람들의 반응도 궁금했기 때문에 나를 확인할 수 있는 좋은 기회라고 생각했다. 하지만 지금까지 그렇게 많은 사람들 앞에서 노래를 부른 적이 없어서 용기가 나지 않았다. 학기는 저렇게 열심히 연습하는데 또 무대에서는 얼마나 잘할까….

"딩동댕. 전국~ 노래자랑!"

2주가 그냥 지나가고 결전의 그날이 왔다. 오늘까지도 용기를 가져 보려고 했지만 막상 대기실 안에서 기다리고 있는 참가자들을 보니 힘이 빠졌다. 다리가 부들부들 떨렸다. 가슴이 요동쳤다.

"아! 여러분, 벌써 마지막 순서가 찾아왔습니다. 마지막 무대를 장식할 참가자는 바로 대광고등학교에 다니는 청춘의 남학생들입니다. 자기소개해 주시죠."

"안녕하세요. 저희는 대광고등학교의 자랑, 밴드부에서 보컬을 맡고 있는 박학기, 김광석입니다."

"무슨 노래를 부르시나요?"

"물망초! 부르겠습니다."

마이크 앞에 서서 눈을 질끈 감았다. 노래가 흘러나왔다. 연습했던 데로 학기가 노래를 시작했다.

"밤새도록 가로등도 비에 젖었네.

슬퍼할 수 없어요. 잊을 수도 없어요.

이슬에 맺혔네. 두 눈에 맺혔네.

눈물인가 빗물인가. 눈물인가 빗물인가.

잊지 마세요. 잊지 마세요.

잊지 마세요. 잊지 마세요. 마음은…"

학기가 갑자기 노래를 멈췄다. 어리둥절하던 찰나에 나는 학기가 가사를 잊은 것을 눈치 채고 다음 부분을 이어 불렀다.

"…비가 되어. 마음은 강물이 되어.

고향바다 그 얼굴 찾아가누나.
한없는 기다림만 가슴에 담아.
내 마음을 묶어버린 나는 물망초"

나는 침착하게 노래를 이어 불렀고 학기와 눈을 바라보면서 호흡을 맞추었다. 노래가 끝나는 동시에 관객석에서 박수갈채가 들려왔다. 걱정했던 것과 달리 노래를 끝까지 불렀다는 후련함에 안도의 한숨을 쉬었다.

"자자, 여러분 가슴이 먹먹해지는 무대였습니다. 노래 어떠셨나요? 나이가 참 어린데도 감정을 세세하게 잘 표현하네요. 그죠? 이제 학생들은 대기실에서 잠시 기다리면 됩니다."

나는 안내에 따라 무대에서 내려와 대기실로 향했다. 등 뒤로는 진행멘트가 계속해서 들려왔다.

"이제는 수상만 남았습니다. 허허, 이거 참 우열을 가릴 수 없이 모두 좋은 무대였는데요…."

대기실에서 학기의 표정은 무대에서의 실수 때문인지 썩 좋지가 않았다. 나는 학기의 기분을 살피며 조심스레 말을 건넸다.

"학기야, 왜 그래? 어디 불편해?"

나는 조심스럽게 학기에게 물었다.

"아…아니. 아까 실수한건 미안해. 관객석에 있는 사람들이랑 눈이 마주쳤는데 갑자기 머리가 하얘지더라고."

"에이, 뭘 그거 가지고 그래. 아까는 나도 엄청 떨어서 무대에서 뭘 했는지 잘 모르겠어. 그래도 우리 끝까지 잘 불렀잖아. 대단하지 않아?"

"역시 내 친구~ 고맙다. 이해해 줘서."

학기가 나를 향해 걸어오더니 다짜고짜 나를 끌어안으며 말했다.

"야 이거 좀 놔. 징그러워."

"물망초 부르신 남학생 두 명, 무대 위로 올라가세요."

그때, 작가로 보이는 사람이 말했다. 나는 장난스럽게 학기의 손을 뿌리치고 대기실을 나갔다.

"너 이 자식, 친구한테 징그럽다니!"

학기가 뒤에서 달려와 어깨동무를 하고 우리는 같이 무대 위로 올라갔다. 우리는 무대 위에서 사람들이 상 받는 모습을 구경하고 있었다. 상을 받는 모습을 보니 모두가 한결같이 날아갈 듯한 표정이었다. 모두가 노래를 잘 불러서 남은 상을 누가 받을지 가늠할 수가 없었다. 하지만 학기도 그렇고 나도 상을 받고 싶은 마음은 간절했다.

"광석아, 나도 상 받고 싶어."

"나도."

나와 학기는 혹시라도 상을 받을까하는 생각에 기대가 부풀어있었다. 두 손을 모으고 온 신경을 곤두세워 발표에 집중했다.

"다음은 우수상 시상이 있겠습니다. 우수상은….."

'제발. 물망초. 물망초….'

나는 간절한 마음으로 눈을 감았다.

"우수상은… 꿈! 축하합니다."

혹시나 했는데 역시나 상을 받기에는 많이 부족한 실력이었나보다. 학기도 아쉬워하기는 마찬가지였다. 아쉬움을 뒤로 하고 무대를 내려가려 했다. 그 순간.

"다음은 최우수상 시상이 있겠습니다. 최우수상… 최우수상은 역시 이

학생들이군요. 물망초! 축하합니다."

'팍! 파팍'

폭죽이 터졌다. 위에서 종이꽃가루가 내려와 머리에 앉았다.

"최…최우수상! 와~ 최우수상! 광석아, 우리 최우수상이야!"

학기는 나를 흔들며 크게 소리쳤다.

나는 너무 기뻤고 학기와 무대 위에서 부둥켜안고 방방 뛰었다. 정말 믿기지 않았다. 이게 꿈인지 생시인지 반신반의 하면서 트로피를 받았다.

"소감 발표해 주시구요."

"네. 일단 많이 부족했지만 이렇게 큰 상을 받게 되어서 너무 기쁩니다. 저와 가장 친한 친구인데요, 같이 노래 불렀고 이 친구 덕분에 상 받을 수 있었어요. 옆에 있는 박학기 너무 고마워. 또 가족들 고맙고 무엇보다도 지금 군대에서 열심히 훈련하고 있을 우리 큰형, 광동이형에게 상 받은 거 알려주고 싶어요. 감사합니다!"

무대에서 내려오면서 나도 모르게 눈물이 주르륵 흘렀다. 노래를 불러서 받은 상이 처음이라 그런지는 몰라도 감격스러움에 사무쳐 가슴이 벅차올랐다.

상을 받고 집으로 향하는 길이 마치 구름 위를 걷는 것처럼 발걸음이 가벼웠다. 집으로 한달음에 달려가 가족들에게 알려주고 싶었다. 또 큰형에게 전화로 깜짝 놀래켜 주고 싶었다.

'집에 가면 가족들에겐 말할 수 있는데 큰형에게는 언제 말하지?'

벌써 큰형이 군대에 간지도 수개월이 지났다. 간간이 소식을 들었고 전화도 왔지만 입대 이후로 형의 얼굴을 본 적이 없다. 오늘처럼 자랑할 거리가 있는 날에는 큰형에게 제일 먼저 알려줬었는데 지금은 그럴 수 없어서 형의 빈자리가 크게 느껴졌다. 집에 거의 도착 할 때쯤 저 멀리 대문 앞에 쭈그려 앉아있는 작은누나가 보였다. 그런데 자세히 보니 누나가 손으로 얼굴을 가리고 있었다. 누나에게 가까이 다가갈수록 흐느끼는 소리가 점점 크게 들려왔다. 나는 걱정되는 마음에 얼른 달려가 물었다.

"누나! 왜 울어. 무슨 일 있어?"

"…."

누나는 그저 울기만 할 뿐이었다. 왜 그런지 아무리 물어봐도 무슨 일 때문인지 대답이 없었다. 느낌이 이상했다. 반쯤 닫힌 대문을 열고 마당에 들어섰을 때 부모님의 대화를 듣게 되었다.

"여보… 이게 어떻게 된 일이에요…"

어머니는 손에 누런 봉투를 들고서 떨리는 목소리로 숨죽여 말씀하셨다.

"…."

아버지 역시 아무 말씀을 하지 못하셨다. 뒤돌아선 아버지께서 나와 눈이 마주쳤을 때 나는 보았다. 아버지의 눈물 흘리는 모습을. 평소에는 강인하고 굳세던 아버지께서 애써 슬픔을 참으며 눈물을 흘리시는 모습에 가슴이 짠했다. 도대체 무슨 일이 생겼는지 알 수가 없었고 나는 더 이상 참을 수 없었다. 어머니에게로 다가가 물었다.

"무슨 일이에요? 엄마."

나는 별일이 아니기를 간절히 바라며 어머니의 대답에 귀를 기울였다.

"광석아… 광동이가 입고 갔던 옷이… 오늘 봉투에 쌓여서 왔단다. 이게 어떻게 된 일이니…."

나는 누런 봉투를 뜯어내 옷을 확인했다. 봉투 속의 옷은 광동이형의 옷이 분명했다. 옷가지에는 아직 형의 체취가 그대로 남아있었다. 나는 도저히 형의 죽음을 믿을 수 없었다. 모든 게 잘못된 일이라고 믿고 싶었다. 누군가 모함하고 있는 거라고 믿고 싶었다. 너무 슬퍼서 눈물이 나지 않았다. 눈물이 나지 않았지만 그 누구보다도 더 고통스러웠다.

"광동아… 광동아… 광동아…!"

어머니께서 한참동안 형의 이름을 목 놓아 부르셨다. 나는 한동안 말로 형용할 수 없는 슬픔에 빠져 집 밖으로 나가지 않았다. 하루 종일 시체마냥 누워만 있었다. 눈만 뜨면 형의 모습이 아른거렸고 계속 뜨거운 눈물이 흘렀다. 그저 세상을 잃은 것 같았다. 형의 죽음으로 인해 행복했던 우리 가족의 일상이 산산조각이 났다. 웃음으로 가득했던 집안이 한순간 싸늘하고 우울해졌다. 그렇게 무의미한 시간만 계속 흘러갔다.

오늘도 어김없이 눈을 뜨고 멍하니 천장만 바라보았다. 문득 예전에 큰형이 했던 말이 뇌리에 스쳐 지나갔다.

'그래. 큰형은 내게 꼭 좋은 가수가 되라고 했었지… 나는 좋은 가수가 되는 것이 꿈이었지. 언제까지 이렇게 누워서 천장만 바라볼 수는 없어.'

나는 한 달이 넘어가는 시간동안 충분히 많은 것을 느꼈고 충분히 많은 생각을 했다. 내가 시체마냥 누워있다고 해서 변하는 것은 시간 뿐이었다. 일어나 문을 열고 마당으로 나왔다. 찬바람이 불어와 내 뺨을 스쳤다. 마당을 둘러보니 꽤나 황량해 보였다. 어머니께서 취미로 가꾸시던 텃밭에는 채소 대신 잡초가 여기저기 자라 있었고 장독대에는 먼지가 쌓여 빗물에 씻기기를 몇 번이나 반복한 것 같았다. 어머니는 수돗가에 앉아 뭔가를 하고 계셨다. 어머니 쪽으로 다가가 자세히 보니 큰형의 옷을 빨래하면서 울고 계셨다. 어머니께서는 아직 충격에서 벗어나지 못 하신 것 같았다. 나는 그런 어머니를 바라보며 애써 마음을 가라앉히며 말을 건넸다.

"엄마, 힘내세요. 형이 이런 모습을 보면 얼마나 슬퍼하겠어요. 제가 형 몫까지 더 잘할게요. 계속 그렇게 힘들어하시면 제 마음이 너무 아파요. 우리 가족 힘내서 더 열심히 살아가야죠."

어머니께 나의 위로가 전해질지는 몰라도 나는 어머니의 마음을 이해하기 때문에 조금이나마 도움이 되고 싶었다. 나는 어머니의 쓸쓸한 뒷모습을 보고 살며시 뒤에서 껴안았다.

"엄마, 걱정 마세요. 광동이형… 분명 좋은 곳으로 갔을 거에요."

"광석아, 내가 많이 미안하구나. 그동안 광동이 때문에 광석이 너한테 신경 쓸 겨를이 없었어. 정말 미안하구나."

어머니께서는 나를 향해 돌아서서 당신 품에 나를 꼭 끌어안아주시며 말씀해 주셨다.

"엄마, 그러니까 이제 우리 그만 슬퍼해요!"

나는 어린 나이에 아픔을 겪고서 조금 더 성숙해질 수 있었다. 대학 입학과 동시에 연합 동아리에 가입하면서 선배들과 함께 소극장에서 공연을 하게 되었다. 수 없이 많은 무대를 경험하면서 관객들과 소통하고 '나'를 표현하는 방법을 배웠다. 나는 그런 무대경험을 바탕으로 20살, 처음으로 음반제작에 참여하여 활동을 하게 되었고, 새로운 도전이었기 때문에 즐거운 마음으로 활동할 수 있었다. 그렇게 즐거운 나날들을 보내던 중, 집으로 입영통지서가 도착했다. 어머니께서 말씀하셨다.

"석아, 오늘 집으로 입영통지서 왔네. 저기 있다."

"네. 저도 이제 갈 때가 됐죠 뭐."

나는 아무렇지 않다는 듯이 말했다.

"그래. 광석아, 다른 걱정하지 말고 잘 갔다 오거라."

어머니께서 나를 끌어안으며 말씀 하셨다.

"우리 아들 사랑한다. 잘 할 거야."

나는 걱정이 앞섰고 두렵기도 했지만 다시 한 번 의지를 다지고 두려움을 떨쳐냈다. 나는 큰형의 죽음으로 인해 6개월 단기사병으로 복무를 마치게 되었고 그렇게 나의 짧은 군 생활은 끝났다. 제대 이후에도 왕성하게 노래활동을 펼쳤고 마침내 솔로가수로 데뷔하여 첫 음반을 선보였다. 첫 음반을 시작으로 4년 동안 네 번의 음반을 발표했다. 매번 색다른 곡을 발표하면서 나만의 이야기를 하고 나만의 감성을 표현하는 가수로 대중의 사랑을 많이 받았고 나 또한 함께 성장하는 계기가 되었다.

데뷔 후 서른이 되는 해에 한 프로그램에 출연 제의를 받았다. 군에서 억울하게 목숨을 잃은 장병들을 추모하고 이런 비극을 막아야한다는 취지에서 하는 공연이었다. 제작진은 아픈 사연이 있는 나에게 조심스레 출연을 제의했고 나는 흔쾌히 수락했다. '국군의 날'을 하루 앞둔 저녁 '추모의 밤'이라는 공연에 초대받은 것이다.

"광석씨, 오늘 긴장하지 말고 편안한 마음으로 노래 불러주세요. 이제 곧 무대에 올라갈 거예요. 준비해 주세요."

피디의 말을 듣고 무대 위로 올랐다.

"다음 순서는 국군의 날을 추모하기 위해서 한달음에 달려오신 가수 김광석씨입니다. 큰 박수 부탁드립니다."

관객석에는 추모를 위해서 모인 시민들이 빽빽이 앉아 있었다. 나는 심호흡을 하고 조용히 눈을 감았다. 반주가 흘러나오고 노래를 시작했다.

"집 떠나와 열차 타고 훈련소로 가던 날
부모님께 큰절하고 대문 밖을 나설 때
가슴 속에 무엇인가 아쉬움이 남지만
풀 한포기 친구 얼굴 모든 것이 새롭다
이제 다시 시작이다

젊은 날의 생이여

친구들아 군대 가면 편지 꼭 해다오
그대들과 즐거웠던 날들을 잊지 않게
열차시간 다가올 때 두 손잡던 뜨거움
기적소리 멀어지면 작아지는 모습들
이제 다시 시작이다 젊은 날의 꿈이여

짧게 잘린 내 머리가 처음에는 우습다가
거울 속에 비친 내 모습이 굳어진다.
마음까지
뒷동산에 올라서면 우리 마을 보일런지
나팔소리 고요하게 밤하늘에 퍼지면
이등병에 편지 한 장
고이 접어 보내오.
이제 다시 시작이다 젊은 날의 꿈이여….”

　노래가 끝나고 박수갈채가 쏟아졌다. 나는 무대에 서서 이등병의 편지에 얽힌 나의 이야기를 시작했다.
　“여러분 안녕하세요. 우선 이 이등병의 편지에는 저의 특별한 애정이 깃들어 있습니다. 처음 이 곡을 부를 때는 제 어머니와 돌아가신 큰형님이 생각났습니다. 제가 이 노래를 여기서 꼭 불러야겠다고 생각을 했는데, 왜냐면 저는 군대를 6개월만 다녀온 평생 이등병이었습니다. 저의 큰형님이 군에서 돌아가셨어요. 그래서 제가 혜택을 받게 됐죠. 제가 17살 때 형님이 군에 가셨습니다. 훈련소에서 누런 봉투에 입고 갔던 옷을 정리해서 집으로 보내주더군요. 그걸 보면서 온가족이 슬퍼했습니다. 어머니께서는 형님의 옷을 빨래하면서 우셨고 형님이 돌아가신 후로 김치 맛이 변할 정도로 마음에 상처를 입으신 어머니 때문에 지켜보는 저도 많이 힘들었습니다. 그래서 이 '이등병의 편지'를 부를 때는 어머니와 돌아가신 형님이 많이 떠오릅니다."

공연 후 허심탄회하게 이야기를 털어놓고서는 무대를 내려왔다. 나는 이후에도 쭉 음악활동을 이어 나갔다. 여러 가수들과 함께 노래를 부르며 공연하고 음반작업도 함께했다. 같은 가수의 길을 걷고 있는 친구 학기와는 서로의 노래를 들어주고 평가하며 더 끈끈한 우정을 나누었다. 큰형님과의 추억을 가슴 한편에 새겨놓고 세상에서 하나뿐인 가족들과 서로를 챙기며 행복하게 지내고 있다. 나에게 노래는 인생의 반을 함께 한 '또 다른 나'였고, 노래에 대한 열정으로 모든 것을 극복할 수 있었다. 나 자신을 믿고 꾸준히 음악의 길을 걸어왔더니 나는 어느새 대중의 사랑과 관심을 받으며 인정받는 가수가 되어있었다.

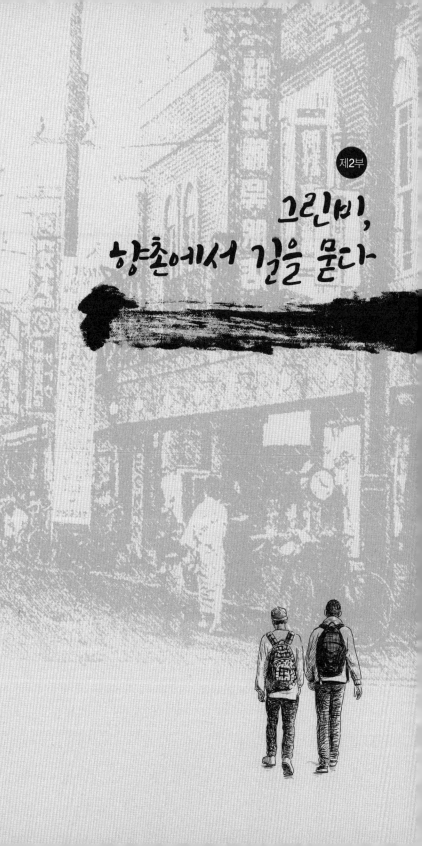

제2부

그린비,
향촌에서 길을 묻다

작 품 　 후 　 기

대구 예술이 나아갈 길은…

나의 사랑하는
대구 문학

곽만철

　책쓰기 동아리 그린비에 가입한지 2년째, 어느덧 내가 참여한 두 번째 책이 나오게 되었다. 책의 타이틀은 '그린비 향촌을 거닐다'. 우리 동아리는 이번에 과거 대구예인들의 문화거리였던 향촌동을 거닐면서 그 곳에 있는 예인들을 한 명씩, 한 명씩 보고 느끼며 살펴보는 시간을 가졌다. 그리고 그분들에 관한 글을 몇 편씩 써내려갔다. 그렇게 해서 나온 것이 바로 이번 책의 결과물인 것이다.

　작년에는 사회문제에 대한 글을 써서 책의 분위기 자체가 많이 무거웠는데 이번에는 나름 가벼운 마음으로 글을 써내려간 것 같다. 올해 나는 대구 문인하면 빼놓고 말할 수 없는 작가인 이상화와 현진건에 대한 작품을 창작했다. 현진건이나 이상화는 교과서에서 한 번씩 작품을 배워본적이 있어서 그리 낯설지는 않았다. 그렇다 처도 이름과 유명한 작품 몇 개만 알 뿐 이외에는 아는 것이 하나도 없었다. 그래서 그 사람들의 정보를 하나하나 인터넷으로 찾아보고 향촌동에 직접 방문하여 그 분들의 발자취를 지나가 보면서 교과서 속에 들어있는 딱딱한 인물이 아닌 시인으로서의 이상화, 소설가로서의 현진건을 만나볼 수 있었다. 그 과정에서 기억에 남는 몇 가지를 뽑아내서 나의 글로 써내려갔다.

첫 번째와 두 번째 작품은 이상화 시인에 대해서 썼다. 첫 번째 작품인 '한민족의 희탄'은 이상화의 학창시절과 첫 작품인 말세의 희탄이 나오기까지를 소설화했고, 두 번째 작품 '빼앗긴 들의 봄'은 대표작인 '빼앗긴 들에도 봄은 오는가'의 탄생 배경에 대해서 글을 썼다.

첫 번째 작품인 '한민족의 희탄'은 첫 등단작인 '말세의 희탄'이 나오기 전까지의 내용을 그려냈다. 작품자체의 내용을 그대로 그려낸 것은 아니고 이상화의 일화를 배경으로 나만의 해석을 풀어냈다. '말세의 희탄'은 이상화의 등단 초반인 퇴폐주의적 이미지를 잘 보여주는 대표작이며 후의 이러한 성격을 벗어낸 '빼앗긴 들에도 봄은 오는가'와 대비되어 이 작품을 쓰게 되었다.

두 번째 작품 '빼앗긴 들의 봄'은 제목 그대로 '빼앗긴 들에도 봄은 오는가'가 어떻게 탄생되었는지를 보여주는 작품인데, 이상화는 이 시를 쓰기 위해서까지 힘겨운 과정을 겪어 왔다. 일제의 횡포 속에서 이제는 남의 땅이 되어버린 우리 국토에서 광복의 희망을 저버리지 않고 그 속에서 다시 우리의 봄을 꿈꾸는 강인한 이상화의 모습을 그리고 싶었다. 그가 본 빼앗긴 들은 우리 대구, 나아가 우리 민족 전체의 아픔이고 고통이었기에 그곳에서 주저앉지 않고 당당히 일어서는 모습을 형상화하고 싶었던 이상화의 상황을 최대한 상상하여 작품을 그려내었다.

세 번째 작품은 현진건 작가에 대해서 썼다. 현진건 작가의 일생을 찾아보다가 한 가지 안타깝다면 안타깝다고 할 수 있는 작품을 발견했다. 바로 '선화공주'였다. 그 작품은 현진건이 죽기 전 마지막으로 쓰다가 건강 악화로 연재가 중단 되어 세상에 발표되지 못한 작품이었다. 거기서 나는 생각을 얻었다. 그 이야기가 누군가에 의해 완성되었다면 어떨까? 그래서 나는 내가 쓰는 글에 가상의 인물을 한 명 넣었다. 현진건의 친구

명철(가명)이다. 이야기에서 명철은 현진건의 돈독한 문인 친구로 등장한다. 옆에 붙어 다니면서 조언을 해주고 버팀목이 되어주는 진정한 친구의 역할을 톡톡히 해준다. 하지만 마지막에는 유명세에 휘말려 잠깐 친구로서의 정을 저버리게 된다. 그래도 결국에는 현진건의 마지막 부탁인 소설의 완성을 이루어주고 그의 이름으로 작품을 세상에 알리게 되어 그 작품은 길이 남게 된다. 현진건하면 떠오르는 작품은 '운수 좋은 날'인데 굳이 내가 이 작품을 모티브로 쓰게 된 이유는 단순히 나의 성격문제일지도 모른다. 끝맺음을 하지 않으면 누구나 섭섭해 하지 않는가. 이런 간단한 생각이 작품을 만들어 주게 된 계기가 되었다.

이 세 작품은 모두 내면적 독백을 위주로 구성되었다. 내가 직접 그 사람인 것처럼 되는 것이 일생을 그려내기에는 가장 적합하다고 생각했기 때문이다. 물론 이 작품들이 모두 완벽한 것은 아니다. 명색이 그린비에서 2년째 활동 중인데도 아직까지 결말부를 짓는 것이 너무나도 서툴다는 사실이 본인 스스로도 느껴질 정도이다. 이 부분은 차츰 고쳐 나갈 것이다. 그리고 이 위대한 인물들을 이렇게 밖에 표현하지 못했다는 아쉬움도 많이 남는다.

이 많은 대구 문인들의 작품들을 바라보면서 생각해봤다. '우리 대구의 문학은 어디로 가야할까'라는 다소 심각할 수 있는 질문이다. 나 같은 풋내기 작가가 뭘 알겠냐만은 한마디 하자면 대구 문학은 지금으로서도 충분히 아름답다고 본다. 시대를 아울러 빼어난 작품을 내는 작가들이 있고 그 작품들은 역사 속에 기록되어 아직까지도 우리에게 사랑받고 있다. 이만하면 대구 문학은 충분히 훌륭하지 않은가. 지금 이대로만 과거의 정신을 잃지 않고 나아가면 어디를 가도 뒤지지 않는 문학이 될 것이 틀림없다. 대구 문학 사랑한다!

마지막으로 하고 싶은 말은 이번 책쓰기가 다시금 나를 성장하게 만들

었다는 사실이다. 나는 올해도 글을 쓰면서 많은 생각과 관찰을 해나갔
다. 그 과정에서 나뿐만이 아닌 우리 동아리원 모두가 성장했으리라 믿
는다. 몇 번이나 말해도 모자라지 않지만 책쓰기는 항상 모든 면에서 우
리를 긍정적으로 만들어준다. 모두가 이 책쓰기의 매력에 빠져들었으면
좋겠고 책읽기도 같이 해서 뜻 깊은 시간을 가졌으면 좋겠다.

향토 문학의
갈무리

고관진

우리 '그린비'의 책을 한 권씩 보신 분들 오랜만입니다. 한꺼번에 보신 분들 만나서 반갑습니다. 처음 보신 분들을 위해 다시 자기소개를 하자면 저는 성광고등학교의 글쓰기 동아리인 '그린비'의 일원이자 올해 차장이 된 고관진이라고 합니다. 아, 이렇게 여러분들을 일 년 만에 다시 보게 되다니 감회가 새롭군요. 작년에 여러분들을 처음 만날 때만 해도 아직 어리숙하고 부족한 것이 많은 저였는데 이렇게 1년이라는 시간이 지나는 동안 실력을 쌓고 비교적 더 좋아진 양질의 글을 들고 여러분들을 볼 수 있어서 정말로 기쁩니다.

이제 제가 쓴 글에 대해 말해보겠습니다. 작년에 출판된 책을 읽으신 독자분들이시라면 아시겠지만 작년의 글쓰기 주제는 '사회적 문제에 관하여 글을 써보자'였습니다. 하지만 올해는 작년과는 다르게 조금은 특별한 주제를 들고 왔죠. 바로 대구 예술인들의 생애에 대해 조사하고 그 예술인들의 작품들을 이용하여 자작 소설을 만드는 것입니다. 동아리 일원들끼지 주제를 완전히 정하기 전에 저는 이 주제가 마음에 들었습니다. 왜냐하면 저희가 글을 재밌게, 맛깔나게 쓴다면 저희의 글을 읽으신

다른 지역에 계실 독자분들도 대구라는 지역에, 대구 출신의 예술인들에 관심을 가지게 될 것이라는 생각이 들었기 때문이죠.

자, 그럼 제가 쓴 글에 대해서 말해보겠습니다.

제가 첫 번째로 선정한 문인은 백웅(白熊), 즉 흰색 곰이라는 뜻의 호를 가진 시인 백기만이었습니다. 저는 백기만을 이용하여 이번에는 두 개의 서로 다른 글을 썼습니다. 그 소설에 나오는 주인공(백기만)의 성격을 다르게 해서 말이죠. 첫 번째로 백기만 시인의 '청개구리'라는 시에 초점을 두고 쓴 소설인 "개구리, 눈물의 이유"에서의 백기만은 상당히 사고뭉치입니다. 집안 일을 돕거나 공부 열심히 하라는 어머니의 말은 무시한 채 매일 친구들과 놀러 다녔죠. 사실 기만은 어렸을 때부터 주변에서 독립군들이 일본군들과 싸워오는 것을 보고, 또 소문으로 많이 들어왔기 때문에 그 자신도 독립군이 되어 싸우고 싶다는 생각을 하게 됩니다. 그러다 우연히 독립군 소속인 지성을 만나게 됩니다. 그를 만나 독립군의 심부름을 하게 된 기만은 단순한 심부름이지만 그것에서 보람을 느끼며 즐겁게 일을 합니다. 하지만 결국 덜미가 잡히게 되어 일본군들이 기만의 집에 쳐들어가는 것을 기만이 밖에서 목격합니다. 자신의 아들을 넘길 수 없었던 어머니는 결국 일본군의 총에 맞게 되고 급하게 병원으로 데려가지만 끝내 사망하게 되죠. 결국 비 오는 날 크게 울음을 터트리며 소설이 끝을 맺게 됩니다. 두 번째로 쓴 백기만은 소심한 면이 있는 사람입니다. 이번에 나오는 백기만은 앞의 백기만과는 다르게 놀러다니지도 않고 어머니 말을 잘 듣는 아이지만 아버지가 일본군에게 죽임을 당하는 것을 눈앞에서 본 경험 때문에 트라우마를 가지고 살아가는 아이입니다. 하지만 기만이 살고 있는 마을에서 장사를 하고 있는 만석을 보게 됩니다. 그리고 며칠 뒤 일본군들이 그들을 마구잡이 무력으로 진압하게 되는데 그 과정에서 기만의 눈앞에서 만석이 죽게 됩니다. 눈앞에서 사람이 죽어감에도 예전의 트라우마가 떠오른 기만은 그대로 뒤로 돌아 집으로 달려오게 되죠. 그리고 집으로 가 자신이 보고 들은 모든 것을 '은행나무 그늘'이라는 시로 만들어냅니다. 저는 이렇게 서로 다른 백기만을 보여드리며 독자분들에게 새로운 흥미를 불어 넣고자 했습니다. 서로 다른 성격을 가진 등장인물을 보며 색다른 기분이 들게 하려 했습니다.

　다음으로 제가 관심을 가진 작가는 여러 가지 의미로 유명한(?) 사건이 많으셨던 '문인(文人) 장정일'입니다. 저는 장정일의 생애에 주목을 하였습니다. 장정일 문인에 대해 이것저것 조사를 하니 청소년 시절, 부모님이 사이비 종교에 빠지셔서 그로인해 어려움을 겪었다는 사실과 그로부터 몇 년 후에 폭력사건에 휘말려 감옥에서 한동안 지낸 적이 있다는 사실에 초점을 두고 글을 쓰기 시작했습니다. 이제 소설의 내용에 대해 구체적으로 들어가 보겠습니다. 제 소설에 나오는 장정일은 우직한 사람입니다. 부모님이 사이비 종교에 빠짐으로 인해 재정적으로 어려움에 빠지고 학교까지 그만두게 되지만, 자신이 직접 일을 시작함으로써 삶을 이어나가려 합니다. 하지만 그런 장정일에게도 시련이 다가오죠. 여러 가지 일을 전전하던 정일은 막노동을 시작하게 되면서 여러 사람들을 만나게 됩니다. 하지만 그 막노동장에서 절대적인 권력을 가진 사람이 친하게 지내던 아저씨를 폭행하는 것을 보고는 도와주어야 할지 고민하게 됩니다. 대부분의 사람들은 거기서 그냥 모른 척할지도 모릅니다. 자신의 생계를 이어가야 할 테니 말이죠. 도와줘야 할지 어떨지를 고민하던 정일은 끝내 거기서 눈길을 돌리려다 과거, 한창 막노동에 적응이 되어 있지 않을 때 도움을 주던 아저씨의 모습을 떠올리며 결국에는 자리를 박차고 일어나 아저씨를 폭행하던 현장 소장을 때려눕힙니다. 아저씨를 구하기는 했지만 결국 출동한 경찰에 잡힌 정일은 끝내 감옥에 갇히고 말죠. 그리고 정일은 살면서 자신이 보고 느낀 여러 가지를 '쥐가 된 인간'이라는 시로 만들어내며 소설이 끝이 납니다. 저는 이 소설을 통해 대구의 예술인들로 글을 쓰는 한 편, 글 속에 녹아 있는 사회적인 권력 차이로 인한 차별을 보여드리며 독자 여러분들에게 사회적인 문제도 어느 정도 보여드리려 하였습니다.

대부분 문학이나 예술이라고 하면 지루하거나 따분한 것이라는 생각을 하기 마련입니다. 만약 독자들이 조금이라도 더 우리 문학, 특히 여러 유명한 예술인들이 많이 나온 대구 문학에 관심을 갖고 감상한다면 우리 대구 예술이나 문학은 대중적으로 많이 알려지게 될 것이고 그렇게 된다면 대한민국의 대부분의 사람들이 대구의 예술이나 문학을 알게 될 날도 머지않을 것입니다. 백기만 작가와 같이 향토 문학을 사랑하고 잘 갈무리한 분도 없다고 생각합니다. 저는 그분과 같이 우리 대구 문학을 좀더 사랑하고 향토 문학을 잘 갈무리할 수 있는 인물이 되고 싶습니다.

이제 거의 후기를 마무리해야 되는데 사실 아쉽네요. 저희 학교에 경우에는 3학년이 되면 동아리에 소속은 되지만 활동을 하지 못하게 됩니다. 그러니 독자분들을 보는 것도 이번 책이 마지막이 되겠지요. 그동안 많이 미숙했을텐데도 꾹 참고 후기까지 읽어주신 독자 여러분, 감사드립니다. 만약 언젠가 인연이 닿게 되면 다른 글에서도 볼 수 있기를 희망하며 '작가 고관진'은 이걸로 인사드리겠습니다.

약자의 아픔을 표현하는
대구 예술

김성준

나는 시인 이장희의 일생을 작품 속에 담았다.

첫 번째 작품인 '나의 아버지'는 이장희의 일생 중 가장 흥미로웠던 부분인 시인 이장희와 조선총독부 중추원을 지낸 이장희의 아버지 이병학, 이 둘의 긴장감 있는 관계를 중점으로 하였다. 이병학은 자신의 욕심을 채우기 위해서라면 나라를 팔아먹을 수도 있는 사람이다. 이에 반해 이장희는 비록 소심하고 내성적인 성격을 가졌지만 약자들을 위해서 시를 쓰고 약자들의 아픔을 함께 아파 할 수 있는 사람이다. 이병학은 아들 이장희가 자기와 같이 비록 올바르지 않은 방법이더라도 돈과 권력을 쫓기를 원했으나 시인 이장희는 끝내 그렇게 하지 못하였다. 그리고 결국 이 둘은 서로 남남이 되었다.

두 번째 작품에서는 이장희의 일생을 이장희의 시 '봄은 고양이로다'에서 생각해낸 '호동이'라는 고양이 정령의 시선으로 바라본 것을 소설화 하였다. 나는 이 작품을 쓰면서 이장희와 같이 어렵고 힘든 상황에서도 약자들을 위해서 시를 쓴 사람들을 존경하게 되었고 나 자신도 이장희와 같은 힘든 상황에서도 자신의 힘을 얻기 위해서 부정한 방법을 이용한 이병학처럼 되지 않고 이장희와 같이 약자들을 위해서 시를 쓰지는 못하더라도 약자들을 위해서 노력해야겠다는 것을 느끼게 되었다. 그러기 위해서는 내가 아직 부족하므로 주변에 있는 나보다 더 약한 약자들을 돌아보고 살피는 일이 필요하다는 것을 알게 되었다.

대구의 문학 청소년으로서 대구 문예 예술은 비록 인기와 명예는 부족하더라도 정직하고 청렴한 예술이 되었으면 한다. 그러면 언젠가는 분명히 사람들이 문학인들의 노고를 알아주고 인정해주는 날이 올 것이다. 그때까지 문학인들은 정직함과 청렴함만은 절대로 잃지 않도록 노력해야 할 것이다. 나는 이 작품을 쓰면서 결과적으로 예전에 약자들을 위해서 시를 썼던, 음악을 창작하였던, 모든 예술 활동을 했었던, 예술인들과 지금도 약자들을 위해서 예술 활동을 하고 있는 모든 예술인들을 존경하게 되었고 그들이 앞으로도 계속 그 정직함과 청렴함을 유지했으면 한다. 그리고 앞으로도 정직함과 청렴함을 지키는 예술인들이 많이 나왔으면 하고 희망하게 되었다.

대구 문학과
나

박재혁

처음 '그린비'에 발을 디딘지 어느덧 7개월이 다 됐다. 나는 그전까지 서록이라는 동아리에서 '정의란 무엇인가'를 읽고 세미나 식으로 발표하는 활동을 해왔다. 어느 날 글을 읽다보니 문뜩 이런 생각이 들었다. '글을 써보는 건 어떤 느낌일까?' 나는 그 생각에서 쉽게 빠져 나올 수 없었고 책을 읽는 동아리가 아닌 쓰는 동아리를 찾아 다녔다. 운이 좋게도 우리 반에 '그린비' 회원이 2명 있었고 옆 반 친구도 '그린비' 회원이었다.

나는 그들의 전폭적인 지원을 받아 요즘 흔히 말하는 '낙하산'으로 '그린비' 마지막 회원이 되었다. 하지만 그 낙하산도 처음에는 쉽지 않았다. 오희정 선생님은 2학년이 갑자기 동아리에 들어오는 것을 탐탁지 않아 하셨지만 친구들의 입담과 나의 절실함을 알았는지 선생님도 마침내 나를 받아주셨다. 내가 '그린비'에 가입하자마자 오희정 선생님은 그린비가 '향촌'에 대해 쓰고 있다며 상세하게 하나, 하나 설명해 주셨다. 그리고 선생님은 첫 번째 숙제라며 대구 시인을 한 명, 찾아보라고 하셨다. 나는 집에 가서 대구 시인을 한 명 한 명 찾던 것이 아직도 눈에 아른거린다. 나는 그렇게 장정일 작가를 찾았고 선생님에게 제출했다.

선생님은 내가 찾은 정보를 보고 이 작가에 맞는 작품을 하나 써오라고 하셨다. 나는 처음에 작가의 작품을 모티브로 해서 쓸지 아니면 작가의 삶을 쓸지 고민하다가 장정일 작가의 삶을 쓰기로 마음먹었고 그렇게 탄생한 게 첫 번째 작품 '삶'이다. 나의 작품을 보고 친구들은 대부분 말했다.

"이 작가가 진짜 소년원 가고 이랬나?",

"이런 작가도 있었나?"

하지만 유감스럽게도 싸움에 휘말려 진짜로 소년원에 간적이 있고 나는 독자들에게 더 생생하게 알려주기 위해서 작가의 말을 직접 인용해 작품에 넣었다. 하지만 이것은 소설이므로 모든 것이 사실이 아니라는 것을 알아줬으면 좋겠다.

두 번째 작품은 그대로 장정일 작가에 대한 것으로 썼다. 내가 처음에 장정일 작가의 삶을 썼으니 이번에는 작가의 작품을 내가 새롭게 구상하려고 마음먹었다. 작가에 대해 잘 알았던 나는 두 번째 작품을 수월하게 시작했다. 두 번째로 쓴 작품은 '비밀'이다. '비밀'은 장정일 작가의 '너희가 재즈를 믿느냐'를 모티브로 쓴 작품이다. 처제를 사랑하지만 잘못된 선택으로 그녀의 언니와 결혼하는 내용… 이것이 내가 영감을 받아 쓴 소설의 핵심 내용이다.

세 번째 작품은 현진건의 대표작품 '운수 좋은 날'을 모티브로 해서 썼다. 얼떨결에 좋은 일이 생겼지만 마지막에는 차디 찬 아내의 죽음으로 끝나는 비극을 새롭게 구상해 만든 것이 '보여주지 못한 크리스마스'이다. '보여주지 못한 크리스마스'내용을 보자면 딸의 크리스마스 선물로 인형을 주려고 했지만 크리스마스 날 딸이 폐렴으로 죽으며 끝나는 세드엔딩이다.

내가 직접 글을 쓰면서 느낀 점을 말하자면, 책을 쓰기 위해서는 수많은 작업과 노력이 필요하다는 것을 알았다. 또한 나의 언어적 표현의 한계를 느꼈다. 그래서 나는 작업을 할 때마다 사전을 찾아 단어들을 알아보았던 기억이 아직도 생생하다.

　대구의 문인 현진건과 장정일을 조사하고 소설을 쓰면서 대구 문예 예술이 나아갈 길이 무엇인가 생각해보았다. 문화 예술이 발전하기 위해 가장 효율적인 게 축제나, 홍보라고 생각하지만 우리 같은 학생들의 힘이 거기까지는 미치지 못하는 것이 사실이다. 그래서 나는 우리가 먼저 대구 문예 예술을 알아주고 관심을 가진다면 대구 문예의 발전은 크게 성장한다고 믿어 의심치 않는다. 이번 작업을 통해 내가 살아가고 있는 고장 대구 문학과 예술에 대한 관심을 가지게 되었고 무엇보다도 앞으로 우리 고장에서 유능하고 뛰어난 예인들이 탄생하고 성장하기를 바란다.

대구 문학에 대한
연구와 홍보를 통해
대구 문학의 부흥을…

서문호

저는 시인 정호승 시인의 작품을 빌려서 '그 남자가 사랑하는 사람', '그 여자가 사랑하는 사람'이라는 제목으로 소설을 썼습니다. 이 두 작품은 남자 주인공 성호와 여자 주인공 아영이의 연애 과정을 그려낸 소설입니다. 이 두 작품은 주인공 남녀의 관점을 다르게 해서 쓴 연애 소설입니다. 즉 '그 남자가 사랑하는 사람'은 남성의 관점에서 이야기를 서술하는 것이고, '그 여자가 사랑하는 사람'은 여성의 관점에서 이야기를 서술하는 것입니다. 그리고 소설에 정호승 시인의 "첫 키스에 대한 책임", "또 기다리는 편지"를 소설 내에서 많이 드러나도록 글을 썼고 이 뿐만 아니라 정호승 시인의 다양한 시의 배경을 살리기 위해 부분적 소재로 사용하여 연애 소설의 장면을 구상했기 때문에 소설을 보면서 시의 어떤 부분을 사용했는지 찾아내는 것도 재밌을 거라 생각합니다.

저는 올해 책쓰기 동아리인 '그린비'에 들어오게 되었습니다. 이번 '그린비'의 주제가 대구 예인들을 조사하고 그 중 한 작가를 선택해서 그의 일생을 소설로 써보거나 아니면 그의 작품에 대해 연상되거나 인상 깊은 부분을 소설로 쓰기입니다. 그래서 저는 정호승 시인에 대해 평상시 관심이 많았습니다. 처음에는 소설 쓰는 것이 너무나 쉬운 작업이라고 생각했었습니다. 그렇지만 그건 잠시 뿐 소설 쓰는 게 쉽지만은 않은 일이라는 걸 바로 깨달았습니다. 주제를 정하는 것부터 시작해서 소설의 결말을 맺는 데까지 정말 어려운 과정이었고 소설을 이끌어 가는데 엄청 고민을 하며 글을 썼습니다. 제가 여기서 깨달은 점은 작품에 쏟은 고민과 애정에 거의 비례해서 좋은 작품들이 나올 수 있겠다는 것을 깨달았습니다. 정호승 시인도 이렇게 작품에 애정을 담아 써서 좋은 작품을 만드신 게 아닌가라는 생각이 듭니다.

대구 시내에 가보면 '향촌문화관'이라는 곳이 있습니다. 이곳은 옛날 대구 향촌동의 역사가 담겨있는 곳이기도 하면서 대구 문인들의 자료가 집합되어 있는 곳이기도 합니다. 그런데 이렇게 대구 문예를 알릴 수 있는 좋은 곳이지만 대구 사람인 저도 시내를 다니면서 이런 곳이 있는지 관심조차 없었습니다. 설령 있는 것은 알지만 막상 들어 와본 사람은 드물 것 같습니다. 저도 '그린비'가 대구 문인들에 대해 쓰는 주제가 아니었다면 '향촌문화관'에 가서 체험도 못해봤을 것이고 대구 문인들의 작품을 접해보지 못했을 것입니다. 이렇게 '향촌문화관'이 홍보가 부족한 것 같습니다. 그래서 제가 생각한 홍보거리로 저희 '그린비'처럼 책이나 전단지, SNS를 활용하거나 청소년 봉사단체에 신청하여 청소년들이 직접 향촌문화를 체험해보고 밖에 나가서 시내 사람들에게 홍보해도 좋을 것 같습니다. 만약 '향촌문화관'이 홍보가 되면 대구부터 시작해 대구에 놀러 오는 다른 지역사람들이 '김광석 거리' 뿐만 아니라 '향촌문화관'도 들리며 대구 문예가 많이 알려 질 것 같습니다.

제 글이 비록 짧지만 드라마 보듯 재밌게 볼 수 있습니다. 그러니까 부담 없이 재밌게 읽어 주세요. 이때까지 글 쓰느라 고생한 그린비 2학년들 '그린비'를 리더해 주고 총괄해준 만철이, 성준, 관진, '그린비'의 웃음

마스코트 현준&재혁이 그리고 무엇보다도 그린비 축제에서 자료 제공
자이자 김광석에 자부심 가지고 열심히 글을 썼던 노루(성환) 작가, 미
흡한 환경에서도 열심히 잘 해준 1학년들 수고했어. 그리고 가정과 동아
리 일로 이중고 하시는 오희정 선생님께 감사합니다. 지금 후기까지 읽
어주시고 있으신 분들 감사합니다. 후기를 마치겠습니다.

대구 문학과 예술,
대중 속으로!

이창민

내가 글을 쓰면서 생각하기에, 한 사람의 일대기를 하나의 소설로 만들 때의 그 소설의 완성도는, 그 사람을 얼마나 잘 이해하냐에 달려있는 것 같다. 그렇기 때문에 우리는 동아리 활동을 향촌문학인들을 잘 이해하고, 잘 알 수 있는 활동을 해야 했는데 그런 활동을 할 수 있는 장소는 과연 어디일까 생각해보았다. 조사해 본 결과 그런 활동을 할 수 있는 두 군데 장소를 찾아냈다. 첫 번째는, '향촌문화관'과 '대구문학관'인데 대구 시내 한복판에 위치한 대구 향촌문화관은 '향촌문화관'이라는, 듣기만 해도 따분할 것 같지만 옛날 옷 입어보기, 옛날의 음식점들, 가게 등을 재현하고 추억속의 영화를 상영하고 레코드판을 이용해 음악을 듣는 등 다양한 볼거리와 체험활동을 제공한다. 그와 동시에 대구 문학의 발자취와 작가들을 만나 볼 수 있는 공간과 향촌문인들을 비롯한 다양한 문학서적을 열람 할 수 있다. 또 향촌문인들이 직접 썼던 일기장과 노트, 만년필 등이 전시되어 있어 더욱 현실감 있는 관람이 되었던 것 같았다. 번화가에 위치한 곳이라서 쉽게 오갈 수 있었던 점도 좋았던 것 같다.

두 번째로는 서상돈 고택과 이상화 고택이 있는 근대문화체험관에 다녀오게 되었다. 그곳에서는 다양한 볼거리는 없었지만 설명해 주시는 가이드분께서 서상돈, 이상화에 대한 설명과 집에 얽힌 에피소드 등을 너무 자세하고 재밌게 설명해주셔서 유익한 시간이 되었던 것 같다.

물론 푹푹 찌는 더위 아래에서 이런 체험을 직접 할 때에는 땀도 나고 해서 빨리 끝났으면 좋겠다는 생각도 들었지만 나중에 내가 직접 그 문학인이라면 어떨까 생각하고 상상하는 과정에서 더 생생하게 몰입할 수 있었기 때문에 후회 없는 활동이라 할 수 있다.

나는 이렇게 대구 시내 한복판에 '향촌문화관', '대구문학관'과 같은 유익한 공간이 있다는 점에서, 대구의 향촌문인들을 잊지 않으려는 노력이 보기 좋았던 것 같다. 번화가에 위치해 있어서 현재 대구시민들이 지나가면서라도 보게 되고 관심을 가질 수 있을 것 같았기 때문이다. 그래서 앞으로도 대구 예술은 좀더 대중과 함께 할 수 있는 공간과 시간을 활용하여 스스로 대중에게 다가가야만 한다는 생각을 하게 되었다. 현대인들의 삶은 빡빡하고 정신이 없지만 그 가운데에서도 우리 삶에서 예술이 차지하는 영역은 엄청나게 크다. 바쁜 현대인의 삶 속에서 대구의 문학과 예술이 좀더 그들의 삶 속으로 뛰어들 수 있는 방안을 모색하는 것이 앞으로 우리들의 과제가 될 것으로 생각한다.

한편, 글을 쓰는 과정에서는 정말 힘든 부분이 많았다. 평생 남이 써온 걸 읽기만 했던 내가 직접 소설을 쓴다는 게 여간 막막하게 느껴진 게 아니었다. 학교 수업 시간에 배운 전지적작가 시점을 이용해야 하나 아니면 액자식 구성을 해볼까하는 막연한 고민들을 많이 했지만 나중에서야 조금 깨달은 게 있다면 소설은 그냥 소설인 것 같다. 그냥 내 생각속의 상상들을 쓰면 그게 소설이 되었던 것 같다. 어렵게 생각할 필요도 없고 마음대로 자유롭게 쓰다보면 대충 덩어리들이 생기는데 그 덩어리들을 뼈로 잘 연결만 시켜주면 된다. 나는 물론 아직 그 과정이 미숙해 부족한 부분이 많았지만 말이다.

내 생애 첫 소설이라 내가 봐도 부족한 부분이 많지만 교과서에 나오는 딱딱한 소개로 그 작가에 대해 아는 것이 아니라 내가 직접 조사한 것을 바탕으로 소설까지 써보며 그 작가를 이해했다는 부분이 나는 너무 뿌듯했던 것 같다.

대구 문화 활성화의
길을 찾으며

이상명

결실의 계절 가을이 오자 우리 '그린비'도 한 해의 성과물을 만들어 내었다. 이것이 처음부터 순탄하게 진행된 것은 아니다. 여러 가지 시행착오가 있었고 갈등도 많았다. 우선 우린 테마를 정하는 관문에서부터 막혀 쩔쩔 매고 있었다. 그리고 나는 내가 쓸 것을 찾는다는 이유로 한 학기 이상을 궁싯거리고만 있었다. 대구 문인들의 일생을 주제로 소설을 쓰자는 테마로 결정이 되어 난 작가 이인화에 대해 써보기로 하였다. 그는 대구 출신이며 현재 이화여대 국문학과 교수이자, 소설가이며, 평론가로서 한국 문단에서 논쟁의 중심에 서 있는 젊은 작가이다. 그는 21살에 양귀자론을 발표하여 문학평론가로 데뷔를 하였으며 '내가 누구인지 말 할 수 있는 자는 누구인가'로 소설계에 화려하게 등장했다. 그는 소설을 출판할 때 가명을 쓰는데 그 이름이 이인화라고 한다, 문학평론가와 소설가 두 사람이라는 뜻으로 직접 지은 필명이다.

이를 바탕으로 쓴 '반가워요 본질'은 그의 작품 '시인의 별' 외에 수록된 '초원을 걷는 남자'라는 소설에 주인공과 나의 상상력이 더해진 작품이다. 처음에는 굉장히 시작하기가 어려웠다. 어떤 말로 시작을 해야 할

지도 몰랐고 처음 써보는 작품인지라 개연성까지 많이 떨어졌다. 그리고 이야기의 중심소재가 현재 활발하게 활동 중이신 분이다 보니 그분에 대한 자료가 많이 없어서 많이 아쉬웠다. 이것은 '반가워요 본질'에서 나의 상상력이 많이 들어간 이유이기도 하다. '반가워요 본질'은 단순하게 이인화를 바탕으로 소설을 쓴 글이기도 하지만 바쁘게 살아가는 현대인들의 비참한 현실에 대한 끝을 보여주자는 의미에서도 상통한다.

우린 책에 대한 영감을 얻기 위해 전일제날 향촌문화관과 대구문학관을 방문했다. 놀랍게도 그곳에는 우리와 같은 문학 동아리들과 문학관 관계자들 외에 사람들은 없었다. 대구는 우리나라를 통틀어 문학의 본고장으로 알고 있어도 무방하다. 하지만 이런 대구의 문학은 사람들의 무관심속에 파묻혀 버렸다. 물론 사람들 삶의 질은 향상되었지만 정서와 문화가 점점 서구화되는 현실에서 우리 것이 사라지는 것 정도는 이미 예상한 이야기이다. 그러나 이것을 지켜만 보고 있을 수는 없다. 대구 문학을 활성화시킬 수 있는 방법이 필요하다. 우선 사람들이 무관심한 데에는 다 이유가 있다. 문학관들의 위치와 환경이 너무 열악할 뿐더러 홍보가 제대로 되지 않으며 시대에 발 맞춰 변하지 못하고 있다. 이러한 문제점들을 빨리 수렴하고 개선해야 대구가 정말 진정한 문학의 본고장이 될 수 있다고 생각한다.

'반가워요 본질'에서 주인공은 마지막에 울면서 자신의 삶을 후회한다. 우리라고 다른 인생을 산다는 보장은 어디에도 없다. "나는 아닐 거야." 하면서 안심하고 있으면 이 이야기의 주인공처럼 돼버릴 지도 모른다. 지금은 한 해의 끝자락을 달리는 계절. 지금까지의 나 자신을 되돌아보고 겨울에는 내년을 준비하는 그런 시간을 가졌으면 하고 인생 자체를 미리 준비하는 자세로 살아갔으면 한다.

대구 예술의
발전 방향 모색과 전망

조효준

　고등학교에서의 동아리 활동을 계기로 나는 대구 향촌 문학에 대한 관심을 가지게 되었다. 대구 향촌 문학 중에서도 사람들이 쉽게 접근할 수 있는 동시나 동요를 조사해 보았는데, 일제시대에 방정환 선생이 만든 '어린이'잡지에 실렸던 작품인 '바닷가에서'를 접하게 되었다. 우연하게도 '바닷가에서'를 실은 작가는 대구 출신의 윤복진 작가였고, 그것을 계기로 창작 소설까지 다다르게 되었다.

　최근 나의 고향이자 거주지인 대구는 여러 축제들과 박람회, 포럼, 문화와 예술 등 다양한 방면으로 그 이름을 뽐내고 있다. 그 예로 두류공원에서 열린 '치맥 페스티벌', '대구 물포럼', 시민회관 리모델링을 통한 각종 연극, 콘서트 등이 성황리에 개최, 막을 내렸다. 지역 경제 활성화라는 경제적 이익과 큰 축제를 통한 시민의식 성장, 아름다운 대구를 알릴 수 있는 홍보효과와 함께 '대구시민'이라는 자긍심을 고양시킬 수 있다. 이로 인해 대구는 대표 슬로건인 'Colorful Daegu'와 같이 다양하고 다채로운 도시로 급성장하였다. 나는 이 대구와 함께 나의 주 관심사인 예술, 그 중에서도 문학과의 관계를 살펴보고 모색해 보고 싶었다.

　대구는 근대에 문학의 중심지 역할을 한 의미 있는 도시이다. 이장희, 백기만 등이 함께 펴낸 동인지 '금성'과 '운수좋은 날', '고향' 등의 명작들을 펴낸 현진건, '절정', '교목', '광야'등 항일시인의 대표주자 이육사와 이상화의 '빼앗긴 들에도 봄은 오는가'에서는 나라를 잃은 백성들의 비애와 저항을 담아내었다. 후세에 이 글들은 명작으로 재평가되면서 초중고 교과서에 한 번씩은 모두 수록되어 있을 정도이다. 대구는 이만큼 문학적 성질이 강하며 근대 작가들의 성지이다.

　하지만 지금의 대구를 보라. 나도 그랬지만 대구에는 어떤 유명한 문예인들이 있었는지 아무도 몰랐다. 예를 들자면 '현진건'은 알지만 '대구의 현진건'은 모른다는 것이다. 대구문학관이 중구에 위치하고 있지만, 대구는 워낙 큰 도시인데다 나처럼 대구 문학을 공부하고 연구하고자 하는 사람 이외에는 이에 대해 아는 사람이 무척 적다. 나도 '대구문학관'을 방문해서 체험을 해보았지만 전일제 동아리 활동을 위한 중·고등학생들과 선생님들 외에는 그 누구도 찾아볼 수 없었다.

　대구는 동네마다 시립 도서관이나 학교 도서관이 있어 근거리에 많고 다양한 도서관들이 있다. 독자들 중 일부는 '꼭 몸으로 체험해보고 시간 들여서 문학관 같은 곳을 가야해? 그냥 그 작가의 작품을 읽고 그 뜻을 안다면 대구의 작가들을 알아가는 과정이지 않나?'라고 생각할지도 모른다. 나도 그랬다. 적어도 문학관을 방문하기 전까지는. 문학관이라고 해서 흰 벽에 걸린 액자들에 대구 문학가들의 설명만 빼곡히 있는 그런 시시콜콜한 곳인 줄 알았는데 '근대 옷 입기 체험', '이중섭 은박지 그림 그리기 체험', '지게 지기 체험' 등 셀 수 없는 체험행사들이 마련되어 있으며 '문학관은 아날로그적일 것이다.' 라는 편견을 깬 '디지털 모션 인식 지휘 체험', '디지털 대구 문학 키워드 타워' 등도 마련되어 있었다. 거기에다 3층에는 대구 문학가들의 작품만이 모여 있는 도서관도 있어 매우 쉽게 책들을 읽어 볼 수도 있었다. 도서관들이 대구만의 문학가나 문학 작품들이 한데 모여 있는 것을 본 적이 있는가? 필자는 이때까지 단 한 번도 본 적이 없다. 문학관이 중구에 하나 밖에 없는데도 일반 관람객의 수는 적고, 이는 향토 문학에 관심을 가질 필요도 없을 뿐더러 딱히 가야 할 여유도 나지 않는다고 생각하는 시민들의 생각 때문이지 않을까.

나는 내 고향 대구가 실천 가능하다고 생각하는 해법들을 곰곰이 생각해 보았다. 그래서 관련 직종을 가지신 분들이 적극적으로 수렴해 주었으면 좋겠다.

첫 번째, 시민들에게 '향토 문학'이라는 요소를 가깝게 다가가게 하자. 도서관에서 대구 문학가의 작품읽기는 매우 쉬우나 그렇게 유입되는 수가 매우 적다. 일단 '대구 문학'에 가까이 하는 것이 가장 기초적인 부분이다. 그 예로 도서관에서 대구 문학가들만의 전시회를 연다거나 대구 문학가들의 책들만 모여 있는 책장을 따로 만드는 것이다. '대구 문학'에 좀 더 가까이 하고, 관심을 가지게 된다면 한층 더 대구 문학은 발전될 것이며 대한민국 근대 문학의 메카로 발전할 수 있다.

두 번째, 미래 대구 문인 발굴 프로젝트. 현재 초 · 중 · 고등학교에서는 여러 가지 백일장 대회로 학생들의 글쓰기 실력을 발휘하게끔 하여 진로 선택의 기회와 함께 상을 주어 칭찬하자. 자신들이 살고 있는 대구에 대해 좀 더 알고 그에 더해 '대구 문학'이라는 주제에 대해 관심을 가질 수 있다. 어릴 때부터 관심 있게 학습하고 그것을 글로써 표현한다면 더더욱 좋은 기회가 될 것이다. 대구시나 학교에서 이런 특색 있는 대회를 많이 개최하면 좋겠다.

다음 의견은 조금 거창할 지도 모르겠지만 옛날에는 20세기 전만 해도 '달에 어떻게 가냐? 말이 돼?' 했던 것이 지금에 이루어 진 것처럼 나중에는 꼭 이루어 질 것이라 믿으면서 마지막 나의 의견을 소개해 보겠다.

바로 '대구 창조 예술 · 문학 타운'이다. 요즘 대구에 '창조'열풍이 불고 있다. 최근 '창조 경제 타운', '창조 경제 혁신 센터'등이 그것이다. 그 '창조' 열풍에 알맞게 '대구 창조 문학 타운'을 설립했으면 좋겠다. 이곳은 주로 대구의 주요 예술과 문학에 관련된 일들을 관장하며 각종 대회와 체험시설, 연구 활동, 연수 및 견학 등 다양한 대구의 예술 · 문학들을 한눈에 볼 수 있다. 이런 큰 단지가 생긴다면 국내는 물론 해외에도 이런 사례들이 많지 않기 때문에 해외에서도 관련 연구 협력이나 '글로벌 대구'를 알릴 수 있게 되며 그 주변에 지역경제까지 활성화되는 이익을 볼 수 있다.

물론 이 의견은 경제성과 대구 문학의 확실한 발전 가능성이 보여야 할 수 있는 일이겠지만, 대구 문학을 위해 열심히 노력하시는 분들이 있을 거라 믿으며 소망하는 의견임을 밝혀 둔다. 나의 생각은 이것 뿐이다. '대구가 문학에 대해 관심을 가져주고 그에 대한 실천을 해 주었으면 바랄 게 없겠다. 하하.' 대구는 물론이고 다른 지역에서도 지역 문학을 중요히 여기면서 지역의 특색을 살릴 수 있으면 좋겠다. 대구와 문학 사이, 우리가 좁혀보자.

메마른 현대인의 마음에
단비를 내리는
향토음악가의 탄생을 바라며

권현준

　내가 2학년 초반에 글을 한번 써보겠다고 책쓰기 동아리 '그린비'에 들어가기 위해 꿈을 주제로 글을 끄적거렸던 일이 이젠 꽤 오래 지났다. 중간 중간 우여곡절도 많았고 쓰는 게 힘들었을 때도 많았다. 하지만 글이 생각한 대로 바로 써지면 기분이 매우 좋았다. 처음 '그린비'에 들어오고 나서 처음에는 글 쓰는 것에 대해 그렇게 부담감을 갖진 않았다. 그래서 글을 처음 쓸 때 내 생각은 '그냥 생각나는 대로 쓰자'였다. 하지만 그렇게 써보니 내용이 산으로 가는 경우가 다반사였다. 그걸 고치느라 많이 고생했다.
　또 처음에 주제를 '향촌'으로 정했을 때는 생소했다. 그리고 대구 문인들에 대해서도 문외한이었다. 대구에 사는 그리고 책을 좋아하는 학생으로서 조금 부끄러웠다. '향촌문화관'과 '대구문학관'을 보면서 이제는 대구 문학 청년으로서 대구 문학에 대해서도 좀 관심을 가져야겠다는 생각을 했다. 그래서 작가를 선정할 때도 고민을 많이 했다. 고민을 하다가 생각해낸 사람은 문인이 아닌 작곡가 박태준 선생님이었다. 내가 박태준 선생님을 선택한 이유는 1학년 음악시간에 '동무생각'이라는 곡을 배웠는데 음악선생님께서 작곡가가 대구 사람이라는 이야기를 해주셨다. 그래서 한 번 작품을 검색해 봤는데 아주 재미있는 탄생비화가 있었던 것이다. 박태준 작곡가님의 어린 시절 첫사랑에 대한 것이었는데 정말 어린 시절의 박태준 작곡가님의 마음을 알 수 있었던 이야기였다. 이걸 바탕으로 내가 쓴 소설이 첫 번째 글 〈자두소녀〉이다. 조금의 판타지를 섞어서 쓴 작품인데 내가 다시 보니 오글거리는 부분이 많아서 당황했던 작품이기도 하다.

두 번째로 쓴 작품은 내가 가을밤이라는 곡의 탄생비화에 대해 쓴 소설이다. 이 소설이 내 두 번째 소설인 〈어머니〉이다. 이건 이태선 시인이 작사한 노래이기도 하고 엄마의 그리움에 대해 노래한 곡이다. 그래서 나는 이태선 시인과 박태준 작곡가의 전쟁이라는 상황 속에서 만남부터 이 곡이 만들어진 것까지 소설화해서 썼다. 이걸 쓰면서 엄마에 대한 생각을 다시 한 번 해보게 되는 소설이 되기도 했다. 세 번째 작품은 '오빠생각'이라는 곡의 탄생비화를 바탕으로 쓴 소설이다. 이 글이 마지막 소설 〈오빠와 나〉이다. 이건 보면서 최순애 작사가님의 슬픈 이야기를 알 수 있었다. 또한 일제강점기라는 상황 아래에 떨어져 질 수밖에 없는 가족에 눈물 나는 상황도 엿볼 수 있었던 소설이다.

세 작품 다 내 인생에 있어서 아주 소중한 글이 될 거 같다. 이 글을 쓰기 전에는 박태준 작곡가가 존재하는지도 몰랐다. 하지만 이 글을 쓴 것을 계기로 조사도 많이 하고 연관되어 있는 책도 보았다. 점점 조사하면 할수록 아주 대단한 음악가인 것도 알게 되었다. 또한 나의 생각인데 아주 인간적이시고 아이들을 좋아하시는 분이라는 생각이 들었다. 노래 중 동요가 꽤나 많았다. 내가 쓴 두 번째 작품이나 세 번째 작품은 다 동요로 만들어진 것이다. 또 오케스트라 지휘도 하시고 대단하신 분이신 거 같다. 나는 요즘 나오는 노래를 좋아하지만 이런 예전에 활동하시던 음악이나 음악인은 잘 모른다. 하지만 이런 사람들이 계속 우리 한국의 음악을 해오시면서 지금까지 내려져 온 거 같다. 다만 내 생각에는 요즘 노래는 한국의 정서가 많이 묻힌 경향이 보인다. 나도 그런 음악을 좋아하지만 박태준 작곡가님의 노래를 들어보면서 그리고 1학년 때 음악시간에 예전 노래를 들으면서 내 가슴에 와 닿은 노래가 많았다. 또한 내가 들어보지 못한 예전 노래들 중 아주 좋은 노래들이 우리나라 사람들의 마음을 건드릴 곡이 한두 개가 아닐 것이다.

　박태준 선생님에 대한 공부를 하면서 내가 가지게 된 바람은 요즘 노래도 트렌드에 맞춰 그리고 요즘 사람들의 감성에 맞춰 만들어진 아주 좋은 노래이지만 예전 우리의 옛날 한국정서에 맞는 노래가 많이 만들어졌으면 하는 것이다. 또 어린아이들을 위한 동요도 많이 만들어졌으면 좋겠다. 요즘 사람들은 감정이 많이 피폐해지고 메마른 사람이 늘어간다. 이럴 때 현재 신나는 노래로 마음을 정화시키는 것보다는, 우리 옛날 감성으로 음악을 만들어서 사람들의 메마른 마음에 단비를 내려주는 것도 좋을 거 같다. 현재 것은 이어가되 옛날 것을 잃어버리지 않기 위해 음악하는 사람들이 조금 노력해줬으면 하는 바람으로 적어보는 글이다. 그러한 음악을 생산하는 소중한 작곡가가 우리 대구에서 태어났었으니 그 뒤를 이을 수 있는 걸출하고 마음 따뜻한 음악가가 탄생하여 이 땅에 크게 뿌리내리기를 간절히 소망해 본다. 그럼으로써 그의 음악이 메마른 우리들의 마음에 단비로 촉촉이 내려주기를 바란다.

　이렇게 후기는 마치고, 마지막으로 좋은 미소로 우리를 다독여주시기도 하고, 때론 무서운 얼굴로 화도 내셨던 오희정 선생님 그리고 우리 그린비 친구들에게 고맙다고 전하고 싶다.

삶의 비상구가 될
대구 예인의 출현을
기대하며

박성환

　나는 대구와 관련이 깊은 음악가에 대해 글을 쓰고 싶었다. 그래서 평소에 알고 있던 가수 김광석이 살아온 삶을 중심으로 글을 써 나갔다. 앞의 두 편은 그의 작품을 실질적으로 분석하고 그의 삶의 궤적을 더듬은 보고서와 기행문 형식의 글이고, 마지막 작품은 그의 인생에서 지대한 영향을 준 큰형과의 이야기를 소설로 담아보았다.

　첫 번째 작품은 가수 김광석의 소개와 그의 음악활동, 그의 노래와 나의 한마디를 실어놓은 '인정받은 아티스트, 김광석'이다. 이 글은 그의 노래를 듣고 난 후 나의 느낌이나 생각을 표현하는데 중점을 두고 썼다. 김광석의 노래에는 명곡이 정말 많아서 어떤 곡으로 글을 써야할지 고민을 많이 했다. 그래서 글을 쓰면서 노래를 몇 번이나 바꿨는지 모르겠다. 결국에는 내가 좋아하는 노래와 가장 대중적인 곡 사이에서 7개의 곡을 골라서 글을 완성했다.

　두 번째 작품은 대구 방천시장 인근에 위치한 '김광석 다시 그리기 길'에 직접 다녀온 후에 내가 찍은 사진과 함께 느낌을 글로 표현한 '김광석, 그의 길을 따라서'이다. 문득 대구에는 '김광석 길'이 있다는 생각에 이런 글을 써보면 재밌을 것 같아서 쓰게 되었다. 예전부터 가보고 싶었던 곳이라서 기분 좋게 다녀와 글을 쓸 수 있었다.

　세 번째 작품은 김광석의 삶에서 인상 깊었던 부분과 그의 노래가 연관이 되어 있는 소설 '김광석과 형'이다. 이 소설은 김광석의 노래 중 '이 등병의 편지'라는 곡에 얽힌 일화에서 감명을 받아 소설화한 작품이다. 소설을 간단히 소개하자면 어린 나이에 상처를 받은 김광석은 음악으로써 극복하고 마침내 가수로 거듭나는 내용이다. 아픔과 상처를 음악으로 극복한다는 성장소설이라고 할 수 있다. 내가 이 소설을 통해 표현하고자 했던 것은 김광석과 큰형의 우애, 또 한 가지는 김광석의 음악에 대한 열정이다.

　대구와 관계가 깊은 문인과 예술인에 대해서 글을 쓰고 작품을 창작해 낸다는 것은 의미가 깊다고 생각했다. 하지만 막상 글을 쓰다보니까 쉬운 일은 아니었다. 글을 쓰면서 내용이 잘 안 풀릴 때도 있었고 답답할 때가 많았다. 그럴 때마다 글 내용과 관련된 김광석의 노래를 들으면서 마음을 가라앉히고 다시 펜을 잡았다. 대구 예술인으로 김광석이라는 가수를 정했고 세 편의 글을 완성해 냈음에 그동안 힘들었던 기억이 싹 사라지고 뿌듯함을 느꼈다. 나는 김광석에 대해 알아보면서 그가 한 말 중에서 참 인상 깊었던 말이 있다.

"문명이 발달해 갈수록 오히려 사람들이 많이 다치고 있어요. 그 상처는 누군가 반드시 보듬어 안아야만 해요. 제 노래가 힘겨운 삶 속에서 희망을 찾으려는 이들에게 비상구가 되었으면 해요."
-1995년 샘터 9월호 김광석 인터뷰 中

그는 자신의 노래가 희망을 찾으려는 사람들에게 비상구가 되었으면 좋겠다고 말했다. 실제로 많은 사람들이 그의 노래를 들으며 상처받은 마음을 치유하고, 많은 사람들에게 공감을 받았다. 반면 요즘의 대중음악을 보면 진심으로 사람의 마음을 움직이는 노래는 그렇게 많지 않다. 성적인 면을 부각시키며 지나치게 상업적으로 제작하는 노래가 홍수처럼 가요계를 휩쓸고 있다. 하지만 김광석은 자신의 아픔과 상처를 노래로 표현하고, 사람들에게 희망을 안겨주고 위로해주는 수많은 명곡을 남겼다. 나 또한 그의 노래를 들으면서 위로를 받았고 희망을 얻었다. 아마도 앞으로는 김광석을 대체할 수 있는 가수가 나오기는 힘들 것 같다. 그의 노래에는 오직 그만이 표현할 수 있는 어떤 것이 있고, 김광석만의 분위기가 있기 때문이다. 그러나 앞으로도 자신의 독창적인 분위기를 갖고 사람들의 감성을 울리고 그들의 고통을 쓰다듬을 수 있는 멋진 예인이 대구에서 나오기를 바란다. 무엇보다도 그 예인은 김광석보다는 좀더 오래 우리들의 곁에서 우리들의 심금을 울려주기를 소망해 본다.

　나는 성광고 책 쓰기 동아리 '그린비'에서 2년 동안 동아리활동을 하면서 많은 것을 배웠다. 글을 쓸 때마다 새로운 도전을 할 수 있었다. 주제를 정하고 필요한 정보를 조사하면서 글을 쓰고, 또 그 글을 수정하고 한 권의 책을 완성하는 과정에서 인내심과 뿌듯함을 비롯한 성취감을 느낄 수 있었다. 서투른 점이 수도 없이 많지만 나 자신에게 나름대로 잘 해냈다고 다독이고 싶다. 특히 마지막 작품들, 김광석의 노래를 들으면서 쓴 글은 나를 한 단계 성장할 수 있게 해 주었다. 마지막으로 올해 동아리활동이 여의치 않았음에도 불구하고 열심히 활동한 '그린비' 수고했어! 그리고 1년 동안 '그린비'를 열심히 이끌어주신 아름다우신 오희정 선생님 감사합니다!

그린비,
향촌을 거닐다

초판 발행 2016년 6월 8일

지은이 성광고등학교 그린비
펴낸곳 매일신문사
출판등록 제25100-1984-1
주소 대구광역시 중구 서성로 20
전화 053) 251-1422~3
팩스 053) 256-4537

ISBN 978-89-94637-62-4   43800